사단
법인
한국고물관리협회

사단법인

한국괴물관리협회

배예람 장편소설

차례

1.
돗가비와
돗가비

한글과 한자가 함께 쓰여 있는 《석보상절》에는 도깨비를 '돗가비'라고 했다. '돗가비'의 변천 과정을 살펴보면 '돗ㅅ가비로 바뀌었다가 다시 '도까비'가 되었고, 그러다가 도깨비라는 이름으로 정착되었다. 그런데 지역마다 나름의 독특한 발음과 사투리들이 있듯이 도깨비라는 단어도 도채비, 도까비, 돗찌비, 토째비, 토개비 등의 별칭으로 불렸다.

'돗가비'는 '돗'과 '아비'가 합쳐져 만들어진 합성어인데, '돗'은 불火이나 곡식의 씨앗을 말하는 종자種子를 뜻하고, '아비'는 아버지를 뜻하는 남자를 말한다. 아비는 고려속요인 〈쌍화점雙花店〉과 처용설화處容說話에 나오는 '회회아비'나 '처용아비'를 볼 때 성인이 된 남자라고 생각하면 된다.[1]

---

1 김종대,《도깨비, 잃어버린 우리의 신》, 인문서원, 2017, 16~17쪽.

초가을의 늦은 밤, 좁은 골목길 구석구석에 주황색 가로등 불빛이 드리워진다. 갈 곳을 찾지 못하고 골목길을 배회하던 사람들이 어느새 모조리 모습을 감춘 시간, 홀로 남은 고양이는 의류 수거함 위에서 여유롭게 마른 세수를 했다. 그 앞으로 남색 다마스 한 대가 용케도 수거함에 부딪치지 않고 골목길을 요리조리 빠져나갔다. 고양이는 날카로운 소리와 함께 동공을 가늘게 하고 다마스에 새겨진 작은 글자를 노려보았다. '사단법인 한국실뜨기협회'. 양손에 실을 끼워 벌리고 있는 앙증맞은 그림이 글자 옆을 든든하게 지키고 있다.

문제의 다마스 안, 조수석에 앉은 강보늬는 심호흡을 하며 안전벨트를 부여잡았다.

파견 장소가 서울 관악구 낙성대동의 어느 골목길이라는 말을 들었을 때부터 예상은 했다. 주택과 빌라가 오밀조밀하게 모인 지역에는 사건 사고가 많다. 사건 사고는 죽음을 부르고, 죽음이 휩쓸고 지나간 자리에는 묵은 슬픔과 원망이 겹겹이 쌓여 혼이 떠나지 못하도록 붙든다. 떠나지 못한 혼들은, 그저 그 자리에 남는다. 그들에게 주어진 영겁의 시간이 지나가기를 기다리고 또 기다리면서. 그래, 어느 정도 예상은 했지만…… 그래도 이건 너무 많았다. 보늬는 초조하게 창 니머를 흘긋기리다가 모른 척 눈을 내리깔기를 반복했다.

가로등 옆, 담벼락 아래, 의류 수거함 위에 사람들이 앉아 있다. 온전한 형체를 이루지 못한 사람들, 평범한 이들은 보지 못하고 지나치는 사람들. 보늬는 그들의 새파랗게 질린 얼굴에, 다양한 흔적이 남아 있는 몸에, 핏덩이를 툭툭 뱉는 입술에 시선을 두지 않으려고 노력했다. 제일 중요한 건 눈을 마주치지 않는 것이다. 혼란과 체념이 깃든 눈을 잠시라도 바라보는 순간, 그들은 믿을 수 없을 정도로 빠르게 쫓아와 차창을 두드려 댈 게 뻔했다. 원념이 강한 자가 있다면 창문에는 출처를 알 수 없는 손자국이 진하게 남겠지. 그런 상황만은 피하고 싶었지만 결코 무서워서는 아니었다. 아무리 무시무시한 모습을 하고 있는 형상이라도 15년쯤 마주치다 보면 무뎌지기 마련이었다. 보늬가 이토록 초조한 이유는 그저 옆자리에 앉은 구 팀장에게 사방에 귀신이 득실거린다는 사실을 들키고 싶지 않아서였다. 구 팀장은 귀신을, 정확히 말하면 귀신을 보는 보늬의 눈을 싫어했다. 싫어하는 걸 넘어서 틈만 나면 이죽거리고, 비아냥댔다. 보늬는 그게 억울하고 짜증이 났으며 구 팀장이 보늬의 눈을 언급할 때마다 심장이 목구멍까지 튀어 올라오는 기분이었다.

"내가 이렇게 현장에 나오기는 좀 아까워. 그치, 보늬 씨?"

정답이 없는 물음에 보늬는 예에, 하고 애매한 웃음을 흘렸다. 백미러에 어색하게 웃는 모습이 비쳤다. 든든하면서도 한편으로 묘하게 미덥지 않은 구석이 있고, 책임감 있게 공과 사를 구분하면서도 동시에 감정에 쉽게 휘둘릴 것 같은 인상이다. 단단한 왼쪽 얼굴과 물렁한 오른쪽 얼굴을 합치면, 강보늬가 되었다.

한때는 왼쪽 얼굴과 오른쪽 얼굴 사이의 균형을 맞추지 못해 많은 오해를 사기도 했다. 보늬의 왼쪽 얼굴에 집중한 사람들은 보늬가 사람을 비웃는다고 했고, 보늬의 오른쪽 얼굴에 집중한 사람들은 보늬가 무슨 생각을 하는지 모르겠다고 했다. 타고나길 오해를 불러일으키는 얼굴이라 보늬는 오해를 잠재울 셈으로 자주 웃었다. 그러다 보니 항상 애매한 미소를 품고 있는, 이도 저도 아닌 사람처럼 보이게 되고 말았다. 보늬는 그마저도 자신의 운명이려니, 하고 겸허하게 받아들였다.

보늬의 옅은 목소리가 들리지 않았는지 구 팀장은 굳이 고개를 돌려 보늬의 반응을 살폈다. 보늬는 다시 한번 예에…… 하고 말끝을 흐리며 미소 지었다. 이럴 때 보늬는 본능적으로 물렁한 오른쪽 얼굴을 많이 쓴다. 운전석에서는 보이지도 않을 오른쪽 입꼬리가 왼쪽에 비해 과하게 올라갔다.

구 팀장은 '사단법인 한국실뜨기협회'로 위장한 '사단법인 한국괴물관리협회' 파견팀의 팀장으로, 40대 남성치고는 보기 드물게 호리호리한 체형을 유지하고 있었다. 팀원들의 질책에도 굴하지 않고 고집하는 빨간 넥타이와 검은 뿔테 안경이 특징이라면 특징이었다. 구 팀장은 운전대를 거칠게 돌리며 꼬불꼬불한 골목길을 헤쳐 나갔다.

"생각해 봐. 내가 이 나이 먹고 도깨비 잡으러 여기까지 와야 해? 뭐 대단한 말썽 부리는 놈도 아니고 고작 씨름에 미친 놈을?"

도깨비에게는 미안한 말이지만, 21세기에 들어서면서 도깨비의 위상이 예전 같지 않은 건 사실이었다. 출중한 외모나 명당 자리를 알아보는 눈, 부를 가져다주는 능력을 가진 도깨비야 사기를 치고 다니거나 높으신 분들을 조용히 보좌하는 식으로 21세기에 살아남을 방법을 모색했지만, 그렇지 못한 도깨비들은 지금과 같이 골목길에서 영양가 없는 장난을 걸다가 무시당하기 일쑤였다. 요즘 같은 세상에 길 가는 사람을 붙들고 씨름하자고 졸라 봤자 취객으로 오해받아 신고당하는 결말을 맞이할 뿐이었다. 분에 못 이겨 장독이라도 깨려 들면, 예전처럼 주변에서 장독을 찾기가 쉽지 않다는 벽에 부딪혔고 말이다. 21세기라는 게 이렇게 팍팍했다. 지금은 사람뿐만 아니라 도깨비도 먹고살기 힘든 세상이었다.

그래서 구 팀장의 불만은 그런대로 합리적이다. 구 팀장의 손은 이런 일에 쓰이기엔 아까웠다. 사람과 의사소통이 가능하고 큰 사고도 치지 않는 도깨비를 잡으러 가는 건 이제 막 협회에 들어온 파견팀 신입에게나 떨어질 업무였다.

"팀장님이 담당하기엔 너무 가볍긴 하죠."

"그럼, 그게 맞지. 근데 하필 또 같이 올 수 있는 사람이……."

"……저뿐이었네요."

구 팀장은 보늬를 흘긋 바라보고는 운전에 집중했다. 툭 튀어나온 입술을 보아 하니 알긴 아네 같은 생각을 하는 모양이었다. 보늬는 다시 창 너머로 시선을 돌렸다. 가로등 밑에 서 있던 아이 귀신이 보늬에게 손을 흔들었다. 본능적으로 손을 흔들어 주고 싶은 마음이 솟아올랐지만 꾹 억눌렀다. 도와줄 수 없는 혼들을 마주하고 죄책감을 느끼는 일에는 15년이 흘러도 익숙해질 수가 없다.

"……그러니까, 사람을 더 뽑아야 한다고 내가 몇 번을 말해도 말이야…… 손 가진 사람 찾는 게 보통 힘들어야 말이지……."

구 팀장의 혼잣말에 보늬는 무릎에 올려놓은 손을 노려보았다. 파견팀에 들어온 지도 벌써 3년이 넘었지만, 구 팀장이 말하는 '손'을 가지지 못한 보늬는 어디까지나 백업에 불과했다. 오늘처럼 현장에 나온 게 얼마 만인지 기억이 나지 않을 정도였다. 파견은 무조건 2인 1조로 나가야 한다는 규칙이 아니었다면, 또 하필 파견팀 인원들이 업무로 모두 자리를 비우지 않았다면 남색 다마스 조수석에 앉아 벨트를 꼭 붙드는 일 따위, 벌어지지 않았을 터였다. 그것도 하필이면 오늘도 히스테리를 부리기 일보 직전인 구 팀장의 옆에 앉아서.

물론 구 팀장 정도의 급이 되면 혼자 파견을 나가는 것도 완전히 불가능한 일은 아니다. 아무래도 구 팀장은 도깨비를 포획한 후 자질구레한 서류 작업이며 인계 작업을 모두 떠넘기고 빠른 퇴근을 시도할 생각으로 보늬를 데려온 모양이었다. 포획한 도깨비에 대한 서류를 작성하고 보안팀에 도깨비를 넘기는 일 정도야, 손이 없는 보늬도 충분히 할 수 있으니까.

다마스는 인적이 드문 갈림길 앞에서 멈춰 섰다. 여기서 몇 분만 걸어가면 도깨비가 나타난다는 지점이었다. 바쁘게 안전벨트를 풀고 짐을 챙기는데, 구 팀장의 딱딱거리는 핑거 스냅이 보늬를 막아 세웠다.

"아니, 그게 아니지, 보늬 씨."

"네?"

"그냥 여기서 기다려. 뭐 대단한 놈도 아니고, 백白 등급2이잖아? 아니다, 이 정도면 거의…… 내 생각엔 청靑 등급3이야. 혼자서도 충분하니까…… 여기 있어. 방해하지 말고."

그럼 그렇지. 저런 말을 듣고도 웃는 얼굴을 보여 주고 싶지 않았지만 살다 보면 비굴한 미소를 지어야 할 때가

---

2   사단법인 한국괴물관리협회에서 괴물을 구분하기 위해 부여하는 등급. 백 등급의 괴물은 사람을 해치려는 목표가 아닌 다른 특정 목표를 가지고 있거나, 괴물 전문가의 힘으로 통제가 가능한 괴물을 말한다. 이 등급의 괴물은 한번 확보되면 보안실에서 지내게 된다.

3   청 등급의 괴물은 사람을 해치지 않을 뿐만 아니라 사람에게 우호적인 괴물로, 인간과 소통이 가능하거나 인간들에게 도움을 주려는 괴물을 포함한다. 이 등급의 괴물은 보안실을 나와 사무실 구역을 돌아다니도록 풀어놓기도 한다.

제법 있는 법이다. 물렁한 오른쪽 얼굴이 이럴 때면 제 능력을 십분 발휘했다. 있잖아, 구 팀장이 무언가 중요한 고민이라도 있는 것처럼 턱을 치켜들었다.

"예."

"나 요즘 잠을 잘 못 자거든? 수면 시간이 줄어드니까 너무 힘들다. 나 예민해서 컨디션 영향 많이 받는 거 알잖아. 보늬 씨까지 나 힘들게 하면 안 돼…… 이해하지?"

딱, 구 팀장이 손가락을 튕겼다. 구 팀장이 원하는 건 이미 분명했고 보늬는 반항할 수 없었다. 그게 보늬가 3년에 가까운 시간 동안 협회에서 스스로를 지켜 온 방법이었다.

"예에."

"……그래, 다녀올 테니까 꼼짝 말고 있어."

차체를 여러 번 두드린 구 팀장이 거들먹거리며 재킷을 고쳐 입었다. 모퉁이를 돌아 사라지기 전까지 그는 몇 번이고 뒤를 돌아보았고, 그럴 때마다 보늬는 속없는 웃음으로 답해 주었다.

다마스에 홀로 남은 보늬는 억지로 콧노래를 흥얼거려 보고, 창문을 내렸다 올리고, 손잡이를 덜컥거리며 시간을 죽였다. 딱딱, 거슬리는 소리를 내던 구 팀장을 따라 손가락을 튕기자 탁, 하고 볼품없는 소리가 났다. 당연히 아무 일도 벌어지지 않았다.

　어차피 잡힐 거 빨리 나와라, 구 팀장은 주머니에 양손을 찔러 넣은 채로 담벼락을 툭툭 찼다. 주머니 속에는 며칠간의 야근으로 인한 피로와 권태가 뭉쳐 있었다. 보이지 않는 그것들이 묻기라도 한 것처럼 구 팀장은 신경질적으로 허공에 손을 털었다. 습관처럼 손가락을 튕기는 소리가 고요한 골목길에 잠들어 있는 것들을 깨웠다.

　구 팀장도 항상 이랬던 건 아니다. 그에게도 열정적이고 반짝이던 시기가 있었다. 도깨비를 잡아 오라는 업무에 벌벌 떨며 다마스 조수석에 앉아 있던 때가, 정중한 방법으로 유인하겠답시고 괜찮은 식당에서 직접 공수해 온 메밀묵을 아스팔트 바닥에 조심스레 놓아 두던 때가, 초조함에 손가락을 튕기고 또 튕기다가 오던 도깨비도 도망가겠다는 선배의 핀잔에 죄송합니다! 하고 소리치던 때가. 그렇지만 도깨비 다음에는 어둑시니였고, 어둑시니 다음에는 불가사리, 불가사리 다음에는 생사귀(까만 모습에 머리에는 다섯 갈래로 나뉜 뿔이 달린 괴물)였다. 그 이후로도 어마어마하게 많았다. 단피몽두(사람의 두세 배 정도 되는 크기에 얼굴에는 몽두를 쓴 괴물), 쌍두사목(머리가 둘 달린 듯한 느낌을 주는 괴물, 눈이 네 개이며 뿔이 달렸다), 식인충(고운 망사 같은 껍질에 싸인 벌레로 사람을 빨아 먹는다)…… 이제는 이름도 기억나지 않는 수많은 괴물을 거치며 구 팀장은 가끔은 권태롭고 또 가끔은 자조하는 평범한 직장인이 되었다. 대중으로부터 괴물을 격리하고 보호한다는 숭고한 사명 역시 잊어버린 지 오래다. 독특한 일을 한다고 해서 일상까지 독특해지는 건 아니었다. 지금의 구 팀장은 그저 퇴근이 간절했다. 낮부터 열심히 들이부은 카페인의 효력이 서서히 떨어질수록, 신경질적으로 손가락을 튕기는 횟수만 잦아질 뿐이었다.

"안녕하세요?"

차분한 목소리가 구 팀장의 뒤에서 인사를 건넸다. 구 팀장은 소스라치게 놀라 황급히 뒤를 돌아봤다. 단정하게 옷을 차려입은 남자가 꾸벅, 다시 인사를 했다. 목격자들이 묘사한 얼굴에, 인기척 하나 없이 등장하는 걸로 보아 두말할 것 없이 도깨비였다. 이렇게 가까이 다가올 때까지 눈치채지 못하다니…… 보늬에게 컨디션이 좋지 않다고 푸념한 건 사실 어느 정도 과장한 면이 없지 않았으나, 확실히 평소보다 반응 속도가 느리긴 했다.

"……예, 안녕하세요."

"혹시 괜찮다면…… 저랑 씨름 한번 어떠실까요?"

뜬금없는 제안을 하는 주제에, 하얗고 반듯한 얼굴은 달빛 아래에서 반짝반짝 빛났다. 잘 빚은 밀가루 반죽 위로 눈, 코, 입을 아무렇게나 집어 던지면 이런 얼굴이려나 싶을 정도로 도깨비는 말갛고 무해한 인상이었다. 목격자들이 도깨비의 얼굴을 묘사하려 할 때마다 한참을 주저하던 게 이제야 이해가 갔다. 너무 선하고 편안해서 강렬한 첫인상을 남기지 못하는 사람들이 종종 있는데, 이 도깨비가 딱 그런 부류에 속했다.

"……그럽시다. 뭐, 딱히 할 일도 없는데."

구 팀장은 속으로 쾌재를 불렀다. 도깨비를 찾아 골목을 이 잡듯이 뒤질 체력도 없었는데 다행이었다. 친절하게 눈앞에 나타나 준 것으로도 모자라서 씨름을 하자고 먼저 제안하기까지. 씨름을 한다는 건 싫든 좋든 상대의 몸에 손을 대야 한다는 뜻이고, 그건 곧 손을 쓸 수 있다는 걸 의미했다. 친절하고 경계심도 없고 예의 바른 도깨비로군, 동방예의지국의 괴물다워. 그렇게 생각하며 도깨비의 바지춤을 붙잡고 자세를 잡았다. 씨름은 잘 모르지만 대충 허벅지쯤을 잡으면 되지 않으려나 싶었다. 도깨비는 일말의 고민도 하지 않고 괴상한 제안을 받아들인 구 팀장에게 사람 좋은 웃음, 아니 도깨비 좋은 웃음을 지었다.

구 팀장은 숨을 들이켰다. 바지를 움켜쥔 손가락을 펴서 도깨비의 허벅지 위에 슬그머니 올려 두었다. 서로의 바지춤을 거머쥔 채로 상대를 잠시 탐색하는 시간이 이어졌다. 그렇게 도깨비와 살을 맞대고 있는 동안 안 그래도 없는 인내심은 빠르게 바닥을 보였다. 구 팀장은 도깨비의 허벅지 위에 올려 둔 손가락에 온 신경을 집중했다. 그 와중에 적당한 온도로 데워진 이불 속에서 요리 스톱모션 영상을 보는 광경이 머리를 스쳐 지나갔다. 보늬에게 도깨비를 맡기자마자 집으로 달려가야겠다는 생각으로 들뜬 그의 왼다리 안쪽에 도깨비의 오른다리가 걸리더니, 몸이 순식간에 균형을 잃었다.

차가운 바닥에 등을 대고 누운 상태가 되어서야 구 팀장은 무슨 일이 벌어졌는지 알아차렸다. 도깨비에게 손이 먹히지 않는다. 다리 걸기로 그를 넘어뜨린 도깨비는 꿋꿋하게 무게를 실어 구 팀장을 짓눌렀다. 도깨비의 허벅지에 닿았던 손을 오므렸다가 펴길 반복하는 구 팀장의 얼굴이 혼란으로 물들었다. 이거 왜 이래, 벌써 배터리가

다 닳았나? 이럴 때를 대비해 기氣수련을 열심히 해 둬야 한다고 틈만 나면 잔소리를 하던 서 팀장의 얼굴과 그가 습관처럼 그리던 수手법4이 떠올랐다. 두 손을 맞잡아 깍지를 끼고 음양의 조화를 느낀 다음 손등을 굽혀 둥근 공간을 만들고 온 신경을 그 안에 집중한다. 그리고 또······ 어쩌고저쩌고. 손의 기운이 갑자기 바닥났을 때 급하게 다른 신체의 기운을 빌려 오는 수법 중 하나였지만 그 수법을 사용했다간 도깨비를 어정쩡하게 끌어안는 꼴이 될게 뻔했고, 무엇보다 오늘은 기운이 부족할 만큼 손을 사용하지도 않았다. 설마 배터리 문제가 아닌가, 손에도 수명 같은 게 있었던가, 아무도 그런 말은 안 해 줬는데! 얼이 빠진 사람처럼 허공에서 손을 흔들어 대는 그의 얼굴을 무언가가 쿡쿡 찔렀다. 요즘에는 쉽게 찾아 볼 수 없는 싸리나무 빗자루였다.

구 팀장은 그제야 자신을 짓누르고 있던 무게감이 온데간데없이 사라진 것을 깨달았다. 바닥을 짚고 벌떡 일어나자 그의 품에 안겨 있던 빗자루가 툭, 바닥으로 떨어

---

4   손의 기운을 이용하는 기술. 특정 제스처를 취하거나, 허공에 문양을 그리거나, 도구의 힘을 빌리는 방식이 있다.

졌다. 저 멀리 길목에서 하얗고 선량한 얼굴을 한 청년이 줄행랑을 치고 있었다. 이, 저, 저, 아, 씨! 정제되지 않은 감탄사가 입 밖으로 마구 튀어나왔다. 도깨비에게 홀려서 빗자루와 씨름을 하다니. 빨리 퇴근하고 싶은 마음에 신입이나 할 법한 실수를 저질렀다. 미뤄진 퇴근에 대한 분노와 도깨비에게 속아 넘어갔다는 수치에 어쩔 줄을 모른채, 구 팀장은 마지막 동아줄을 잡는 심정으로 손가락을 튕겼다. 딱. 맑은 소리가 골목길에 울려 퍼졌지만, 역시 먹히지 않았다. 피곤해 죽겠는데 성공할 리가 없지. 속으로 툴툴대는 동안 도깨비는 얄밉게도 뒤를 돌아보며 소리의 근원지를 확인하고는 다시 온 힘을 다해 달려갈 뿐이었다.

"아씨, 왜 전화도 안 받아……."

통화 연결음이 이어졌지만 보늬는 전화를 받지 않았다. 구 팀장은 손바닥과 옷에 묻은 흙먼지를 털고, 다마스가 있는 곳을 향해 최대한 빠르게 걷기 시작했다.

도깨비는 거의 울음을 터트리기 일보 직전이었다. 하얀 얼굴 위에 박힌 이목구비가 사정없이 일그러졌다. 보늬는 그저 끊임없이 울리고 있는 휴대폰을 주머니에서 꺼내려

했을 뿐이나, 도깨비의 눈에는 괴물 전문가가 무시무시한 '손'을 꺼내려 드는 것처럼 보이는 모양이었다. 휴대폰이 진동하는 동시에 구 팀장의 새된 목소리가 들리는 것 같아 보늬는 갈등했다. 큰맘 먹고 휴대폰을 주머니에서 쑥 빼내자마자 도깨비는 으악, 외마디 비명을 지르며 자리에 주저앉았다.

겁이 엄청 많은 도깨비네. 보늬는 그가 어떻게 구 팀장을 따돌리고 여기까지 온 건지 궁금해졌다. 조수석에서 다마스 곁을 스쳐 지나가는 사람을 보자마자 보늬는 그가 문제의 도깨비임을 알아차렸다. 엄청 하얗고…… 잘 기억이 안 나네요, 그냥 평범했어요. 목격자들이 하나같이 입을 모아 그렇게 말했지만 보늬라면 틀림없이 그를 보기만 해도 사람을 편안하게 만드는 인상이라고 설명했을 것이다. 감상이 어찌 되었든 지금 보늬가 무릎을 끌어안고 울상을 짓고 있는 도깨비를 잡아 두어야 한다는 사실은 변하지 않았지만.

다마스 뒷좌석에는 괴물을 산 채로 포박할 때 쓰는 붉은 실타래가 놓여 있다. 묶여 있는 동안 괴물의 힘을 억제하는 붉은 실이다. 구 팀장의 주머니에도 보늬의 주머니에도 들어 있는 물건이었다.

붉은 실을 들고 다가가는 동안 도깨비가 도망가지 않고 제자리에 가만히 있어 줄까? 그냥 휴대폰을 꺼냈을 뿐인데 저렇게 주저앉아 버리는 걸 보면 가능하지 않을까? 일단 냅다 붉은 실을 들이밀어야 하나? 저항하면 어쩌지? 그러다 보늬에게 '손'이 없다는 사실을 들킨다면? 지금껏 보늬의 손이 두려워 벌벌 떨었던 도깨비가 진실을 알게 된다면 어떻게 나올지 상상도 하기 싫었다. 비쩍 마른 남자였고 하얀 팔다리로는 힘 한번 제대로 쓰지 못하고 픽 쓰러질 것 같았지만, 어찌 되었든 그는 도깨비고 괴물이었다. 보늬가 아무리 주먹을 휘두르며 맞서 싸워도, 도깨비에게 상처 하나 낼 수 없다. 반대로 도깨비의 손바닥 아래에서 보늬는 소리조차 내지 못하고 쉽게 으스러져 버릴 것이다. 손을 가지지 않은 일반인이 괴물을 마주하는 건 이렇게나 위험한 일이었다.

부러진 뼈 위로 으깨진 살점이 뚝뚝 떨어지는 상상을 하면서도 보늬는 침착함을 잃지 않았다. 도깨비는 이제 무릎에 얼굴을 묻은 채로 완전히 체념해 버린 모습이었다. 이대로라면 구 팀장이 돌아왔을 때 붉은 실에 묶인 도깨비를 당당히 보여 줄 수 있을지도 몰랐다. 구 팀장 정도 되는 사람이 도깨비를 놓쳐 버렸다는 건 굉장한 치욕

일 테고, 보늬는 그를 도와 사건을 수습한, 믿음직스럽고 든든한 후배가 될 터였다. 비록 손은 가지지 못했지만 그래도 가끔 업무를 믿고 맡길 수 있는 팀원이 될지도. 백업 담당이라는 지루하고도 평온한 자리에서 탈출하는 계기가 될지도. 또 어쩌면……

"나 하나 데려가려고 여기까지 온 거예요?"

이젠 다 끝났어 같은 말을 혼자 중얼대던 도깨비가 보늬를 향해 정중하게 물었다. 천천히 도깨비에게 다가가던 보늬는 물기 어린 음성에 걸음을 멈췄다. 도깨비의 목소리는 생각보다 더 어렸다. 외형과 목소리로 판단했을 때 사람 기준으로 기껏해야 20대 초반 정도 되었을까 싶었다.

보늬는 적당한 답을 찾지 못해 머뭇거렸다. 주머니에 들어 있는 실타래를 꼭 붙드는데 도깨비가 또 한 번 툭, 내뱉는다.

"내가 뭘 했다고요. 씨름 좀 하자고 한 게 그렇게 큰 잘못인가요? 씨름이라도 몇 번 했으면 몰라, 요즘은 씨름하자고 그러면 미친 도깨비 보듯 쳐다보던데."

한숨과 함께 고개를 치켜든 도깨비는 보늬를 노려보며 말을 줄줄 쏟아 내기 시작했다. 어린 도깨비의 하소연은 그칠 줄을 몰랐다.

"내가 말이에요. 이제 막 50년을 살았어요. 당신들 기준으로는 나이가 많은 걸지 몰라도 우리 기준으로는 아직도 신생아 취급받는 나이라고요. 그 50년도 얼마나 힘들게 살았는지…… 딱 보면 견적 나오잖아요. 다른 도깨비들처럼 보기 좋게 생기지도 않았지, 인간들 돈 벌게 해 주는 능력도 없지, 명당 자리를 알아보는 눈도 없지…… 와중에 요즘은 도깨비 취급도 예전 같지 않죠, 메밀묵 한번 얻어먹기도 어렵고, 씨름 한번 하자고 하면 무시하고. 도깨비한테 제사 올리던 호시절은 다 가 버렸어요. 우리를 기억하는 사람이 있기나 한지 의문이에요! 가끔 물건 잃어버린 어린애들이나 도깨비님, 도깨비님, 하고 부르는 게 전부라고요. 기껏 잃어버린 물건을 찾아서 돌려주면? 그걸로 끝, 대가로 돌아오는 것도 없죠!"

어린 도깨비는 한을 담아 와다다 쏘아붙이더니, 이내 눈물까지 글썽대기 시작했다. 아아, 보늬는 탄식과 함께 이마를 짚었다.

"다른 형들은 잘생기고 능력 좋다고 나쁜 인간들 도우면서 떵떵거리고 사는데, 나는 평범하고 재능 없는 도깨비라 그러지도 못해요. 근데 당신들한테 끌려가서 평생을 거기서 보내라고요? 감옥이나 마찬가지인 곳에서? 세상이 이렇게 불공평할 수가 있어요?"

도깨비의 삶도 참 복잡하고 피곤하구나, 인간이랑 별
다를 게 없네. 어린 도깨비의 푸념은 대체로 옳았고 보늬
도 그걸 잘 알았다. 구 팀장도 그를 이렇게 부르지 않았던
가. '뭐 대단한 말썽 부리는 놈도 아니고 고작 씨름에 미
친 놈'이라고. 특별한 능력을 갖추지 못해 인간들에게 씨
름이나 제안하던 어린 도깨비를 붉은 실로 꽁꽁 묶어 협
회로, 도깨비에 따르면 '감옥'이나 마찬가지인 곳으로 이
송할 생각을 하니 머리가 아파 왔다. 무엇보다 한 문장이
자꾸 마음에 걸렸다. 평범하고 재능 없는 도깨비. 보늬는
그게 어떤 기분인지 잘 알고 있었다. 너무 잘 알아서 문제
라면 문제였다.

보늬가 체념하고 도깨비를 바라보는 동안, 어린 도깨비
는 슬금슬금 보늬의 눈치를 살폈다. 처음 본 인간 앞에서
냅다 불평불만을 쏟아 내다가 울어 버린 게 이제서야 조
금 부끄러운 모양이었다. 겹쳐 보지 말자. 보늬는 스스로
에게 외쳤다. 자기 연민만큼 끔찍한 건 없는 거야, 심지어
넌 저렇게 하얗지도 않다고.

"가요, 빨리."

"……네?"

"가라고요, 팀장님 오기 전에. 팀장님 오면 어떻게 될지 나도 몰라요."

어린 도깨비는 멍청한 얼굴로 자리에서 일어나더니 소매로 얼굴을 문질러 닦았다. 감사, 감사합니다…… 중얼대던 도깨비가 꾸벅 고개를 숙이고 돌아서는 순간이었다.

"보늬, 보늬 씨! 잡아! 그거 잡으라고!"

호랑이도 제 말 하면 온다더니…… 보늬는 냅다 도깨비의 등을 떠밀었다. 가요, 빨리 가라고! 다행히 그는 주저하지 않고 곧장 달리기 시작했고 모퉁이를 돌아 보늬의 시야에서 사라졌다. 싸늘한 정적에 구 팀장이 헉헉대는 숨소리만 섞여 든다. 보늬는 차마 뒤로 돌지 못한 채, 차분하게 구 팀장의 처분을 기다렸다.

구 팀장은 생각보다 덤덤했다. 그는 잠시 숨을 고르고 안경을 고쳐 쓰더니 평온하게 물었다. 보늬 씨, 지금 대체 뭐 하자는 거지? 물론 그의 평온함은 보늬가 죄송하다는 말을 뱉는 순간 완전히 사라져 버렸지만 말이다.

네가 무슨 짓을 저지른 줄 알긴 아는 거냐, 너는 그래서 안 되는 거다, 내가 몇 번을 말하지 않았냐, 능력이 없으면 방해라도 되지 말아야 하는데, 1년에 한 번 나올까 말까 한 파견도 이런 식으로 망쳐 버리면 어쩌자는 거냐, 난 네가 무슨 생각인지 정말 모르겠다, 협회의 목표가 뭔지 잊어버린 게 틀림없다, 그렇지 않으면 이렇게 멍청하게 굴 리가 없으니까, 대중으로부터 괴물을 격리, 보호하기는 얼어 죽을, 이럴 거면 그냥 보안실에 가서 문을 다 열어 버려라. 구 팀장이 5분 동안 히스테릭하게 쏟아낸 말을 대충 요약하자면 이랬다. 그동안 보늬는 꿋꿋이 버티고 서서 5분이 빠르게 지나가기만을 기다렸다.

"내 말 듣고는 있어? 나 보늬 씨 정말 좋게 보려고 노력했다? 보늬 씨 손 없다고 사람들이 다 쑥덕거릴 때 회장님 생각해서라도 받아 보자고 부회장님 설득한 게 나라고. 근데 기껏 믿었더니 내가 얻은 결과가 이건가? 쪽팔리게 청 등급짜리 도깨비를 보내 줘? 빨리 가라고 아주 등을 떠밀어?"

구 팀장의 손가락이 보늬의 어깨를 사납게 찔렀다.

"이런 말 하는 데 3년이나 걸려서 미안한데, 보늬 씨는 협회에서 일할 자격 없어. 나니까 이렇게 좋게 말해 주는 거다, 알지?"

그는 운전석 문을 사납게 열어젖히며 마지막으로 덧붙였다.

"이딴 식으로 할 거면 차라리 하지 마. 그만두라고."

그래서 보늬는 오늘 아침, 협회에 출근하자마자 사직서를 완성했다.

　사단법인 한국괴물관리협회는 전국에 총 다섯 개의 지부가 있으며 괴물[註]와 관련된 모든 일을 도맡아 처리한다. 경기도 외곽의 버려진 폐건물과 폐축사를 개조해 본사 건물로 사용하는 이곳은 일반인의 출입을 금지하며, 대외적으로는 '사단법인 한국실뜨기협회'로 알려져 있다. 까다로운 보안 과정을 거쳐 안으로 들어온 뒤에야 안내 데스크 뒤쪽 벽면에 새겨진 '사단법인 한국괴물관리협회'라는 이름을 확인할 수 있는데, 그 옆에는 동그란 무언가를 받치고 있는 두 손이 깔끔하고 간단하게 그려져 눈길을 끌었다. 협회 회원들의 특징인 특별한 손을 상징하는 로고였다.

　본사 건물 내부는 사무실 구역과 보안실 구역으로 나뉘었다. 보늬가 대부분의 시간을 보내는 사무실 구역은 겉보기엔 평범하기 그지없었다. 상아색 벽과 회색빛 바닥, 구석에는 시들어 가는 화분들이 자리를 차지하고 있고 길쭉한 책상들이 열을 맞춰 놓였다. 아슬아슬하게 쌓인 서류철과 이면지 박스, 복합기와 정수기, 먼지가 듬뿍 쌓인 화이트보드. 눈이 하나 달린 고양이가 가끔 발목을 스치고 지나가고 목이 없는 괴물 무두괴가 종종 회장실을 벗어나 사람들을 놀라게 하는 일만 없다면, 대도시 어딘가에 자리 잡은 평범한 중견기업으로 소개해도 손색이 없을 정도였다.

협회의 기본적인 목표는 대중으로부터 괴물을 격리하고 보호하는 것이었다. 보호의 범위에는 괴물이라는 기이하고 독특한 종을 보존하고 지키는 것뿐만 아니라, 괴물로부터 인간을 보호하는 것 역시 포함되었다. 손을 가지지 못한 일반인은 괴물에게 생채기 하나, 흠집 하나 낼 수 없기 때문이었다. 총칼을 들고 덤벼도 괴물에게 상처 하나 입히지 못하고 그 어마무시한 힘에 나가떨어지고야 마는 게 대부분의 인간이다. 괴물에게 물리적인 타격을 입힐 수 있는 손을 가진, 소위 '선택받은 사람'만이 협회에 들어갈 수 있는 건 당연한 일이었다. 사무실 구역을 사용하는 파견팀 사람들과 보안실 구역을 사용하는 보안팀 사람들은 모두 손을 가지고 있었고, 속칭 '괴물 전문가'라 불렸다. 괴물 전문가의 손에는 상식적으로 설명할 수 없는 기운이 깃들어 있다.

손은 본능적으로 쓰였다. 손을 가진 사람 중에 손이 작동하는 과정을 구체적으로 설명할 수 있는 사람은 없었다. 손을 가진 사람들은 괴물과 물리적으로 싸울 수 있을 뿐만 아니라 오직 괴물에게만 통하는 독특한 능력을 갖추었다. 괴물의 몸에 손을 대거나 손으로 특정 제스처를 취하고 허공에 문양을 그리는 방식 등으로 작동하는 힘이었다. 구 팀장을 예로 들자면, 그의 손은 괴물에게 닿는 순간 괴물의 움직임을 멈추게 만드는 힘을 가졌다. 괴물을 순식간에 잠에 빠지게 하는 힘, 괴물을 치유하는 힘 등등 능력은 사람에 따라 각양각색이었으며 본사로 출근하는 직원 중 손을 가지지 못한 사람은 딱 한 명, 보늬뿐이었다. 보통 2인 1조로 파견을 다니는 파견팀에서 보늬가 그 누구와도 팀을 꾸리지 못하고 3년째 백업으로 남아 있는 이유였다.

보늬는 평범하디평범한 손으로 사직서를 쓸어내렸다. 인터넷에서 양식을 검색해 완성한 사직서는 이리저리 뜯어봐도 흠잡을 데 없이 완벽했다. 반듯하게 접은 종이를 봉투에 넣고 자리에서 일어났다. 보늬가 비장한 얼굴로 사직서를 검색하고 인쇄하고 완성하는 동안 사무실의 그 누구도 보늬를 신경 쓰지 않았다. 본격적으로 업무를 시작하기 전, 삼삼오오 모인 사람들은 지난밤의 일상을 나누고 쓸데없는 가십거리를 화두에 올리며 항상 그랬듯 보늬를 철저하게 무시하고 있었다. 티를 내진 않지만 모두 어젯밤의 도깨비 사건을, 정확히 말하면 '강보늬가 도깨 비를 등 떠밀어 보내는 바람에 구 팀장이 씨름이나 제안 하는 하찮은 도깨비를 코앞에서 놓쳐 버린 사건'을 알고 있는 게 분명했다.

협회를 기준으로 생각했을 때 도깨비를 놓아준 것은 명 백한 잘못이 맞다. 성향이 어찌 되었든 도깨비는 사람에 게 피해를 끼치니 격리하는 게 옳으며 또 그 수가 서서히 줄어드는 추세이므로 종을 보호하기 위해서라도 보안실 에서 지내는 게 합리적이다. 그렇지만 보늬에게는 옳고 그름의 문제가, 합리적이고 말고의 문제가 아니었다. 하 얀 얼굴의 도깨비가 울면서 비는 광경 앞에서 보늬는 도 저히 잔인해질 수가 없었다. 그의 목소리에서 원망이나 분노가 아니라 체념이 느껴졌기에 더더욱 그랬다. 스스로 를 비난하다 못해 결국 체념하게 되는 과정을 보늬는 정 확히 알고 있다. 그래서 도깨비를 놓아주었다. 그리고 그 게 잘못이었다면 온전히 책임을 져야 했다.

이렇게 끝이구나. 보늬는 사직서 봉투를 우두커니 바라 보며 생각에 잠겼다. 협회를 그만두면 무엇을 해야 할지, 어떻게 먹고살아야 하는지 한 번도 생각해 본 적이 없었다. 협회에 들어가는 걸 인생의 과정 중 하나가 아니라 무려 최종 목표로 설정해 버렸으니 그럴 만도 했다. 그래도 좀 더 오래 버티고 싶었다. 회장인 귀순이 돌아왔을 때 당당하게 협회의 일원으로서 기능하는 모습을 보여 주고 싶었다. 사직서를 손에 쥔 지금, 그것도 다 옛날이야기가 되어 버렸지만 말이다. 보늬는 엄숙하게 자리에서 일어나 구 팀장의 자리로 향했다. 둥글게 모인 팀원들이 속삭이는 소리가 선명하게 들렸다.

"수현 씨가 본 거라고요?"

"진짜래요, 남자였다는데. 얼굴이 새까맣고…… 좀 이상하게 걸어 다녔다나."

"몇 번째야, 이게."

"무서워서 어떡해요. 안 그래도 사무실 으스스해서 야근 못 하겠는데, 귀신까지 나오면……."

귀신? 남자? 사무실? 흥미로운 단어들이 툭툭 튀어나올 때마다 보늬의 발걸음도 자연스럽게 느려졌다. 옹기종기 모여 있는 사람들의 곁을 천천히 지나가자, 그들은 보늬를 곁눈질하며 목소리를 낮췄다.

"팀장님도 알고 있어요?"

"알긴 알걸요. 근데 귀신이 어쩌고 하는 거 워낙 싫어하는 사람이니까……."

"효령 씨 오늘 야근해야 한다고 하지 않았어? 괜찮아?"

"뭐…… 죽기야 하겠어요. 여차하면 두들겨 패죠."

아무리 강한 손이라도 귀신한테는 안 먹힐 텐데. 보늬
는 그런 생각을 하며 웃음을 터트리는 사람들 무리를 지
나쳐 갔다. 귀신, 남자, 사무실, 야근. 귀신, 남자, 사무실,
야근. 낯선 조합이 보늬의 머릿속을 빙빙 돌다가 반짝이
는 답을 내놓았다. 어쩌면…… 마지막으로 손에 쥔 사직
서 봉투를 들여다보았다. 어쩌면 아직, 여기서 할 수 있는
일이 남아 있는 게 아닐까. 오직 보늬만이 할 수 있는 일.
보늬가 아니라면 결코 해결할 수 없는 일. 보늬의 쓸모를
증명할 수 있는 일.

"……어, 보늬 씨. 왜?"

신경질적으로 서류를 넘기던 구 팀장이 고개를 들었다.
그의 시선이 언뜻 하얀 봉투에 머무르는 것 같아서, 보늬
는 재빠르게 봉투를 등 뒤로 숨겨 버렸다.

"다름이 아니라…… 드릴 말씀이 있습니다."

"무슨 말? 드디어 그만둘 마음이 들었나?"

"……그건 아니고요."

구 팀장의 얼굴에 아쉬운 기색이 스쳐 지나갔다. 몸을

쭉 빼고 보늬의 뒤를 살피는 게 누가 봐도 봉투에 적힌 글자를 확인하려는 모양새다. 보늬는 봉투를 반으로 접어 손바닥 안으로 감추었다.

"혹시 사무실에 귀신 나온다는 이야기 들으셨어요?"

정공법이 제대로 먹혔다. 구 팀장의 얼굴이 묘하게 일그러지는 꼴을 보며 보늬는 짧은 쾌감을 맛보았다.

"그…… 듣긴 했지. 귀신이 어쩌고저쩌고, 야근이 어쩌고저쩌고…… 하여튼 다들 기가 허해 가지고. 기 수련 워크숍이나 추가로 잡아야 할까 봐."

"그거, 제가 조사해 보겠습니다."

"보늬 씨가?"

"전 보이니까요…… 다른 사람들이랑은 다르게."

구 팀장은 이것 봐라, 하는 얼굴이었다.

"이러다가 야근 못 하겠다는 인원들 생기면 팀장님도 골치 아프시잖아요. 그 전에 제가 조사해서 해결하겠습니다."

"내가 괜찮다고 거절하면?"

"그럼 나중에 돌이킬 수 없어졌을 때 '대귀협'을 불러야 하겠죠."

구 팀장의 날 선 눈빛에 보늬의 심장이 빠르게 뛰었다.

그래도 여기까지 와 버린 이상 물러설 수는 없었다.

'사단법인 대한귀신처리협회'는 본사가 서울 광화문에 위치한 곳으로, 귀鬼와 관련된 모든 일을 담당한다. 전국에 총 열한 개의 지부가 있고 찾는 사람도 월등히 많아서, 사단법인 한국괴물관리협회의 라이벌이라 부르는 게 민망할 정도였다. 그리고 구 팀장은 '대귀협'을 향한 깊고 진한 열등감을 품고 있는 밴댕이 소갈딱지로 유명했다. 구 팀장이 스스로 밝히진 않았지만 아주 오래전부터 대귀협에 소속된 누군가와 앙숙이었다는 소문이 유령처럼 떠돌았다. 보늬가 군이 대귀협을 들먹인 건 그 때문이었다.

"……대귀협 놈들이 우리 사무실 들쑤시고 다니는 꼴은 못 보지. 그래, 맡겨 볼게. 한번 해 봐."

"네! 감사합니다."

구 팀장은 예상보다 싱겁게 허락했다. 보늬는 속으로 쾌재를 부르며 뒤로 돌아섰다. 구 팀장이 마지막으로 뱉은 말이 보늬를 붙잡았다.

"그리고 그, 손에 든 거는 나중에 꼭 제출하도록 해 보자고. 혹시 알아? 이번 일 잘되면 대귀협에 스카우트될지."

언젠가 잔뜩 화가 난 팀원 중 하나가 구 팀장을 이렇게 불렀던 것 같다. 여우 같은 놈. 보늬는 온 마음을 다해 그 말에 공감했다.

보늬가 제일 먼저 해야 할 일은 분명했다. 여자를 찾아야 한다. 귀신과 관련된 일이라면 여자에게 물어보는 게 가장 빠르니까.

빠르게 향한 곳은 여자 화장실이었다. 화장실 어디에도 여자는 없었다. 몸을 숙이고 바닥까지 꼼꼼하게 훑었건만 검은 머리카락이 흩어져 있는 광경 역시 보이지 않았다. 여자는 종종 화장실 바닥에 누워 길고 매끄러운 머리카락이 아름답게 흩어지도록 자세를 잡는 취미가 있었다.

화장실이 아니라면 다음은 탕비실이었다. 자그마한 원형 테이블이 놓여 있는 좁은 방, 각종 간식들이 달달한 향을 풍기며 사람들을 유혹하는 곳. 여자는 어울리지 않게 탕비실을 좋아했다. 둥글둥글하고 달콤한 것들이 모여 있는 방이 내뿜는 온기가 있다고 했다.

아무도 말 걸어 주지 않고, 아무도 쳐다보지 않지. 그렇게 가만히 있다 보면 추워지거든. 추워지면 사라지게 될까 봐 두려워져. 추위를 견딜 수 없으면 탕비실 구석에 가서 앉아 있는 거야. 쭈그리고 앉아서 사람들이 두고 간 온기를 줍는 거지. 그 말을 듣고 보늬는 여자를 위로하는 대신 혀를 찼다. 너무 구질구질하게 구는 거 아니에요? 그때는 장난처럼 쏘아붙였지만 보늬도 가끔은 추워질 때가 있었다. 여자를 따라 탕비실 구석에 슬쩍 엉덩이를 붙였다가 사람들이 들어오는 바람에 벌떡 일어난 적이 절대 없었다고는 말하지 못한다.

탕비실은 한산했다. 찢긴 과자 봉지와 물기에 젖은 컵만이 보늬를 맞아 주었다. 흠, 보늬는 구석구석을 살피고 찬장 서랍도 부지런히 열어 보았다. 그 어디에도 여자는 없었다. 이거 이상한데. 보늬는 마지막으로 냉장고 문을 열었다가 꽥 비명을 지를 뻔했다.

여자는 냉장고 안에 있었다. 음료 몇 개가 달랑 놓여 있는 냉장고 내부에 온몸을 구긴 채로. 고개를 비정상적으로 꺾은 탓에 앞으로 쏟아진 긴 머리카락이 보늬의 발끝에 닿기라도 할 것처럼 축 늘어졌다. 파랗게 얼어붙은 손가락이 무릎을 끌어안았고 붉은 입술을 죽 찢어 환하게 웃고 있었다. 보늬는 습관처럼 한숨을 내쉬었다.

"여기서 뭐 해요?"

'……재미없어?'

"설마 저 올 때까지 기다렸어요?"

'심심해서.'

"빨리 나와요. 그러다 담 걸릴라."

물론 여자는 담에 걸리지 않는다. 여자는 몇십 년 전에 죽은, 이제는 자신의 이름과 죽은 이유조차 기억하지 못하는 귀신이니까. 알면서도 보늬는 여자를 살아 있는 사람처럼 대한다. 그게 보늬가 여자에게 할 수 있는 최소한의 예의이자 애정의 표시였다.

여자는 끙끙대는 소리 한번 내지 않고 부드럽게 냉장고 밖으로 나왔다. 소복에 긴 머리카락, 창백한 피부와 붉은 입술. 누가 봐도 나 처녀 귀신이요 하는 모양새지만 여자도 처음부터 이랬던 건 아니었다. 아무도 없는 버려진 폐건물을 거닐 때 여자는 어깨까지 오는 머리카락을 하나로 묶고 낡은 스웨터와 청바지를 입고 있었다. 폐건물과 폐축사가 사단법인 한국괴물관리협회 본사 건물이 될 때까지 여자는 그 모습이었다. 많은 사람이 건물에 상주하기 시작하면서 여자는 스타일을 바꾸기로 결심했는데, 반복되는 야근에 기가 허해진 사람들이 가끔 여자를 보아도 놀라지 않았기 때문이었다. 지친 얼굴, 스웨터와 청바지. 여자는 귀신보다는 야근에 이골이 난 '사원 1' 정도로 보였고 사람들을 놀라게 하지 못하자 보늬의 조언에 따라 스타일을 바꾸기로 마음먹었다. 그게 여자가 머리를 기르고 소복을 입고 매일같이 입술을 붉게 칠하는 이유였다. 여자는 생각보다 장난기가 많았다.

"물어볼 게 있어서 찾았는데요."

'응, 물어봐.'

그리고 여자는 친구가 없는 보늬의 유일한 말동무이기도 했다.

나쁠 것 없는 장사였다. 여자는 몇십 년을 홀로 버티면서 자신의 이름조차 잊어버리게 된 일상에 푹 젖어 있는 상태였고, 보늬는 보늬대로 아무도 말을 걸어 주지 않는 회사 생활에 지쳐 있었으니까. 사람들이 보지 못하는 여자와 사람들이 보지 않으려고 애쓰는 여자는 그렇게 친구가 되었고 종종 지금처럼 탕비실 구석이나 여자 화장실에서 잡담을 나누었다.

"혹시 요즘 새로운 일 같은 거 없어요? 신입이 들어왔다거나."

'신입? 나 말고 다른 귀신이 나타났냐고 묻는 건가?'

보늬가 열렬히 고개를 끄덕이자 여자는 생각에 잠겼다.

'딱히 본 적 없는데…… 신입이 있으면 내가 모를 리가 없잖아.'

"남자래요, 얼굴이 새까맣고."

'특징이 있으면 더더욱 못 봤을 리가 없고. 귀신인 건 확실해?'

"사람들 말로는 그렇다는데."

'괴물 전문가들이 왜 그렇게 상상력이 부족해? 귀신이 랑 괴물도 구분 못 하고.'

"그쪽이 아니라 이쪽이라는 거예요?"

'우리 쪽에 신입이 나타났으면 내가 바로 알아차렸을 테니까, 그쪽 신입이라 느끼지 못한 게 아닐까 싶은 거지. 그쪽은 보안실에 하도 드글거려서 한 놈쯤 더 추가된다 해도 감지하기 어려우니까.'

여자의 추측은 일리가 있었다. 지박령 중의 지박령이자 터줏대감인 여자가 눈치채지 못할 정도면 새로운 귀신이 나타났다고 보기는 어려웠다. 수줍음이 대단히 많은 귀신 이라 낮에는 꼭꼭 숨었다가 밤에만 살짝 등장해 사람들을 놀라게 하는 경우라도 말이다. 보늬는 생각에 잠겼다. 일 단은 밤이 깊어질 때까지 기다리는 게 나을 듯했다.

온종일 히스테리를 부리며 사람들을 채찍질하던 구 팀 장은 6시가 되자마자 누구보다 빠르게 건물을 뛰어나갔 다. 해가 뉘엿뉘엿 지고 어둠이 내려앉은 밤, 야근을 위 해 남은 몇몇이 키보드를 두드리는 소리만 선명한 가운데 보늬는 복도를 걸으며 탕비실에서 가져온 과자를 씹었다. 창문 너머로 슬쩍 훑어본 사무실의 풍경은 평화로웠다. 최근에 입사한 여자 신입과 효령이 남아 있었던 것 같은데 신입은 어디로 갔는지 보이지 않았다. 신경질적으로 키보드를 두드리던 효령과 잠시 눈이 마주쳤다. 효령은 못 볼 꼴을 보기라도 한 사람처럼 매몰차게 고개를 돌려 버렸다.

마지막 과자 조각을 삼키며 보늬는 어깨를 으쓱였다. 효령은 협회 사람들 중에서도 유독 보늬에 대한 적대감을 강하게 드러내는 편이었다. 갈등을 원하지 않는 보늬로서는 효령의 날카로운 시선을 마주할 때마다 재빠르게 꼬리를 내리는 게 상책이었다.

한 시간이 넘도록 사무실 구역을 샅샅이 살폈지만 수확은 없었다. 회장실, 부회장실, 곳곳의 복도와 체력 단련실, 탕비실, 창고, 비상구까지 속속들이 뒤졌는데도 불구하고 귀신의 귀 자도 보이지 않는다. 설령 보이지 않더라도 어떤 기운이라도 느껴질 법한데, 머리카락이 쭈뼛 서거나 이유 없이 몸이 부르르 떨린다거나 하는, 보늬만이 알 수 있는 신체적 반응조차 나타나지 않았다. 여자의 말대로 정말 귀신이 아닌 걸까? 그렇지만 귀신이 아니라면,

대체 무엇이 회사 안을 돌아다니고 있는 거지?

사무실 안에서 쿵 하는 소리가 들린 건 보늬가 생각 없이 복도를 빙빙 돌고 있을 때였다. 무거운 무언가가 바닥을 내려치는, 불안과 혼란이 담긴 소리였다. 재빠르게 모퉁이를 돈 보늬는 사무실 문을 열어젖혔다. 의자 하나가 뒤집혀 공중에 바퀴를 쳐들고 있었다. 그 옆에 쓰러져 눈을 감고 있는 사람은 다름 아닌 효령이었다.

초인적인 속도로 달려간 보늬가 본능적으로 효령의 코아래에 손을 가져다 댔다. 다행히 숨을 쉬고 있었다. 효령씨, 이름을 부르며 어깨를 흔드는데 또 다른 발소리가 들렸다. 거칠게 숨을 몰아쉬며 보늬의 곁에 선 사람은 효령과 같이 야근을 하는 듯했던 신입이었다. 이름이…… 지운이었지. 말을 걸 일은 없었지만 보늬는 사람의 이름은 되도록이면 기억해 두는 편이었다.

다행히 효령은 끙끙거리는 소리를 내며 금방 정신을 차렸다. 보늬와 지운은 힘을 합쳐 효령을 의자에 기대어 앉혔다. 따뜻한 차로 목을 축이고 숨을 고르던 효령은 곧 원래의 모습을 되찾았다.

"귀신이, 귀신이 말을 걸었어요."

그렇게 입을 연 효령은 딸꾹질을 하기 시작했다. 어지

간히 무서웠나 보군. 호탕하고 호전적인 효령이 이렇게 무언가를 무서워하는 모습을 보이는 건 처음이었다.

"말을 걸었다고요?"

"네, 말을 걸었는데…… 뭐라고 했는지는 잘 기억이 안 나요. 얼굴이 진흙으로 빚은 것처럼…… 새카맸는데."

달그락, 효령의 말이 끝나기 무섭게 낯선 소리가 났다. 보늬는 자리에서 벌떡 일어났다. 들었어요? 날카로운 물음에 효령과 지운은 별다른 반박을 하지 않고 고개를 끄덕였다. 보늬는 소리의 근원지를 찾아 문밖으로 내달렸고 복도에 들어섰다. 비상구로 향하는 문이 사정없이 흔들리고 있었다. 모두가 들은 소리의 정체였다.

야근하는 직원들에게 말을 거는, 얼굴이 새까만 남자. 남자는 형체가 없는 귀신이 아니었다. 그는 적어도 문을 벌컥 열어젖힐 수 있는 분명한 형태를 가진 무언가였다.

다음 날 효령은 결국 병가를 냈다. 에이스 효령이 출근하지 않는다는 건 구 팀장이 때워야 할 파견이 생긴다는 의미였고, 그는 어김없이 모두의 얼굴이 구겨지도록 짜증을 부렸다. 귀신은 뭐 하나 저런 놈 안 잡아가고. 누군가 그렇게 속삭였지만 진심이 아니라는 걸 보늬는 알고 있었다. 쉴 새 없이 불평불만을 늘어놓지만 구 팀장은 일 처리 하나는 확실한 편이었다. 그래서 도깨비를 놓쳤을 때도 그렇게 노발대발했던 거고.

구 팀장의 짜증 폭풍이 한바탕 사무실을 휩쓸고 지나간 후 보늬는 서둘러 탕비실로 몸을 숨겼다. 여자와 인사라도 나누며 추가로 이것저것을 물어볼 생각이었는데, 탕비실에 있는 건 여자가 아니라 지운이었다. 보늬가 안으로 들어서자 지운은 눈을 동그랗게 떴다. 보늬를 반기는 건지 경계하는 건지 도통 해석할 수 없는 표정이었다.

지운은 짧게 자른 더벅머리를 아무렇게나 넘기고 그 위로 후드를 뒤집어썼다. 그러고 보니 마주칠 때마다 항상 저렇게 후드를 쓰고 있었던 것 같기도 했다. 얼굴의 반을 차지하는 커다란 두 눈을 끔뻑이며 주변을 둘러볼 때마다 보늬는 그가 모든 것을 꿰뚫어 보는 듯한 착각에 사로잡혔다. 기묘하다고밖에 설명할 수 없는 눈이었다.

말을 걸어 봐도 되지 않을까, 보늬는 잠시 고민했다. 지운은 입사한 지 3개월도 되지 않은 신입이었고 아직 함께 묶일 사람이 없어 파견을 제대로 나간 적이 없었다. 사람들이 옹기종기 모여 이야기를 나눌 때 그는 무리에서 멀리 떨어져 멀뚱멀뚱 그 광경을 바라보기를 즐겼다.

"물어볼 거 있으십니까?"

생각에 잠겨 있었던 탓에 보늬는 지운이 말을 건넨 순간 으악, 하는 외마디 비명과 함께 커피를 싱크대에 반쯤 쏟아붓고 말았다. 호들갑을 떨다 겨우 커피 잔을 닦아 냈다. 지운은 예의 그 커다란 눈을 깜빡이며 보늬의 답을 기다리고 있었다.

"그게, 어…… 어제는 잘 들어갔어요?"

"예."

지운의 답은 간결했고 군더더기가 없었다. 대화를 먼저 이어 나가려는 의지가 없는 듯했지만 보늬는 굴하지 않았다.

"혹시 지운 씨도 본 적 있어요?"

"뭘 말입니까?

"요즘 사무실에 나타난다는 귀신이요. 본 적 있어요?"

"……제 이름을 아시네요?"

예상하지 못한 답에 보늬는 말을 잇지 못하고 입만 오물거렸다. 당연히 기억하지, 첫 출근 날 지금처럼 사람들을 뚫어지게 바라보며 꾸벅 인사를 하던 지운을 향해 박수를 쳤고 그의 이름을 외웠다. 이름을 기억해서 기분이나빴나? 이름이 비밀이라도 되나? 복잡해진 머릿속을 아는지 모르는지 지운은 다시 태연하게 중얼거렸다. 과하게 딱딱하고 사무적인 말투는 속을 알 수 없는 두 눈과 희한하게 잘 어울렸다. 대학을 졸업하자마자 협회에 들어왔다고 했는데, 요즘 학생들은 저런…… 이상한 말투를 쓰나 보다, 따라가기 어렵네. 서른을 앞두고 있는 보늬로서는 도통 알 수 없는 노릇이었다.

"저는 본 적 없지만, 요즘 다들 그 이야기뿐입니다."

"혹시 귀신 봤다는 사람이 얼마나 되는지 알아요?"

"다섯 명……? 아, 어제 효령 씨까지 합하면 여섯 명입니다."

"얼굴 까맣다는 거 말고 다른 특징 같은 건……."

보늬의 질문이 끝나기도 전에 탕비실 문이 벌컥 열렸다. 깜짝 놀란 보늬가 저도 모르게 커피 잔을 꼭 부여잡을 정도로 자신의 등장을 요란하게 알린 사람은 구 팀장이었다. 아이고, 보늬는 속으로 탄식했다. 아침 내내 온갖 짜증을 쏟아부으며 사무실을 뒤집어 놓은 것으로도 모자라 탕비실에서 잡담을 나누는 팀원들을 찾아 남은 성질을 부리려는 모양이었다. 재빠르게 컵을 챙기고 탕비실을 빠져나가려는데 구 팀장이 인사를 건넸다.

"보늬 씨. 지운 씨. 좋은 아침!"

요 며칠 새 한 번도 들어 본 적이 없는 다정한 목소리였기에, 보늬와 지운은 저도 모르게 허공에서 시선을 마주쳤다. 방금 저 인간이 뭐라고 한 거야? 정도의 의미가 담긴 눈빛이 오갔다.

"아침에는 역시 커피를 마셔 줘야 해, 그렇지? 상쾌한 하루의 시작!"

커피를 따르던 구 팀장은 복식호흡으로 웃음까지 터트렸다. 혈색이 좋은 얼굴에서는 광이 나다 못해 윤기가 흘렀다. 보늬의 얼굴에 경악이 서렸다. 스트레스 때문에 정신을 못 차리더니 드디어 폭발하기라도 한 걸까. 보늬와 지운이 입을 떡 벌리고 있는 것도 모르고 구 팀장은 콧노래를 흥얼대며 과자가 수북이 쌓여 있는 찬장을 뒤졌다. 초콜릿 크래커를 꺼내 든 그는 크래커를 보늬의 손바닥에 하나, 지운의 손바닥에 하나 올려 주기까지 했다. 마지막으로 제 몫의 과자 봉지를 뜯어 크래커를 입에 문 그는 웅얼대며 손바닥을 흔들었다.

"오늘도 좋은 하루!"

탕비실 문이 닫혔다. 단것은 지지리도 싫어하던 인간이 아니었던가, 기억을 더듬던 보늬는 지운과 눈이 마주쳤다.

"……구 팀장님 왜 저래요?"

"모르겠습니다."

침묵하던 두 사람은 처음으로 어색한 미소를 지었다. 커피를 다시 따르고 탕비실을 나가려는 보늬를 지운이 붙잡았다.

"하나 더 생각났습니다."

주저하던 지운이 마침내 꺼내 놓은 말은 이랬다.

"어디서 많이 들어 본 목소리로 말을 건다고 했습니다."

"……어떤 목소린데요?"

"잘 모르겠습니다. 근데 다들 그러던데요. 분명 어디서 많이 들었던 목소린데…… 이상하다, 하고."

지운은 찬장을 마저 뒤지더니, 초콜릿 크래커 다섯 개를 주머니에 쑤셔 넣고 탕비실을 나갔다.

점심을 먹은 후 보늬가 향한 곳은 자료실이었다. 괴물 전문가들이 괴방사怪方士라고 불리던 시절부터 지금까지, 이 땅에서 몇백 년간 남모르게 활동해 온 흔적이 보관되어 있는 곳이었다. 자료실은 사무실 구역에서도 눈에 띄지 않는 2층 구석에 있었다. 돋을새김으로 글자가 새겨진 명패가 반짝반짝 빛나며 보늬를 유혹했다.

보늬는 입구에 설치된 키패드에 협회 회원증을 찍고 안

으로 들어갔다. 자료실 내부의 철제 선반에는 수많은 서류철과 책들이 빽빽하게 꽂혀 있었고, 퀴퀴한 곰팡이 냄새가 옅게 흘렀다. 보늬는 숨을 크게 들이켰다. 낡은 종이와 서류가 모여 만들어 내는 향. 보늬는 오래된 것들이 풍기는 냄새를 좋아했다. 긴 세월을 견딘 자들에게선 누구도 흉내 낼 수 없는 인내와 강인함의 냄새가 났다.

자료실 한쪽에는 책상과 컴퓨터가 마련되어 있었다. 데이터베이스를 검색할 수 있는 컴퓨터다. 보늬는 별다른 기대 없이 마우스를 누르고 이런저런 단어들을 검색했다. 귀신, 남자, 얼굴이 까만, 새까만 얼굴, 진흙 얼굴······ 의미 없이 스크롤을 내리던 보늬의 손가락이 멈추었다.

······집 안에는 정체를 알 수 없는 무언가가 떠돌아다니기 시작했는데, 그 얼굴 형상은 진흙으로 빚은 것처럼 새까만 모습을 하고 있었다. 사람들은 자신들이 도깨비에게 홀렸다고 믿었다.

이거다! 보늬는 모니터 속으로 빨려 들어가기라도 할 것처럼 얼굴을 들이밀었다. 이번 사례에 맞는 내용을 찾을 거라고는 기대도 하지 않았는데. 사무실을 돌아다니는 정체불명의 남자는 정말로 귀신이 아니라 괴물, 그중에서도 도깨비였던 모양이다. 얼굴이 새까만 도깨비라니 그런 건 또 처음 들어보지만, 도깨비야 예측할 수 없을 정도로 다양한 능력을 가진 괴물이니 새로운 유형의 도깨비가 나타나도 이제는 그러려니 싶었다. 보늬는 발견한 문장의 원문을 찾아 재빠르게 키보드를 두드렸다. 원문은《월야괴담》이라는 책으로 한때 자료실에서 하루 종일 시간을 죽이곤 했던 보늬도 처음 들어 보는 이름이었다. 검색창에 '월야괴담'을 입력하자 삑 하는 경고음과 함께 팝업창이 떴다.

경고 – 접근 제한. A 등급 이상 열람 가능

경고? 접근 제한? A 등급 이상? 보늬는 당황한 얼굴로 눈을 굴렸다. 보늬가 알기론 자료실에 보안이 걸려 있는 자료 따위는 없었다. 협회가 무슨 국가 정보 기관도 아니고, 이런 식으로 자료를 숨기거나 감출 필요가 있을까? A 등급이라는 자격은 또 누가 부여하는 건데? 보늬는 신경질적으로 키보드를 두드리고 마우스를 딸각거렸다. 끊임없는 경고창의 향연에 지친 한숨을 뱉는데, 누군가 키패드에 회원증을 인식하는 소리가 들렸다. 본능적으로 경고창을 끄고 자세를 고쳐 잡았다.

"……보늬 씨, 여기서 뭐 해?"

그건 제가 묻고 싶은 말인데요……. 보늬는 목구멍까지 차오른 말을 꾹 눌러 삼켰다.

이제 막 이른 오후를 넘어가고 있었건만 구 팀장은 야근을 앞둔 사람처럼 피로에 푹 절여진 모습이었다. 눈 밑이 새카맸고 입술은 바짝 메말랐으며 광이 나던 피부는 푸석푸석했다. 사람이 짧은 시간 동안 이렇게 달라질 수 있구나, 보늬는 새삼스레 협회의 업무량에 대해 고찰하게 되었다.

"귀신 찾는다며. 좀 진전이 있나? 효령 씨 병가 낸 거 보면 딱히 그런 거 같진 않던데."

"아, 그게……."

"왜 자료실에서 쓸데없는 거 뒤지다가 나를 호출했는 지도 모르겠고."

"호출이요?"

구 팀장은 대답 없이 보늬를 쏘아보았다. 보늬는 모니터 화면에 시선을 두었다가 그제야 아, 하고 작은 소리를 내었다. 그래, 이래 봬도 구 팀장은 협회 본사 파견팀을 담당하는 팀장이다. 누군가가 제한이 걸려 있는 자료에 접근하려고 애쓸 경우, 소위 '높으신 분'께 따로 알람이 가는 게 틀림없었다. 보늬는 무해하지만 동시에 확신을 주는, 전문적인 미소를 지어 보려고 애썼다.

"조사 중이었습니다. 지박령한테도 물어보고 사무실도 꼼꼼히 뒤져 봤는데, 아무래도 귀신이라는 증거가 없어서요. 괴물 쪽에 초점을 맞추고 조사를 하는 게 더 나을 것 같습니다. 제 생각엔 도깨비의 한 종류라고 보는 게……."

"잠깐, 잠깐. 지박령? 무슨 지박령? 아니, 아니다. 대답하지 마."

구 팀장은 손사래를 치더니 양손을 허리에 얹었다. 보늬는 저 자세를 잘 알았다. 조금이라도 더 많은 단어를 쏟아 내는 데 가장 효율적인 포즈를 취하는 것이다. 그대로 눈과 귀를 막을 수 있으면 좋으련만, 보늬는 도망갈 곳이 없었고 꼼짝없이 구 팀장의 잔소리에 맞서야 했다.

"보늬 씨 말은 사무실에 도깨비가 돌아다닌다는 건가? 우리가 모르는 도깨비? 그거, 파견팀 사람들을 무시하는 발언인 거 알지? 아니면 보안실에서 도깨비 하나가 빠져나와서 몰래 돌아다닌다는 뜻? 그건 또 보안팀 사람들을 무시하는 발언인데."

"……."

"이렇게 감이 없어서야 대귀협에 갈 수 있을지 모르 겠네. 괜한 곳 들쑤시지 말고 맡은 일이나 잘하자고. 아 니…… 맡은 일을 잘할 수 있는 건지도 난 이제 좀 걱정이 된다."

보늬는 차분하게 구 팀장을 올려다보았다. 목구멍 아래 에서 하고 싶은 말들이 부글부글 들끓었다. 나에게도 눈 이 아니라 손이 있었다면. 이왕이면 아주 무시무시한 힘 을 가진 손으로. 저 얄미운 얼굴의 콧대를 납작 눌러 버릴 수 있게.

"뭐 할 말 있어?"

"자료에 접근 제한은 누가 걸었나요?"

"회장님께서 직접."

"혹시 A 등급이세요?"

"팀장급들은 다 그렇지."

"그러면 죄송하지만 자료를……."

"안 돼."

"……."

"또 물어볼 거 있나?"

"아닙니다."

보늬는 자리에서 벌떡 일어났다. 최대한 비장하고 멋있게, 온몸으로 자신의 기분을 드러내 보려고 애썼지만 잘된 것 같진 않았다. 구 팀장의 시선 아래에서는 이상하게 몸이 삐걱거리기 일쑤였다. 아침에는 그렇게 살갑게 굴더니 말이야, 이중인격자도 아니고. 기묘한 위화감을 애써 무시하며 보늬는 자료실을 벗어났다. 쾅, 자료실 문을 거세게 닫은 후에 그 자리에 서서 잠시 고민했다. ……너무 세게 닫았나?

그날 오후는 말 그대로 엉망진창이었다.

사무실로 돌아온 보늬는 책상에 앉아 습관처럼 사직서를 찾았다. 원래라면 반으로 접힌 봉투는 얌전히 첫 번째 서랍에 들어 있어야 했는데, 어찌 된 일인지 3단짜리 서랍을 탈탈 털어도 보이지 않았다. 없으면 새로 만들지 뭐. 저장해 둔 파일을 불러와 인쇄하고 봉투에 넣고, 겉면에 글씨를 쓰기 위해 펜을 들었을 때였다. 펜 뚜껑을 여는 순간 검은 잉크가 터지더니 순식간에 손바닥을 적셨다. 상처를 뚫고 흐르는 핏덩이처럼 죽죽 흐르는 잉크를 보늬는 멍한 눈으로 바라보았다. 간신히 정신을 차리고 검게 물든 손으로 화장실을 찾았지만, 설상가상으로 물이 나오지 않았다. 갑작스러운 단수였다. 애꿎은 수도꼭지만 두드리다가 자리로 돌아온 보늬는 모두가 부산스럽게 퇴근하고 인사를 나누고 저녁을 먹으러 가는 동안 책상 앞에 우두커니 앉아 있었다. 물티슈에 검은 손가락을 문지르고 또 문지르면서.

사람의 마음이라는 건 참으로 약하고 또 간사해서, 조그마한 충격일지라도 그게 겹겹이 쌓이고 쌓이면 속절없이 틈을 내주고야 만다. 그 틈으로 보늬의 존재 이유를 묻는 악마가 기어코 몸을 들이밀었다. 보늬는 마지막을 준비하는 사람처럼 책상을 정리했다. 맡은 일이 많지 않아서 정리할 것도 별로 없었다. 쌓인 서류 몇 장과 자잘한 사무용품들을 정리하면 그걸로 끝이었다. 보늬가 협회에 남길 수 있는 흔적은 그렇게 적었다.

멋진 괴물 전문가가 되겠노라고 약속했는데. 고운 모래에 발을 묻고 귀순과 도란도란 대화를 나누던 시절을 떠올리자 괜스레 깊은 곳에서 무언가 울컥거렸다. 끈적하고 붉은 몸, 공중에서 흐느적거리는 촉수와 수많은 이가 달린 거대한 입. 보늬는 그런 것들을 사랑했다. 그런 걸 너무 사랑한 나머지 손이 아니라 눈을 가진 사람인데도 협

회에 들어와 버렸다. 모든 곳이 그렇겠지만 사단법인 한
국괴물관리협회는 누구보다도 알맞은 재능을 가진 사람
을 선호하는 곳이었다. 재능이 없으면 보탬이 될 수 없는
곳. 보늬는 여전히 검은 자국이 남아 있는 손을 빤히 내려
다보았다. 괴물을 만져도, 손가락을 튕겨도, 무장을 해도
아무 일도 벌어지지 않는 손. 다른 사람들에게 폐나 끼치
지 않으면 다행이었다.

"퇴근하시나요?"

짐을 정리하고 사무실을 나서려는데 지운이 말을 걸었
다. 야근을 하려는 건지 옆구리에 서류철을 끼고 손에는
커피가 담긴 잔을 든 채였다. 인력난이라는 게 실감이 났
다. 아직 파견도 제대로 나가 본 적 없는 신입이 저렇게
야근을 해야 할 정도라니. 아니, 인력난은 그렇다 쳐도 대
체 쓸데없는 서류 작성에 이렇게 많은 시간을 들이는 이
유가 뭐람. 지운은 후드에 파묻힌 채로 큰 눈을 도로록 굴
렸다. 무언가 다른 분위기를 감지한 듯, 뚫어지게 바라보
는 눈길에 보늬는 저도 모르게 시선을 피했다.

"혹시……."

"네?"

"아닙니다. 들어가세요."

끔뻑끔뻑. 지운이 눈을 깜빡일 때마다 그런 소리가 날 것 같았다. 보늬는 사무실을 나섰다. 늦은 시간이라 안내 데스크도 지키는 사람 없이 텅 비어 있었다.

차가 몇 대 남아 있지 않은 주차장에서 보늬는 익숙한 차를 발견했다. 구 팀장의 하얀 SUV. 구 팀장도 야근이었던가. 뒤로 돌아 협회 건물을 바라보았다. 탕비실 창문 너머로 누군가가 보늬를 향해 손을 흔들었다. 소복을 입은 여자였다. 생각 없이 마주 손을 흔들어 주었다. 그 옆으로 사무실을 배회하는 지운이 보였고, 비상구 계단을 걸어 내려오고 있는 구 팀장, 그리고 2층 자료실을 돌아다니는 구 팀장.

……구 팀장 그리고 구 팀장?

보늬는 그 자리에서 얼어붙은 듯 굳어 버렸다. 비상구 계단을 느적느적 내려오고 있는 사람. 호리호리한 몸과 저 걸음걸이. 분명 구 팀장이었다. 구 팀장이 아닌 다른 사람이라고는 상상할 수 없었다. 그럼 2층에 있는 구 팀장은? 자료실을 돌아다니며 낡은 책들을 뒤적이고 있는 것도 분명 구 팀장이었다. 얼굴에 아슬아슬하게 걸쳐 있는 검은 뿔테 안경. 양쪽 1.5의 시력이 이럴 때 빛을 발했다.

구 팀장이 두 명이다. 두 명의 구 팀장이 사무실을 돌아다니고 있다. 거짓말이 아니라, 정말로 두 명의 구 팀장이 존재한다.

왜? 어째서? 어떻게?

얼굴에 윤기가 흐르던 구 팀장, 먹지도 않던 초콜릿 크래커를 입에 쑤셔 넣던 구 팀장, 히스테리를 부리던 구 팀장, 눈 밑이 새카맣던 구 팀장. 마치 분리된 사람이라도 되는 것처럼 확연히 달랐던 모습. 보늬는 그제야 멍청하게 입을 떡 벌렸다.

구 팀장 외에 사무실에 남아 있는 건 단 한 사람, 지운뿐이었다. 지운에게 무슨 일이 생긴다면? 보늬는 깊이 생각하지 않고 뛰었다. 일단 달려야 했다.

보늬는 말 그대로 우당탕 소리를 냈다. 안내 데스크를 지나 회원증을 찍고 사무실 구역이 열리자마자 복도를 빠르게 지나갔다. 사무실 문을 벌컥 열자 서류를 정리하고 있던 지운이 태연히 고개를 들었다. 뭐 두고 가셨나요? 묻는 말에 대답하지 않고 다가가 팔을 잡아끌었다.

"도망가야 해요."

"예? 어디로?"

"그게, 구 팀장님이, 구 팀장님이 두 명, 그러니까······

설명하기 좀 복잡해요."

"갑자기 무슨 소리십니까?"

지운의 팔을 붙들고 끙끙대고 있을 찰나, 등 뒤에서 듣기 좋은 구두 굽 소리가 울려 퍼졌다. 보늬는 본능적으로 지운을 등 뒤에 숨기고 뒤로 돌았다.

"지운 씨? 보늬 씨도 있네. 어쩐 일이야, 퇴근 안 했어?"

뿔테 안경, 선명한 빨강 넥타이, 잘 정돈된 머리카락과 부드러운 미소. 미소? 보늬는 저도 모르게 얼굴을 찌푸렸다. 구 팀장답지 않은 은은한 웃음와 다정한 말투. 본능이 쉴 새 없이 사이렌을 울리며 경고했다. 저건 구 팀장이 아니다. 저게 정말 구 팀장이라면 야근하는 와중에 보늬를 보고도 저렇게 웃어 주진 않을 것이다.

구 팀장이 무어라 말을 더 건네기 전에, 보늬는 지운의 팔을 붙든 채로 달렸다. 구 팀장을 지나치고 죽 늘어선 책상들도 헤치며 앞으로 나아갔다. 문을 열고 사무실을 나오자마자 복도를 재빠르게 훑어보는데, 용케도 발을 맞춰 따라온 지운이 볼멘소리를 했다.

"아니, 잠깐만요. 대체 왜 도망가는 겁니까?"

"저거…… 아니 저 사람, 아니 저 도깨비…… 아무튼!

저거 구 팀장님 아니에요."

"그게 무슨 말도 안 되는……."

"지운 씨 눈에는 저게 구 팀장님으로 보여요?"

지운이 황당하다는 얼굴로 큰 눈을 재차 깜빡이더니, 고개를 돌려 철문에 달린 창 너머로 구 팀장을 들여다보는 시늉을 했다.

"아무리 구 팀장님이 싫다지만 그렇게 말하는 건 좀……."

"그게 아니라! 저거 구 팀장님이 아니고…… 처음 보는 종류라 저도 정확히는 모르겠지만, 구 팀장님인 척하는 도깨비 같아요. 위험하다고요."

"구 팀장님인 척하는 도깨비요?"

지운의 얼굴이 미묘하게 변했다. 여전히 보늬의 말을 믿을 수 없지만 쩔쩔매는 보늬의 태도가 재미있는 듯 의심과 흥미가 뒤섞인 얼굴이었다. 그는 곧 괴상한 미소를 지었다. 위험해 보이면서도 믿음직스러운, 보늬는 감히 따라할 수조차 없는 미소였다.

"제가 확인해 보고 오겠습니다."

"네?"

"저게 진짜 구 팀장님일 수도 있으니까요, 확인해 봐야겠습니다."

지운은 보늬가 말릴 새도 없이 후드를 고쳐 쓰더니 다시 철문을 열고는 사무실 안으로 몸을 밀어 넣었다.

구 팀장은 다시 돌아온 지운을 향해 기괴하게 몸을 돌리고, 입이 찢어져라 환하게 웃었다. 그 불쾌하고 찝찝한 미소를 확인한 지운은 잠시 걸음을 멈췄다. 구 팀장이 나를 보고 저렇게 웃은 적이 있던가? 아니, 정정해야겠다. 지금까지 구 팀장이 누군가를 향해 저렇게 웃은 적이 있기나 했나? 보늬의 경고가 어쩌면 사실일지도 모른다. 생각의 가지가 거기까지 뻗어 나갔을 즈음, 지운은 구 팀장에게 이미 너무 가까이 다가서 있었다.

"팀장님."

"어, 지운 씨. 왜? 보늬 씨는 왜 나 보자마자 도망간 거야? 섭섭하네."

이상하긴 이상하네. 저 꾸며진 듯한 인위적인 말투. 말도 안 되는 다정함.

"대귀협 사람들이 도착했다고 합니다. 파견으로."

구 팀장을 자극할 수 있는 단어는, 이리 생각해 보고 저리 생각해 봐도 단 하나였다.

지운은 침착하게 기다렸다. 대귀협의 대 자만 들어도 비명을 꽥 내지르는 게 평소의 구 팀장이다. 야근 중에 대귀협 사람들이 다짜고짜 파견을 나왔다며 들이닥친다면? 구 팀장이 내보일 반응은 뻔했다.

구 팀장의 반응은 놀라웠다. 그는 소름이 끼치도록 다정하게 웃었다.

"어쩐 일로? 아, 귀신 나온다는 소문 때문에 그런 건가? 친절하기도 하지."

그는 한쪽 손을 지운의 어깨 위에 가볍게 얹은 채로 말을 이었다.

"정말 좋은 사람들이야. 그렇지? 부르지도 않았는데 필요하면 나타나고 말이야. 그런 점은 우리도 본받아야 한다니까."

지운은 어깨에 놓인 그의 손을 빤히 내려다봤다. 길고 가느다란 손가락 네 개. 네 개? 지운의 어깨를 두드리는 그의 오른손에는 손가락이 네 개뿐이었다. 지운은 고개를 들었다. 구 팀장의 얼굴이 삽시간에 진흙 색으로 녹아내렸다.

끈적끈적하고 짙은 덩어리들이 턱을 타고 아래로 뚝뚝 떨어지는가 싶더니, 어깨를 쥔 손이 어마어마한 힘으로 지운을 바닥에 때려눕혔다. 쿵 소리와 함께 졸지에 바닥에 내리꽂힌 지운은 등에서 느껴지는 고통에 이를 악물었다. 검고 찐득찐득한 얼굴, 눈과 코와 입이 녹아내려 형체를 알아볼 수 없는 얼굴이 지운을 향해 다가왔다. 그 얼굴을 자세히 들여다보고 있자니 금방이라도 정신을 놓을 것 같아서 지운은 필사적으로 고개를 돌렸다. 바닥을 더듬거리는 손에 뜬금없이 스테이플러가 잡혔다.

스테이플러를 들어 구 팀장의, 정확히는 구 팀장으로 둔갑한 도깨비의 관자놀이에 내리꽂았다. 철퍽, 하는 소리와 함께 커다란 진흙 덩어리가 지운의 얼굴 위로 떨어졌다. 눈도 코도 입도 없는 그것은 짐승처럼 그르렁거리는 소리를 내질렀다. 도깨비가 머리를 감싸 쥐고 비틀거리는 틈을 타 지운은 몸을 일으켰다. 끔찍한 통증을 애써무시하고 끙끙대며 책상 사이를 내달렸다. 사무실 철문을 열고 복도로 나서자마자 주변을 살폈다. 사방이 아무 일도 없다는 듯 고요했으며 철문 앞에서 헤어졌던 보늬는 보이지 않았다.

어떻게 해야 하지. 지운은 머리를 굴렸다. 파견을 나가본 적이 없는 지운에게는 모든 게 처음이었다. 인간을 공격하는 도깨비를 마주한 것도, 손을 이용해 도깨비에게 타격을 입힌 것도. 이대로 협회를 빠져나가 도망쳐야 하나? 아니면 사람들을 불러 모아야 할까? 스테이플러로 저 정도의 타격을 입힐 수 있는 것을 보면 도깨비와 단둘이 붙어도 승산이 있을지 몰랐다. 큰 눈을 데굴데굴 굴리며 복도를 지나가는 지운의 어깨를 누군가 획 잡아당겼다. 다급한 손길의 주인공은 보늬였다.

보늬는 입술 위에 검지를 올린 채로 지운을 이끌었다. 두 사람은 종종걸음으로 탕비실 안으로 들어갔다. 문을 잠그자 지운은 아무 일도 없었다는 듯, 태평하게 물티슈로 얼굴에 묻은 진흙 덩어리를 닦았다. 그와 반대로 문 앞을 지키고 선 여자 귀신은 초조한 얼굴로 발을 동동 구르고 있었다. 보늬는 여자에게 당부했다.

"잘 보고 있다가, 구 팀장님 지나가면 말해 줘요."

'나 봤어! 뭐야? 구 팀장 왜 저래?'

"야근을 하도 해서 정신이 나갔나 보죠."

'내 저 인간 언젠가 한 번은 저럴 줄 알았다니까.'

여자는 투덜대면서도 착실하게 문에 달린 창 너머를 살폈다. 보늬가 안심하고 돌아서는데, 안 그래도 큰 눈을 더 크게 뜨고 자신을 빤히 바라보는 지운이 보였다.

"……왜요?"

"지금 누구랑 이야기하신 건가요?"

지운의 얼굴에 내가 지금 이 사람이랑 같은 방에 있어

도 되나, 하는 불신이 언뜻 스쳤다. 보늬는 당황한 얼굴로 여자와 지운을 번갈아 바라보았다. 아하…… 모르는구나. 그럴 수 있었다. 지운은 협회에 들어온 지 얼마 안 된 신입이었고, 보늬가 손이 아니라 눈을 가진 사람이라는 건 사무실을 떠도는 가십거리에 관심이 없다면 알기 힘든 정보니까.

"어…… 귀신이랑?"

"귀신? 여기 귀신이 있습니까? 잠깐만, 귀신이 보여요?"

"……어쩌다 보니."

지운은 보늬보다 더 혼란스러운 얼굴이었다.

"근데 왜 대귀협이 아니라……."

그러게요, 저도 제가 왜 여기 있는지 모르겠습니다…… 보늬는 그런 말을 삼키며 탕비실 찬장과 서랍을 뒤지기 시작했다. 무슨 놈의 탕비실이 과도 하나 없냐고 소리 지르고 싶은 걸 꾹 참았다. 손이 없는 자신은 뭘 쥐고 휘둘러도 도깨비에게 아무런 타격을 입히지 못하지만, 지운은 다르다. 이렇게 된 거 지운에게 뭐라도 건네줄 참이었다.

서랍을 전부 뒤진 끝에 아무것도 찾지 못하고 달랑 흰 머그잔만 쥔 채로 돌아섰을 때, 지운이 건넨 말에 보늬는 그대로 컵을 떨어트릴 뻔했다.

"멋지네요."

"뭐라고요?"

"멋집니다. 신기하잖아요, 귀신 보는 눈. 저는 처음 봤습니다."

손이 아니라 눈이구나. 태연하게 뱉어 놓고, 지운은 아무렇지 않게 보늬의 손에서 머그잔을 받았다. 이리저리 휘둘러 보며 보이지 않는 무언가를 후려치는 시늉을 한다. 이걸로 괜찮을까요? 지운이 물었지만 보늬는 여전히 굳어 있을 뿐이었다. 모든 감각을 차단한 채 지운이 건넨 말을 곱씹어 보는 보늬를 향해 여자가 손을 흔들었다.

'구 팀장 온다.'

그리고 보늬의 상태를 알아차린 듯, 덧붙였다.

'정신 차려. 지금은 그럴 때 아니야.'

보늬는 그제야 화들짝 놀라며 상념에서 깨어났다.

구 팀장이 다가오고 있었다. 뿔테 안경, 피처럼 붉은 넥타이. 흐트러진 머리카락과 잔뜩 일그러진 얼굴.

"어떤 구 팀장일까요?"

'글쎄, 나보단 네가 더 잘 알겠지.'

탕비실 앞으로 다가와 창 너머를 확인한 구 팀장은 당황스러운 표정으로 머리를 긁적였다. 그는 손잡이를 향해 손을 뻗었지만 달칵거리며 잠금장치가 걸려 있는 소리가 날 뿐이었다. 똑똑. 그가 탕비실 문을 두드렸다.

"보늬 씨? 퇴근한 거 아니었나?"

"……."

목소리에는 항상 그렇듯 은은한 짜증이 섞여 있다. 달칵 달칵 달칵. 신경질적으로 문손잡이를 돌리는 손놀림도 그랬다. 보늬는 짧은 고민에 빠졌다. 저게 진짜 구 팀장일까? 아니면 친절한 버전이 먹히지 않는다는 걸 알아챈 가짜 구 팀장?

"보늬 씨, 뭐 해. 문 좀 열어 봐. 나 커피 마셔야 해."

구 팀장은 지친 얼굴로 안경을 반쯤 내리고 눈을 문질렀다. 진짜 구 팀장? 아니면 고도의 연기? 혼란스러운 보늬의 옆에서 지운이 불쑥 얼굴을 내밀었다. 어우, 깜짝이야. 지운 씨도 있었네. 심장을 부여잡는 구 팀장을 향해 지운이 외쳤다.

"팀장님, 들어오려면 손가락을 보여 주셔야 합니다."

"……그게 무슨……."

이어지는 말이 예상이 갔지만 구 팀장은 용케도 뒷말을

뱉지 않고 삼켰다. 깊은 한숨을 뱉은 그는 탕비실 문을 두 어 번 빠르게 쳤다.

"나, 굉장히, 매우 피곤하거든. 장난칠 생각 없으니까 문 좀 열어 줄 사람?"

"저도 장난치는 거 아닙니다!"

후드에 파묻힌 채로 지운이 문 너머를 향해 외친다. 사 무실 내부에서 있었던 일을 보지 못한 보늬는 이게 무슨 일인가 싶었지만, 단호한 지운의 표정을 보고 얌전히 입 을 다물고 구 팀장이 손가락을 보여 주기를 기다리기로 했다.

구 팀장은 인내심의 한계에 다다른 듯, 허공을 노려보 다가 예고도 없이 손가락을 펼쳤다.

"잘 보이게 펼쳐 주세요! 네, 감사합니다."

말도 안 되는 행동을 요구하는 주제에 예의는 바르다. 지운은 쫙 펼쳐진 구 팀장의 손가락 개수를 셌다. 하나, 둘, 셋…… 아홉, 열. 모두 열 개였다. 눈을 비비고 두 번, 세 번 확인해도 열 개였다. 확실했다.

"진짜 구 팀장님 같습니다."

지운이 보늬에게 속삭였다. 신통하게도 속삭임을 들었 는지 구 팀장이 문손잡이를 흔들다 말고 진짜 구 팀장?

지금 나랑 장난치자는 거야? 하고 되물었다. 황당하다 못해 기가 차다는 얼굴이었다. 구 팀장의 물음을 철저하게 무시하며 보늬는 지운과 눈을 마주쳤다. 열어도 되겠죠? 지운이 고개를 끄덕이려는 순간, 복도에 구두 굽 소리가 울려 퍼졌다. 일정한 박자로 걸어오는 듣기 좋은 소리. '진짜' 구 팀장은 소리의 근원지를 향해 천천히 고개를 돌렸다.

보늬는 구 팀장의 얼굴이 경악으로 물드는 광경을 지켜보았다. 아무리 구 팀장이라 해도 도플갱어 앞에서는 별수 없었다. 으아악, 그가 외마디 비명을 지르자마자 '가짜' 구 팀장이 '진짜' 구 팀장을 향해 달려들었다.

진기한 장면이었다. 똑같이 생긴 두 사람. 한 사람이 한 사람에게 달려가고, 한 사람은 한 사람을 피해 도망친다. 진짜 구 팀장은 휘청이면서도 간신히 가짜 구 팀장의 손에 잡히지 않고 왔던 길을 되돌아갔다. 똑같이 생긴 두 명의 구 팀장은 곧 모퉁이를 돌아 사라졌고, 우당탕거리는 소리가 났다.

"……그냥 저대로 둘까 봐요. 보기 좋은데."

보늬의 제안에 지운이 후드를 당겨 얼굴을 묻으며 웃었다. 조심스럽고 기묘하며, 어딘가 서툰 미소였다.

한바탕 소동이 지나갔으니 이제는 나가야 할 때였다. 보늬는 문손잡이에 손을 대고 물었다. 준비됐어요? 비장하게 머그잔을 쥔 지운이 고개를 끄덕인다. 문이 열리자마자 밖으로 튀어 나가는 두 사람을 향해 여자가 다정하게 손을 흔들었다.

진짜 구 팀장과 가짜 구 팀장은 복도 한가운데에서 뒤엉켜 몸싸움을 벌이고 있었다. 끙끙대는 숨소리와 복부를 걷어차고 정강이를 내려치는 소리가 간간이 울렸다. 어라, 예상치 못한 광경에 지운은 눈을 굴렸다. 한 번도 본 적 없었지만 듣기로 구 팀장의 손은 꽤나 유용한 능력을 갖추고 있다고 했다. 구 팀장이 손을 사용하면, 손이 닿은 괴물은 그대로 움직이지 못하고 굳어 버린다고 들었다. 마치 보이지 않는 줄에 꽁꽁 묶이기라도 한 것처럼. 지속되는 시간은 구 팀장의 컨디션에 따라 매번 달랐고 고작 몇 초에 불과할 때도 있었지만, 그의 손은 괴물 전문가들 사이에서도 높은 평가를 받았다. 컨디션이 좋은 날에는 손가락을 공중에서 튕기는 것만으로도 효과가 있다고 했는데, 지금 구 팀장은 손을 쓰기는커녕 헉헉거리는 꼴이 괴물과 단둘이 육탄전을 벌이는 것조차 버거워 보였다. 이래서 신체 훈련을 꾸준히 해야 하는군. 손의 능력이

안 먹힐 때를 대비해 근력과 체력을 길러 둬야 한다고 수십 번을 강조하던 효령이 떠올랐다. 지운은 당장 내일부터 체력 단련실을 꾸준히 이용하기로 마음먹었다.

바닥에 누워 허우적거리는 진짜 구 팀장을 향해 가짜 구 팀장이 얼굴을 숙였다. 지운을 마주했을 때처럼 그의 얼굴은 서서히 녹아내리더니 진흙 덩어리가 되었다. 보늬가 달려들어 가짜 구 팀장의 어깨를 붙잡고 당겼다. 물론 가짜 구 팀장은 끄떡도 하지 않았다. 효과가 없을 걸 알면서도 달려들다니, 지운은 보늬의 용기를 칭찬해야 할지 지적해야 할지 알 수 없었다. 고민하는 대신 머그잔을 높이 쳐들고 가짜 구 팀장의 머리를 내리쳤다. 진흙 덩어리가 진짜 구 팀장의 얼굴에 튀었다. 가짜 구 팀장은 잠시 비틀거리더니, 곧 손을 들어 진짜 구 팀장의 목을 조르기 시작했다.

"살려, 살려 줘! 지운 씨, 빨리, 좀!"

진짜 구 팀장이 억눌린 목소리로 소리쳤다. 예에, 갑니다 가요. 지운은 속으로 무심하게 외치며 머그잔으로 다시 한번 가짜 구 팀장을 내리쳤다. 가짜 구 팀장의 몸이 옆으로 기울었다. 그 밑으로 작은 고양이 한 마리가 이 광경을 차분하게 바라보고 있었다. 고양이?

가짜 구 팀장이 고양이 위로 쓰러지려는 순간, 지운은 저도 모르게 몸을 날려 그 사이에 끼어들었다. 품 안에 고양이의 부드러운 털이 닿는 감촉을 느끼며 눈을 감았다. 힘껏 몸을 날린 탓에 복도 바닥으로 미끄러진 지운이 간신히 고개를 들었을 때, 고양이는 영문을 모르겠다는 듯 평화롭게 지운의 팔을 꾹꾹 눌러 대고 있었다. 친화력이 좋은 고양이다. 그렇게 생각하며 본능적으로 고양이의 얼굴을 들여다본 순간, 지운은 깜짝 놀라 고양이를 밀어 내고 말았다. 고양이의 폭신한 얼굴에는 눈이 하나뿐이었다.

"지운 씨, 빨리!"

보늬가 외쳤다. 가짜 구 팀장은 어느새 다시 몸을 일으켜 진짜 구 팀장의 목을 조르고 있었다. 그 뒤에 찰싹 달라붙어 가짜 구 팀장을 떼어 내려고 버둥거리는 보늬가 보였다. 주변을 두리번거렸지만 고양이는 등장했을 때처럼 순식간에 자취를 감춰 버린 지 오래였다.

보늬는 여전히 가짜 구 팀장의 뒤에 거머리처럼 엉겨붙은 채 이 상황을 어떻게든 해결해 보려고 애쓰는 중이었다. 손을 가지지 못한 일반인은 괴물에게 어떠한 해도 끼치지 못한다. 지금의 보늬가 그랬다. 가짜 구 팀장을 붙들고 아무리 당겨 보아도 그에게는 작은 벌레 한 마리가 붙어 있는 것처럼 느껴질 것이다. 보늬가 머그잔으로, 의자로, 야구 방망이로 내리쳐도 괴물은 그 어떤 타격도 입지 않으며 그게 보늬의 한계였다.

지운은 머그잔을 들고, 있는 힘을 다해 내리쳤다. 한 번, 두 번, 세 번. 머그잔이 손에서 미끄러지며 바닥에 부딪쳤다. 잔이 산산조각 나는 소리와 함께 사기 파편이 흩날렸다.

가짜 구 팀장은 지운의 마지막 일격에 휘청였다. 그가 진짜 구 팀장의 목을 조르던 손을 놓는 순간, 덩달아 일격에 휘말린 보늬는 저 멀리 나가떨어져 벽에 몸을 부딪쳤다. 가짜 구 팀장이 짐승처럼 우는 소리를 냈다. 보늬는 흔들리는 시야를 가까스로 붙들며 가짜 구 팀장을 바라봤다. 가짜 구 팀장의 목덜미에 박힌 무언가가 선명한 푸른 빛을 내며 반짝였다.

저게 뭐지?

머리를 부여잡고 휘청이는 가짜 구 팀장을 향해 지운이 달려들었다. 엎어진 가짜 구 팀장의 위에 올라타 진흙 덩어리 얼굴을 주먹으로 여러 번 내리쳤다. 진흙 덩어리가 사방으로 튀었다.

"지운 씨, 뒷목!"

보늬가 외쳤다. 지운이 무슨 소리냐는 표정으로 고개를 들었다.

"목덜미에 뭐가 있어요!"

지운은 가짜 구 팀장의 얼굴을 붙들고 강제로 옆으로 돌렸다. 목덜미에 박혀 있는 하얀 종잇조각의 모서리가 눈에 들어왔다. 가짜 구 팀장은 지운의 목을 조르기 위해 손을 허우적댔고, 지운은 가짜 구 팀장의 목덜미에 박힌 종이를 쥐고 그대로 힘을 주어 밖으로 뽑아냈다. 진짜 구 팀장은 바닥에 주저앉은 채 목을 쥐고 캑캑거리며 숨을 뱉었다. 보늬에게는 이 순간이 마치 시간이 멈춘 것처럼 느껴졌다.

지운이 가짜 구 팀장의 뒷목에서 뽑아낸 건 하얀 봉투였다. 진흙 속에 파묻혀 있었다고는 믿어지지 않을 정도로 하얀 봉투.

봉투가 뽑히자마자, 가짜 구 팀장은 그대로 녹아내렸다. 온몸이 진흙 덩이가 되어 줄줄 흐르더니 바닥에 커다란 웅덩이를 만들었다. 그는 줄어들고 또 줄어들다가 마침내 웅덩이 위에 작은 짚 인형만 남기고 사라져 버렸다.

지운은 진흙 웅덩이 위에서 가쁘게 숨을 몰아쉬었다. 구 팀장도, 보늬도 마찬가지였다. 지운이 짚 인형을 공중으로 들어 올렸다. 섬세한 솜씨로 만들어진 짚 인형은 인간의 형상을 하고 있었다. 보늬는 땅에 떨어진 하얀 봉투로 시선을 돌리고 봉투 겉면에 쓰여 있는 익숙한 글씨를 홀린 듯이 따라 읽었다. 사, 직, 서.

사직서. 봉투는 사직서였다. 보늬가 직접 한 자 한 자 힘 있게 써 내려갔지만 끝내 찾지 못했던 문제의 사직서.

* * *

"옹고집이요?"

"그래, 옹고집."

"동화에 나오는 그거요? 그 옹고집?"

"그렇다니까 그러네."

구 팀장은 태연한 얼굴로 데이터베이스에 접속했다. 옹고집을 검색하자 이전처럼 접근 제한 팝업창이 떴다. 구 팀장은 키보드를 몇 번 두드리는 걸로 간단하게 보안을 해제해 버렸다. 저렇게 간단한 거였는데! 보늬는 구 팀장을 가볍게 노려보았다. 구 팀장이 보늬의 시선을 슬쩍 피하며 말을 이었다.

"우리가 알고 있는 전래 동화 말이야. 그거 사실은 다

괴물의 탄생에 대한 이야기거든. 지금 우리가 알고 있는 내용은 많이 각색된 거지만."

그의 설명에 따르면 우리가 익히 알고 있는 전래 동화, 〈흥부전〉, 〈심청전〉, 〈옹고집전〉 등은 사실 모두 주인공이 괴물인 이야기다. 흥부와 놀부, 심청, 옹고집과 같은 괴물이 어떻게 탄생해서 우리의 삶에 녹아들게 되었는지, 그 등장을 설명하는 탄생 설화라고 해도 좋았다.

그 시절에도 지금처럼 괴물 전문가들이 존재했고 그들은 일반 대중으로부터 괴물을 숨기기 위해 노력했다. 괴물에 대한 이야기를 교묘하게 조작하는 것은 괴물의 존재를 숨기는 주된 방법 중 하나였다. 떠도는 소문을 괴물이 아닌 인간의 이야기로 완전히 탈바꿈하는 것. 괴물 전문가들은 이야기에 다양한 상상력이 결합된 살을 붙였다. 판타지 요소, 상징적인 등장인물, 교훈을 주는 결말. 이런저런 것들이 더해지며 괴물의 이야기는 서서히 사라지고, 인간의 이야기만 남았다. 시간이 흐르며 변화하고 각색된 전래 동화는 그렇게 지금의 내용에 이르게 되었다. 마치 처음부터 인간의 이야기였던 척, 탈을 쓰고 우리의 곁에 오래오래 머물렀다.

전래 동화 괴물들은 몇 세기에 걸쳐 계속해서 다시 나

타난다. 사람들의 입에서 입으로, 활자로, 영상으로 이야기가 되풀이될 때마다 그들은 힘을 얻는다. 이야기에 달라붙은 감정과 찌꺼기는 그들을 다시 태어나게 한다. 그렇게 태어난 괴물들은 자신의 탄생과 관련된 곳, 혹은 자신의 이야기와 관련된 곳에 머무르거나 유사한 감정을 품은 인간을 찾아다니고 그들의 정신을 좀먹으며 점점 더 강해진다.

"아주 옛날 일이긴 한데…… 흥부와 놀부를 담당했던 적이 있어. 어떤 여자가 찾아와서 자기한테 뭐가 붙어 있다고 하소연하더라고. 이런 거 해결해 주는 곳이라고 듣고 왔다고 말이야. 옆에 달라붙어서 밤에 잠도 못 자게 괴롭힌다고 하는데…… 귀신이면 대귀협에 가라니까 이미 갔다 왔다고, 귀신은 아니래. 조사 끝에 괴물인 게 드러났는데 흥부라고 불리는 괴물이었지. 언니가 있냐고 물어보니까 그렇다길래 그쪽을 찾아가 봤더니, 아니나 다를까 언니 쪽은 놀부 괴물한테 시달리고 있더라고. 흥부 놀부는 그런 녀석들이거든. 서로를 증오하는 형제 자매의 옆에 달라붙어서 사람을 정신적으로 피폐하게 몰아가고, 끝내는 서로를 죽이도록 부추기는 놈들이야. 알고 보니 언니 쪽이 몇 년 전에 커밍아웃을 한 모양이던데, 이런저런 게 겹쳐서 절연한 사이였다나 봐. 그러다가 부모 간병 문제가 터지면서 서로를 죽이고 싶을 정도로 증오하는 마음이 자라난 거고, 그 틈을 흥부 놀부가 파고든 거지. 전래 동화 괴물들은 대개 그런 식이야."

"……."

"사람들이야 흥부 놀부 하면은 '벌을 받은 놀부와 부자가 된 흥부가 우애 좋게 행복하게 살았습니다'를 떠올리겠지만…… 그건 각색이 굉장히 많이 들어간 버전이고. 실제 이야기는 좀 달라. 기록에 의하면 흥부와 놀부라는, 사이가 나쁘기로 유명한 형제가 있었고 다툼 끝에 서로를 죽였다나 봐. 둘의 시체가 보관된 창고에서 한밤중에 괴생명체가 나왔는데, 거대한 한 쌍의 민달팽이 같은 모습이었다고 해. 시체는 흔적도 없이 사라져 버렸고. 서로를 향한 증오가 출발점이 되어서 탄생한 괴물들이지. 그리고 이런 이야기를 각색 없이 원본으로 기록해 둔 게 바로《월야괴담》이고."

"그러니까…… 팀장님을 죽이려고 했던 게, 도깨비가 아니라 옹고집이라고요."

"……보늬 씨 내 이야기 들었어?"

"아, 네. 그럼요. 흥부 놀부."

못마땅한 얼굴로 눈을 흘기던 구 팀장이 설명을 이어 갔다.

"옹고집은 말이야, 아주 오래전에 스님들 사이에서 퍼지기 시작한 저주의 일종이야. 짚 인형, 진흙 약간, 필요하다면 목표 대상을 향한 강한 원망이 담긴 물건까지. 그 세 가지로 의식을 치르면 완성되는…… 일종의 골렘 같은 거라고 해야 하나."

보늬는 모니터를 향해 시선을 돌리고 화면을 빼곡하게 채운 글씨를 부지런히 읽었다.

저주를 거는 상대에 대한 강한 원망이 담긴 물건이 존재할 경우, 옹고집의 몸체에 끼워 넣으면 에너지 흡수가 빨라지며 옹고집의 공격성이 높아지는 효과를 얻을 수 있다. 처음 옹고집을 만들 때 진흙 속에 짚 인형과 함께 파묻어도 좋다. 단, 물건이 뽑힐 경우 옹고집이 한 번에 분해되니 주의가 필요하다. 그렇게 완성된 몸을 가지고 '진짜'를 죽여 버린 뒤 진짜 행세를 하는 것이 옹고집의 최종 목적이며, 이때 옹고집이 목표로 삼은 특정 상대의 손은 옹고집에게 통하지 않는다.

"옹고집의 마지막 타깃은 지운 씨였을 거야. 지운 씨를 습격해 에너지를 흡수하면 마지막 손가락이 자라났을 테지. 그 전에 마주친 게 천만다행이야. 음, 나도 옹고집을 본 건 처음이라…… 대응에 미숙했어. 전래 동화 괴물은 최근에 정식으로 발견된 적이 없거든. 자료에 제한이 걸려 있었던 것도 그 때문이고. 한동안 잠잠할 줄 알았으니까."

"근데 하필이면 본사 건물에 나타났네요."

"그게 이상한 점인데…… 다른 놈들은 모르겠지만 옹고집은 의식을 치르지 않으면 만들어지지 않아. 의식을 치르는 법은 당연히 제한이 걸려 있어서 아무나 확인할 수 없는데."

"……팀장님을 죽이려는 사람이 있었다는 뜻인가요?"

"진지하게 시도한 건 아니었을 거야. 그랬더라면 뭔가 다른 괴물을 불러냈겠지. 날 죽일 수 있을 만큼 더 강한 놈으로."

구 팀장은 거드름을 피우며 가볍게 어깨를 으쓱였다. 아 예에…… 보늬는 습관처럼 말끝을 흐리며 구 팀장의 손에 들린 사직서를 내려다보았다. 하얀 봉투에는 옅은 진흙 자국이 영광의 상처처럼 남아 있었다.

"……죄송합니다."

"보늬 씨가 왜 사과를 해?"

"제가 사직서를 쓰지 않았다면…… 상황이 달라졌을 수도 있으니까요."

"사직서 달라고 난리 친 사람은 나였는데 뭐. 내 무덤을 판 거지. 그것보다 더 중요한 건, 옹고집을 만든 사람이 보늬 씨의 사직서에 접근할 수 있었다는 사실인데."

"……."

"이건 나중에 제대로 이야기해 보도록 하고."

구 팀장은 머쓱한 듯 머리를 긁적였다. 주머니에 찔러 넣은 손을 뺀 그는 머뭇거리다 간신히 말을 이어 갔다.

"정식으로 사과할게. 미안하고, 그리고…… 구해 줘서 고마워."

"아닙니다, 제가 아니라…… 지운 씨 덕분이었는걸요."

"아, 안 그래도 그거 말인데."

구 팀장은 보늬의 손에 사직서를 돌려주며 어깨를 두드렸다.

"지운 씨랑 제법 잘 어울리는 거 같던데. 둘이 한번 팀을 만들어 보는 건 어떨까 싶더라."

"네?"

"싫어? 싫으면 어쩔 수 없고."

보늬는 대답 대신 구 팀장의 못생긴 붉은 넥타이를 노

려보았다. 피처럼 강렬한 넥타이. 죽었다 살아났는데도 끔찍한 넥타이 취향은 여전했다. 구 팀장은 의미 없이 키보드를 두들기며 대답을 기다리고 있었다. 보늬는 크게 숨을 몰아쉬었다. 그가 내놓을 답은 묻지 않아도 당연했다.

이번 사건의 경위를 작성한 보고서를 제출하는 것을 마지막으로, 보늬는 협회를 나왔다. 차를 타고 집으로 향하는 내내 저도 모르게 콧노래가 흘러나왔다. 골목을 걷는 와중에도 그랬다. 자꾸만 몸을 이리저리 휘청이고 제자리를 빙글빙글 돌게 되었다. 마음 같아선 골목이 떠나가라 고래고래 노래를 부르고 싶은 심정이었다.

"저기."

으억! 누군가 속삭이는 소리가 귓가에 들려와 보늬는 그대로 외마디 비명을 질렀다. 소름이 바짝 돋아 양팔을 감싸 쥔 채로 몸이 굳어 버렸다. 잔뜩 경계하고 사방을 살피는데, 목소리가 다시 한번 말을 걸었다.

"놀라게 할 생각은 없었는데."

"누, 누, 누구세요?"

"이거 드세요."

놀란 보늬가 꽥 소리를 지르거나 말거나 목소리는 태연했다. 곧 가벼운 무언가가 땅에 부딪치는 소리가 났다. 보늬는 저 멀리, 주홍빛 가로등 밑에 검은 봉지 하나가 널브러져 있는 광경을 지켜보았다. 아무것도 없는 허공에서 갑자기 비닐봉지 하나가 톡 떨어지는 장면은 꼭 마법 같았다.

"감사했습니다."

목소리는 그렇게 사라져 버렸다.

보늬는 조심스레 봉투를 향해 다가갔다. 미심쩍은 얼굴로 봉투를 살며시 건드렸지만 아무 일도 벌어지지 않았다. 골목에는 보늬 외에는 아무도 없었고, 사방은 쥐 죽은 듯이 고요했다. 보늬는 천천히 봉투를 벌리고 안에 들어 있는 내용물을 확인했다. 보늬가 좋아하는 딸기 맛 아이스크림 여러 개. 젤리 한 봉지. 스티로폼 용기에 담긴 메밀전 두어 장. 보늬는 봉투를 쥐고 몸을 일으켰다. 봉투 옆에 세워져 있던 싸리나무 빗자루 하나가 옆으로 사뿐히 기울어졌다. 보늬는 싸리나무 빗자루를 쥔 채 한동안 고개를 갸웃거렸다.

메밀전은 맛있었다. 젤리도 아이스크림도 그랬다.

개체 이름: 옹고집

일련번호: KMMA-448

등급: 황(黃) 등급[5]

종류: 인간형 괴물(둔갑)

활동 지역: 전국

탄생(일부 《월야괴담》 발췌): 옛날 옛적에 황해도 옹진에 옹고집이라는 부자가 살았다. 그는 심술궂고 끔찍한 구두쇠여서, 여든 살 노모를 차가운 방에 재우고 식사도 제대로 대접하지 않는 불효를 저질렀다. 그는 습관처럼 노모를 구박했을 뿐 아니라 남녀 종들을 심하게 부려 먹고 폭력까지 행사할 정도로 사악한 인간이었다.

심지어 그의 행패와 폭력을 견디다 못한 종들이 죽는 사건마저 발생했다. 죽어 나가는 종들이 많아 집 안에 귀신이 나타난다는 소문이 도는 등, 분위기가 흉흉해지자 한 스님이 시주를 받으러 와 집 안의 불길한 기운을 물리쳐 주겠다고 나섰다. 당연히 옹고집은 스님에게 오물을 뿌리는 등 푸대접했고, 이에 크게 화가 난 스님은 지푸라기 인형을 만들어 옹고

---

5   황 등급의 괴물은 사람을 해치거나 죽이려는 목표를 가진 괴물로, 이 등급의 괴물은 제거해야 한다.

집을 벌하는 주술을 걸었다.

이날 이후로 옹고집의 집 안에는 정체를 알 수 없는 무언가가 떠돌아다니기 시작했는데, 그 얼굴 형상은 진흙으로 빚은 것처럼 새까만 모습을 하고 있었다. 사람들은 자신들이 도깨비에게 홀렸다고 믿었다. 시간이 흐를수록 도깨비의 얼굴은 완성된 형상을 갖추었는데, 그는 놀랍게도 옹고집을 닮아 있었다.

곧 두 옹고집 사이에 자신이 진짜라고 주장하는 싸움이 벌어졌다. 가짜 옹고집은 집안의 내력과 가계 사정을 꿰뚫고 있었고, 사람들은 가짜 옹고집을 진짜라고 판정했다. 진짜 옹고집은 판정을 인정할 수 없다며 가짜 옹고집을 죽이기 위해 달려들었는데, 가짜 옹고집이 어마어마한 힘으로 진짜 옹고집의 목을 졸라 죽이고 말았다. 그렇게 진짜를 죽이고 새로운 진짜가 된 가짜 옹고집은 선한 인품과 너그러운 성정으로 칭송받던 중, 소문을 듣고 찾아온 괴물 전문가들에 의해 격리되었다.

괴물 전문가들은 괴물에게 옹고집이라는 이름을 정식으로 붙였고, 이 사례는 진짜 옹고집이 자신의 죄를 뉘우치고 행복하게 살았다는 이야기로 변형되어 일반인들의 입에 오르내리게 되었다.

설명:

- 옹고집을 만드는 데 필요한 것은 다음과 같다. 진흙 덩어리 조금, 짚 인형, 저주를 걸 상대의 죽음을 바라는 강한 열망. 진흙 덩어리에 짚 인형을 파묻고 다음과 같은 주문을 외운다: ███████████████████████████████
████████████████████████████

- 그는 인간을 습격해 에너지를 흡수하고, 흡수한 에너지로 '특정 상대'와 정확히 똑같은 형상을 만들어 나간다.

- 저주를 거는 상대에 대한 강한 원망이 담긴 물건이 존재할 경우, 옹고집의 몸체에 끼워 넣으면 에너지 흡수가 빨라지며 옹고집의 공격성이 높아지는 효과를 얻을 수 있다. 처음 옹고집을 만들 때 진흙 속에 짚 인형과 함께 파묻어도 좋다. 단, 물건이 뽑힐 경우 옹고집이 한 번에 분해되니 주의가 필요하다.

- 그렇게 완성된 몸을 가지고 '진짜'를 죽여 버린 뒤 진짜 행세를 하는 것이 옹고집의 최종 목적이며, 이때 옹고집이 목표로 삼은 특정 상대의 손은 옹고집에게 통하지 않는다.

- 지금까지 밝혀진 약점은 없으며, 목표로 삼은 인간이 죽을 때까지 쫓아다닌다는 점에서 악귀와 유사하다.

1995년 10월 12일, KMMA-448-024가 괴물 전문가 ■

■에 의해 강원도 ■■에서 붙잡혀 격리되었다. 다음은 KMMA-448-024와 그가 죽이려 했던 대상 사이의 면담 기록이며, 이 자리에는 괴물 전문가 ■■■가 함께했다. KMMA-448-024는 생포된 지 12일 후 자연 소멸했다.

목표 대상: 당신은 누구인가요?

KMMA-448-024: 나는 너고, 너는 나야.

목표 대상: 저한테 왜 이러는 건가요?

KMMA-448-024: 너는 나고, 나는 너야, 우리는 하나야.

목표 대상: 당신을 만든 사람은 누구죠?

KMMA-448-024: …….

목표 대상: 누가 저를 죽이려고 한 건가요?

KMMA-448-024: 너는 나, 나는 너. 나는 네가 돼야만 해.

■■■: 여기까지만 하시죠.

〈기록 종료〉 삭제된 기록은 A 등급 인증 후 열람 가능합니다.

⊠

[경상도 지부] 묘아두 본사 이송 건 안내드립니다

보낸 사람: 경상도 지부 보안팀 이지원 팀장(lee05@kmma.net)

받는 사람: 본사 보안팀 서난이 팀장(NAN@kmma.net)

참조: 경상도 지부 파견팀 최정숙 팀장, 본사 파견팀 구석주 팀장

2024년 9월 16일(월) 오전 11:37

안녕하세요, 경상도 지부 보안팀 이지원 팀장입니다.

지난 2일 창원시 성산구 대방동에서 포획한 묘아두(KMMA-735-11)의 본사 이송 건으로 안내 메일 드립니다.

KMMA-735-11은 이번 주 목요일(9월 19일) 아침 9시에 이송이 시작되며, 본사 도착 예정 시간은 오후 2시입니다. 이송은 저와 보안팀 권혜민 사원이 담당할 예정입니다.

KMMA-735-11의 관찰 기록을 다시 한번 첨부해 드리니 확인 부탁드리며, 궁금하신 것은 저 혹은 권혜민 사원에게

문의해 주십시오.

감사합니다.

팀장 이지원 드림

2.
어서 눈을 떠서
저를 급히
보옵소서

끈적끈적한 것. 검붉은 것. 팔이나 다리의 개수가 셀 수 없이 많은 것. 입이 커다란 것. 커다란 입안에 수많은 이빨이 자리 잡은 것. 목이 긴 것. 이목구비의 개수가 보편적인 기준과는 다른 것. 밖으로 드러난 혈관이 꿈틀거리고 툭 불거진 눈을 데룩데룩 굴리는 것. 지느러미가 달렸거나 날개가 있는 것. 점액과 침을 줄줄 흘리고 사악한 소리를 종종 내는 것. 장난스럽고 변덕스러운 것. 친근하지만 동시에 낯선 것. 죽이고 또 살리는 것. 보늬는 그런 그들을 사랑했다. 사람이 사람을 사랑하는 것처럼 괴물을 사랑했다. 사랑, 조건도 없고 이유도 없는 사랑. 사랑이 아니라면 괴물을 향한 맹목적이고 지속적인 구애를 설명할 방법이 없었다. 보늬는 괴물을 사랑할 운명을 타고났고 한 번도 자신의 운명에 의문을 가지지 않았다.

백령도 앞바다에서 생애 첫 괴물을 만났을 때도 그랬

다. 일곱 살, 아니 여덟 살이었을까. 고운 모래에 발을 파묻고 파도 위로 노을이 쏟아지는 광경을 바라보고 있을 무렵이었다. 그건 바다 한가운데에 덩그러니 서 있었다. 마치 보늬가 자신을 발견하길 평생 기다려 왔던 것처럼.

거대한 꽃처럼 여러 갈래로 펼쳐진 검붉은 머리, 한가운데에 박힌 커다란 눈알 하나, 그 아래로 이어지는 몸에는 거대한 지느러미 같은 것이 양쪽에 달려 있었다. 그는 거친 파도에도 흔들리지 않고 꼿꼿하게 몸을 세우고 있었는데 보늬에게는 그게 어떤 신호처럼 느껴졌다.

"할머니, 저게 뭐예요? 인어인가?"

그때 보늬의 옆에는 귀순이 있었다. 백령도는 보늬의 외삼촌이 사는 곳이었고 보늬는 외할머니 귀순과 함께 종종 백령도에서 방학을 보내곤 했다. 보늬의 물음에 귀순은 눈을 가늘게 뜨고 바다 한가운데에 있는 그것을 보았다.

"저건 괴물이란다."

아니야, 그것보단 더 거칠고, 더 무뚝뚝한 말투로 대답했던 것 같아. 보늬는 오래전의 대화를 필사적으로 곱씹는다. 그렇지만 아무리 생각해도 귀순이 어떤 말투로 대답을 건넸는지가 확실히 떠오르지 않았다. 분명한 건 확신에 찬 자신뿐이었다. 나는 영원히 저 괴물을 사랑하게 될 거라고 확신에 차 있었던 어린 보늬.

"징그럽게 생겼지?"

"아니요, 너무 예쁜데요."

정말로 그랬다. 묵묵히 물살을 견디는 그건 너무 예쁘고 아름다워서 평생 쳐다보라고 해도 할 수 있을 것 같았다. 어린 보늬는 입을 벌리고 그걸 조금이라도 더 분명하게 보기 위해 애썼다. 귀순은 보늬의 대답에 큰 소리로 웃고는, 보늬의 옆에 똑같이 쭈그리고 앉아 그것이 어떻게 태어났는지 이야기를 들려주었다. 보늬는 그것의 탄생이 익히 들어 알고 있던 동화 〈심청전〉과 비슷하다고 생각했다.

"그럼 심청이라고 부를까요?"

귀순은 아무래도 상관없다는 얼굴이었다. 어둠이 내려앉고 결국 집으로 돌아가야 했던 보늬가 아쉬운 마음을 담아 손을 흔들자, 심청은 바닷속으로 몸을 깊게 집어넣더니 곧 시야에서 사라졌다. 보늬는 그날 밤 심청과 함께 바다를 헤엄치는 꿈을 꿨다. 수영을 두려워하던 보늬였지만 심청의 옆에 있을 수만 있다면 수영도 더 이상 무섭지 않았다. 매년 여름과 겨울마다 백령도에서 심청을 바라보는 일은 남모르게 간직하는 보늬만의 방학 숙제가 되었다. 그 누구와도 나누고 싶지 않은, 오롯이 보늬만을 위한 숙제.

 키가 훌쩍 커버린 어느 날에도 보늬는 백령도 해변에 있었다. 꿈속에서 심청과 함께 백 번도 넘게 물속을 유영했던 보늬는 신나게 물살을 가르며 수영 실력을 뽐냈다. 심청이 근처에 있을까? 나를 발견하면 다가와 줄까? 어린 보늬는 점점 더 멀리 나아갔다. 멀리서 높고 거대한 파도가 다가오고 있다는 건 아무도 몰랐다. 발에서 힘이 빠져나간다는 감각이 찾아온 순간 사람들의 비명이 들렸고 보늬는 정신을 잃었다. 물기에 젖은 눈을 비비며 겨우 눈을 떴을 때 시야를 가득 채운 건 온통 검붉기만 한 무언가였다. 보늬는 고개를 간신히 들었고 자신이 심청의 품에 안겨 있다는 걸 알았다.

 축축하고 부드러웠다. 차가웠지만 따뜻했다. 보늬를 든든하게 붙잡고 있는 긴 지느러미는 매끄러웠고, 또…… 거기까지 생각하고 보늬는 다시 정신을 잃었다. 귓가에서 누군가 노래를 흥얼거렸다. 가사가 존재하지 않는, 음울하고 느릿한 곡조였다. 온몸을 스산하게 에워싸는 묵직한 음표들, 기괴하지만 다정하게 보늬를 위로하는 탁한 음색. 노래는 자장가처럼 보늬의 꿈속에서 몇 번이고 되풀

이되었다.

심청은 사람의 출입이 불가능한 해안 동굴에서 보늬를 껴안고 파도가 가라앉을 때까지 버텼다. 마침내 해변이 고요해지고 해가 고개를 내밀었을 때, 그는 조심스레 해 안가로 다가와 잠든 보늬를 내버려두고 사라졌다. 사람들 은 모두 보늬가 죽었을 거라 생각했다. 보늬의 귀환은 그 해 여름이 백령도에 선사한 기적이 되어 두고두고 주민들 의 입에서 오르내렸다. 그렇지만 보늬는 기적을 선사한 게 누구인지 너무 잘 알고 있었다.

돌아온 보늬를 밤새워 간호하며 귀순은 몇 번이고 당부 했다. 심청이 너를 살렸다고. 심청이 너를 지켜 주었다고. 그러니 어른이 되면 네가 심청을 지켜야 한다고. 보늬는 거친 바위에 찢기고 베여 상처투성이였던 붉은 몸을 기억 했다. 소중한 걸 지키려면 힘이 필요하단다. 귀순이 말했 고 보늬가 물었다. 어떻게 하면 힘을 가질 수 있는데요? 순진무구한 질문에 귀순은 손을 쫙 펼쳐 보였다. 주름이 완벽하게 자리 잡은 거친 손이었다.

"손이 있으면 가능해."

"손?"

"너도 곧 갖게 될 거야."

손을 가진다는 건, 곧 괴물을 다스릴 수 있다는 뜻이었다.

괴의 영역에 존재하는 것들은 귀의 영역에 존재하는 것들과는 다르게 형체가 있다. 누구나 괴물을 볼 수 있고 누구나 괴물을 만질 수 있다. 그렇지만 괴물을 다스린다는 건 손이 있어야 가능한 일이다. 손을 가지지 않은 사람이 괴물과 맞선다는 건 자살행위에 가깝다. 그렇기에 손을 가진, 선택받은 소수의 사람이 책임지고 괴물을 다스려야 하는 것이다. 괴물을 성향에 따라 분류하고 인간에게 해를 끼치는 괴물은 제거하며, 대중으로부터 괴물을 격리하고 정보를 제한한다. 또 적대적이지 않은, 위협이 되지 않는 괴물은 관리하고 보존한다.

기운이 깃든 손은 선천적인 재능이다. 가끔 뜬금없는 곳에서 돌연변이가 튀어나오는 경우도 있었으나 대부분의 손은 핏줄을 통해 전해졌다. 손은 사람에 따라 그 능력이 천차만별이므로 보늬가 어떤 손을 갖게 될지는 알 수 없었지만 하나만은 분명했다. 귀순과 보늬의 엄마를 비롯해 수없이 오랜 시간 동안 그 계보를 이어 온 손은 틀림없이 보늬를 찾아올 거라는 것.

그런데 손을 꼭 '다스리는 힘'이라 불러야 하는 걸까?

그보다 더 적절한 단어가 있지 않을까. 갇혀 사는 괴물들이 힘들어하진 않을까. 협회가 괴물의 의사를 존중하는 길을 택했을 때, 스스로 보안실에 남기를 선택할 괴물의 수가 얼마나 될까.

어린 보늬는 의문을 가졌지만 굳이 입 밖으로 뱉지는 않았다. 그것보다는 자신에게 어떤 손이 찾아올지 상상하는 게 더 즐거웠다. 이왕이면 할머니의 손처럼 멋진 힘을 갖고 싶었다. 보늬의 꿈은 무럭무럭 자라났다.

문제는 다음 날부터 심청이 보이지 않는다는 것이었다. 보늬는 햇살이 눈부시게 반사되는 물살 위에서 더 이상 심청을 발견할 수 없었다. 저를 지키려다가 죽은 걸까요? 보늬가 그렇게 묻자 귀순은 보늬를 꼭 끌어안고 고개를 저었다. 잠시 여행을 떠난 거야, 누구에게나 휴식이 필요하지. 보늬는 귀순의 품에 안겨 자신의 손바닥을 내려다보았다. 자신에게도 힘이 깃들게 된다면, 할머니처럼 닿는 것만으로도 괴물을 치료할 수 있는 힘이 생기길 빌었다. 돌아온 심청을 자신이 직접 치료할 수 있도록.

재능은 어딘가 삐딱하게 틀어진 방향으로 찾아왔다. 앳된 티를 벗어난 보늬가 이제 막 단정히 교복을 차려입던 때였다. 보늬에게는 보여선 안 될 것들이 보이기 시작했

다. 귀의 영역에 머무르고 있는 영혼과 원귀들. 지상에 고
인 원망과 슬픔 때문에 떠나지 못하고 붙들린 이들. 보늬
에겐 손이 아니라 눈이 찾아왔다. 아무도 예상하지 못한
일이었다. 핏줄을 통해 전해지던 유산이 보늬의 차례가
된 순간 궤도를 벗어난 것이다.

엄마인 선미는 보늬에게 눈이 찾아온 날, 작은 케이크
하나를 사 들고 왔다. 조촐한 축하 파티가 열렸다. 보늬가
'손을 갖지 않게 된 것'을 축하하는 파티였고 선미는 신나
서 손뼉을 쳤다.

"끔찍하고 역겨운 것들로부터 해방된 날을 기리며……
물론, 귀신 쪽도 조금 끔찍하긴 하지만!"

선미는 그렇게 외치며 축배를 들었다. 보늬는 태평한
선미를 따라 웃지 못했지만, 그렇다고 해서 끔찍하고 역
겨운 것들과 함께하는 삶을 애타게 기다려 왔다고 고백하
지도 못했다.

귀순은 크게 실망했다. 괴물을 싫어하는 선미는 손을
가졌음에도 괴물과 동떨어진 삶을 살았고, 괴물을 보면
불길하고 더러운 것들이라 일갈했다. 너무나 다른 삶을
선택한 두 사람은 서로를 사랑하면서도 평생 상대를 이해
하지 못했다. 보늬에게 귀순의 기대가 쏠려 있었던 건 어

찌 보면 당연한 일이었다.

손을 가지지 못한 손녀를 받아들일 수 없었던 귀순은 그 당시 막 협회 부회장 자리에 올랐던 규진에게 보늬를 데려갔다. 보늬의 자그마한 손을 규진에게 직접 쥐어 주며, 귀순은 간절하게 물었다. 정말 아무것도 느껴지지 않아? 그 절실함에도 불구하고, 규진은 평소와 다름없이 메마른 어조로 간결하게 답하며 못을 박았다. 아무것도, 정말 아무것도 느껴지지 않습니다. 안타깝지만 이 손에는 영원히 기운이 깃들지 못할 겁니다. 손과 눈을 동시에 가질 수 있는 사람은 없습니다, 회장님도 아시잖아요. 그날 집으로 돌아오며, 보늬는 멀쩡한 두 눈을 뽑아 버리고 싶다고 생각했다. 보고 싶지 않은 것을 보게 된 눈 따위, 더는 필요하지 않았다.

사람이란 자고로 자신이 가장 사랑하는 일에 재능이 없음을 깨달으면서 어른이 되어 가는 법이었다. 보늬에게는 그 과정이 더더욱 고통스러웠다. 거친 파도에 밤새도록 몸을 맡기고 버티는 것처럼. 보늬는 그렇게 어른이 되었다.

물론 어른이 되었다고 해서 애정마저 사라지진 않았다. 보늬에게 괴물은 여전히 끔찍하면 끔찍할수록, 징그러우면 징그러울수록 어여쁜 친구들이었다. 보늬가 세상을 바라보는 방식은 평범한 사람과는 조금 달랐다. 뒤틀렸다고, 삐딱하다고 말해도 좋았다. 보늬의 마음 한편에는 언제나 괴물을 향한 순정이 반짝거렸다.

하지만 모든 인간이 그렇듯, 보늬 역시 나이를 먹으며 오랜 꿈이 빛바래는 순간을 겪었다. 괴물 전문가라는 사명은 서서히 보늬의 머릿속에서 사라졌다. 과거의 잔재를 물고 늘어지기엔 삶이 너무 매정했고 보늬는 온 힘을 다해 버틸 수밖에 없었다. 무난한 학과를 졸업해 무난한 회사에 다니고, 무난한 현실을 살았다고 자부했다. 모자랄 것도 넘치는 것도 없는 삶. 보늬는 그럭저럭 무사히 행복했다. 할머니가 사라졌다는 소식을 듣기 전까진 그랬다.

3년 전 귀순은 갑자기 자취를 감추었다. 아무것도 남기지 않고 아무것도 바라지 않은, 말 그대로 증발이었다. 실종 신고를 마쳤고 수사도 잠시 진행되었다. 하지만 귀순은 돌아오지 않았다. 마치 처음부터 이 세상에 존재하지 않았던 것 같았다.

변함없이 귀순이 돌아오지 않았던 어느 날, 보늬는 성인이 된 후 처음으로 백령도를 찾았다. 고운 모래, 거친 파도, 그 위로 부서지는 햇빛, 먼 곳에 떠 있는 부표. 모든 게 그대로였다. 보늬의 곁에 귀순이 없다는 사실이 더욱 뼈저리게 느껴질 정도로 변화는 없었다. 심청이 여전히 보이지 않아 보늬는 그대로 털썩 주저앉았다. 귀순은 사라졌고, 심청은 없다. 보늬의 인생에서 괴물과 관련된 것이라곤 아무것도 남아 있지 않았다. 이대로 괜찮을까? 정말 이걸로 충분할까?

보늬는 꼬박 한나절 동안 심청이 나타나기를 기다렸고, 사실은 괜찮지 않다는 걸 알았다.

보늬가 원하는 건 예전에도 그리고 앞으로도 똑같았다. 보늬는 심청의 품이 그리웠다. 심청과 같은 이들과 평생을 함께하고 싶었다. 끔찍하고 역겨운 것들을 껴안고 축축하고 매끄러운 피부를 온전하게 느끼고 싶었다. 보늬가 원하는 건 그뿐이었다. 그럭저럭 행복해지는 건 싫었다. 보늬는 사랑하는 것들과 함께 온 힘을 다해 충만한 행복을 누리길 원했다.

스물여섯의 보늬는 모든 걸 내팽개치고 사단법인 한국괴물관리협회에 들어갔다. 회장인 귀순의 외손녀라는 배경이 영향을 끼치지 않았다고는 할 수 없었지만, 그래도 괜찮다고 믿었다. 자신이 원래 있어야 했던 곳으로 돌아온 것이었으니까. 사라진 귀순과의 약속을 지키기 위해, 심청의 검붉은 품에 다시 한번 안기기 위해.

그렇게 시간이 흐른 지금, 보늬는《월야괴담》에서 심청이라는 이름을 발견한 것이다.《월야괴담》속 심청은 보늬가 심청이라 이름 붙인 그 괴물과 똑같았다. 그러니까 심청은, '진짜' 심청이었던 셈이다. 보늬는 모니터 위에 떠 있는 문장을 읽었다.

심청은 바다의 수호신으로서 자신과 같은 슬픔과 원한을 품고 바다에 뛰어드는 이들을 구해 내고, 그들을 보호하는 역할을 한다.

축축하고 부드럽고, 차갑지만 또 따뜻하고 상처투성이였던 몸. 보늬를 밤새도록 지켰던 검붉은 덩어리. 보늬는 가만히 눈을 감는다. 보늬의 귀에는 여전히 들렸다. 가사가 존재하지 않는, 음울하고 느릿한 곡조. 시간이 흘러도 여전히 잊지 못하는 음색. 스산하고 다정하게 보늬를 위로하는, 심청을 닮은 것 같은 그 자장가가.

개체 이름: 심청

일련번호: KMMA-07739

등급: 청(靑) 등급

종류: 짐승형 괴물

활동 지역: 인천 백령도 인근

탄생(일부《월야괴담》발췌): 옛날 옛적에 황해도의 한 마을에 심청이라는 효녀가 살았다. 심청은 맹인 심학규를 아버지로 두었는데, 태어나자마자 어머니를 잃어서 각종 일을 하며 아버지를 모시고 살았다. 어느 날 심 봉사가 한 스님을 만나 부처님께 공양미 300석을 바치면 눈을 뜰 수 있다는 약속을 받아 왔다. 심청은 공양미를 구하기 위해 인당수에 몸을 바칠 제물이 되기로 결심했다. 심청의 시체는 오랜 한과 원망, 슬픔 등을 머금은 채로 바다 깊숙이 가라앉았다. 바다를 헤엄치는 수많은 괴물들이 남긴 찌꺼기는 심청의 시체 위로 조금씩 쌓였고, 시간이 흘러 심청의 시체는 거대한 연꽃 모양의 머리를 가진 괴물로 다시 태어났다.

심청은 인당수 해역에서 괴물 전문가들에게 발견되었고, 심청에 대한 소문은 심청이 황후가 되어 아버지를 다시 만나고 심 봉사도 눈을 뜬다는 행복한 결말을 가진 동화로 변형되어 지금에 이르게 되었다.

설명:

– 심청은 주로 인당수 해역 근처, 지금의 백령도 인근에서 발견된다.

– 심청은 바다의 수호신으로서 자신과 같은 슬픔과 원한을 품고 바다에 뛰어드는 이들을 구해 내고, 그들을 보호하는 역할을 한다.

3.
웰컴 투
해피랜드

남색 바탕에 화려한 색의 꽃이 수놓인 하와이안 셔츠. 그 안에 갖춰 입은 검은 목티 위로 잘린 목이 불쑥 솟아올라 있다. 굳은살이 잔뜩 박인 손이 에스프레소 기계에 캡슐을 넣고 버튼을 눌렀다. 기계가 작동하는 소리와 함께 은은한 커피 향이 회장실 안을 가득 메운다. 거대한 책상과 작은 테이블, 소파, 커다란 화분이 놓인 회장실 안은 오랫동안 주인이 찾아오지 않았는데도 여전히 따뜻하고 훈훈한 기운을 풍겼다. 그건 전적으로 잘린 목 부근을 긁적이며 바쁘게 커피를 내리고 있는 무두괴 덕분이었다. 고급스러운 쟁반 위에 잔뜩 놓인 커피 잔들은 셀 수 없을 정도로 계속 이어졌는데, 두 잔을 제외하면 모두 무두괴의 몫이었다.

보늬가 커피를 한 모금 삼키는 동시에 무두괴는 잔을 조심스레 기울여 잘린 목 안으로 커피를 부었다. 나란히 앉은 두 사람은 만족스럽게 소파에 몸을 파묻었다. 이른 오후의 햇살과 커피 한 잔은 도저히 지나칠 수가 없는 조합이었다.

보늬는 무두괴의 잘린 목을 슬쩍 들여다보았다. 얇은 피부 껍질 아래로 흰 뼈와 검붉은 살이 꿈틀거리며 커피를 흡수했다. 무두괴가 회장인 귀순의 사무실에서 지내며 귀순의 비서로 불린 지도 정말 오래되었지만, 무두괴의 살과 뼈는 여전히 목이 잘려 나간 직후처럼 생기가 넘쳤다. 보늬는 무두괴의 어깨에 목말을 타고 앉아 호기심 어린 눈으로 단면을 들여다보며 아직도 싱싱하다고 외쳤던 자신을 기억했다. 어린 보늬에게 그보다 더 적절한 표현은 없었을 것이다. 어쨌든 무두괴는 그로부터 20년이 족히 흐른 지금까지도 여전히, 어린 보늬의 표현을 빌리자면, 싱싱했다.

커피에 젖어 축축했던 붉은 살덩어리는 어느새 조금씩 말라 갔다. 보늬가 한 모금을 더 들이켜는 동안 무두괴는 새로운 잔을 쏟아붓기 위해 자세를 취하는 중이었다.

"오늘 몇 잔째야?"

정곡을 찌르는 질문에 무두괴가 가만히 손가락을 펼쳤다. 최근 네일 아트에 관심이 생겼는지 손톱이 형형색색의 무늬로 뒤덮여 화려했다.

"다섯 잔?"

짧은 침묵. 그리고 두 번째 손이 올라와 서서히 손가락을 폈다.

"열 잔? 그러다 일찍 죽는다니까, 진짜로."

보늬의 잔소리를 뒤로하고 무두괴는 새로운 커피를 목구멍으로 부었다. 붉은 살점과 혈관 사이로 짙은 액체가 꿀럭대며 흘러 들어갔다. 목 부근에서 머리가 깔끔하게 싹둑 잘려 나간 것만 제외하면, 무두괴의 태도는 여느 사춘기 자녀와 다를 바가 없었다. 보늬는 말 안 듣는 아이를 걱정하는 부모처럼 한숨을 쉬고, 건너편에 앉아 그 모습을 바라보던 지운은 어색하게 커피를 홀짝거린다.

둘에게 '임시 파견팀'이라는 이름이 붙자마자 보늬는 지운을 끌고 회장실을 찾았다. 3년째 주인이 돌아오지 않는 회장실은 보늬에게 조금 독특한 안식처였다. 아무도 말을 걸어 주지 않고 아무도 쳐다보지 않을 때마다 습관처럼 찾는 곳. 하와이안 셔츠를 걸친, 머리가 없는 특이한 친구가 내려 주는 커피 한 잔이면 그날의 설움과 괴로움이 모조리 사라지는 기분이었다. 보늬는 종종 회장실을 찾아와 커피를 마셨고 무두괴와 함께 화분을 관리하거나 구석구석의 먼지를 닦아 내며 시간을 죽였다. 무두괴와 보늬의 정성 덕분에 회장 귀순이 3년 동안 자리를 비웠음에도 불구하고 회장실은 언제나 윤기가 흐르고 광이 났다.

"친구가 생기면 여길 가장 먼저 소개해 주고 싶었어요."

"아직⋯⋯."

그렇게 부를 정도는 아니지 않나, 지운은 목구멍까지 차오른 말을 꾹 삼켰다. 자신이 본능적으로 뱉은 말에 상처 입고 멀어지는 사람들을 자주 보아 왔다. 이럴 때는 무조건 입을 다무는 게 맞다고 배웠고, 배웠으면 배운 대로 실천해야 직성이 풀렸다.

"물론, 아직 친구는 아닐 수 있지만."

눈치를 보던 보늬는 무두괴와 장난스레 커피 잔을 부딪쳤다.

지운은 의외라고 생각했다. 지난 3개월 동안 지운이 보아 온 강보늬는 어딘가 썩 미덥지 못한 구석이 있었다. 강보늬는 언제나 있어야 할 곳을 잘못 찾은 사람 같았다. 육식동물들 사이의 초식동물, 혹은 초식동물들 사이의 육식동물, 잘못 끼워진 퍼즐 조각, 거대한 기계 장치 사이에서 홀로 돌아가지 않는 톱니바퀴. 강보늬를 표현할 수 있는 문장은 무궁무진하게 많았다. 사방을 경계하며 종종 탕비실 구석에서 발견되곤 하는, 한괴협의 지박령 강보늬. 그렇지만 지금 무두괴의 옆에서 애정 어린 잔소리를 퍼붓는 강보늬는 어딘가 달랐다. 이전보다는 조금 더 믿음직스러웠고, 단단했고, 물렁하지만 또 동시에 호락호락하지 않아 보였다. 무엇이 강보늬를 그렇게 만드는 걸까. 생각에 빠져 있을 즈음 보늬가 으악, 하는 소리와 함께 테이블에 커피를 쏟았다. 지운은 후드를 뒤집어썼다. 아무래도 잘못 생각한 것 같았다.

"이쪽은 무두괴라고 하는데, 본인은 그렇게 불리기 싫대요. 인간처럼 예쁜 이름으로 불리고 싶다는데, 20년째 못 정하고 있어요. 이쯤 되면 이제 정할 때도 됐는데."

보늬가 툴툴거리자 무두괴가 보늬의 무릎을 찰싹, 새침하게 때렸다.

"할머니랑은 6·25 전쟁 중에 처음 만났대요. 그때 할머니 목숨을 몇 번이나 구했나 봐요. 다시 만난 건 할머니가 괴방사로 막 활동을 시작할 때였고……."

"괴방사?"

"괴이한 것을 다스리는 사람들이라는 뜻이에요. 옛날에는 괴물 전문가들을 그렇게 불렀어요."

괴물 전문가의 역사에 대해서 공부할 생각은 한 번도 해 본 적이 없었으므로, 지운은 잠자코 커피를 마셨다.

"그때부터 할머니를 따라다니다가 결국 협회 회장실에서 지내게 된 거예요. 저랑도 그때 처음 만났고요. 어렸을 때 가끔 할머니 따라 본사에 놀러 왔었거든요."

눈을 굴리며 커피에 집중하는 지운의 옆구리에 무언가 푹신하고 부드러운 것이 닿았다. 앙증맞은 귀와 털이 보송보송한 얼굴, 갈색 털 사이에 파묻힌 거대한 눈알 하나가 지운을 올려다보았다. 초록빛을 머금은 눈이 구슬처럼 도르륵 굴렀다. 정신없이 옹고집과 싸우는 와중에 지운이 구했던 괴물이었다. 지운은 본능적으로 엉덩이를 들어 슬쩍 자리를 옮겼다.

"무두괴한테는 원하는 상대에게 저주를 거는 능력이 있다고 하는데…… 저도 제대로 본 적은 없네요. 평생 애매한 불운에 시달리게 만드는 저주부터 곧바로 죽을 수 있을 정도의 저주를 거는 것까지 가능해서, 소문을 듣고 이 친구를 나쁘게 써먹으려는 사람이 많았어요. 할머니가 쳐내느라 고생 좀 하셨죠."

눈이 하나뿐인 작은 고양이, 목요는 자리를 피한 지운에게 서운한 듯 하악질을 하고는 보늬의 품으로 자리를 옮겼다. 익숙하게 고양이의 이마를 간질이는 보늬의 손가락을 바라보던 지운은 문득 생각했다. 강보늬를 다른 사

116

람으로 만드는 것은 바로 괴상하고 기이한 것들을 향한 애정이고, 이유를 알 수는 없지만 자신은 저 애정이 충만하게 드러날 때마다 불편하다고 말이다. 대체 왜? 다정한 눈으로 목요의 엉덩이를 두드리는 보늬가 불편할 이유는 없었다. 지운은 짧은 상념에 빠졌다.

"이제 의뢰 이야기를 해 볼까요!"

보늬가 서류철을 꺼내 들었다. 임시 파견팀에게 주어진 첫 번째 의뢰였다. 보늬는 신이 난 듯 서류를 뒤적였지만 지운은 심드렁했다. 첫 장에 커다란 글자로 적힌 홍보 문구가 보였다. 여러분께 행복과 즐거움을 선물하는 해피랜드.

과장을 약간 보태자면 전 국민이 알고 있는 곳이었다. 이제는 너무 낡아 버렸지만 제법 스릴이 넘치는 기구를 갖춘 놀이공원에 동물원과 식물원, 대형 공원까지 겸비한 해피랜드는 수도권 변두리에 위치한 거대한 유원지로 한때 모든 아이의 꿈이었고 어린이날 선물이었으며 수학여행의 하이라이트였다. 물론 그것도 잠깐이긴 했다. 막대한 자본을 들인 놀이공원이 하나둘 생겨나면서 해피랜드는 서서히 인기를 잃었고 과거의 영광을 지닌 채 역사의 뒤안길로 물러나게 되었다. 다행히 인파를 피해 쫓기

듯 도망쳐 온 관람객 혹은 회원권을 끊은 단골이 꾸준히 찾아오는 덕분에 문을 닫는 일은 벌어지지 않았지만, 예전처럼 활기 넘치는 모습을 찾아 볼 수 없는 건 당연했다. 페인트 껍질이 벗겨진 놀이기구, 어딘가 조악한 장식용 구조물, 운영하지 않는 푸드 코트와 먼지가 수북이 쌓인 자판기, 그리고 무언가에 물려 죽은 물소의 사체가 보늬와 지운을 기다리고 있을 뿐이었다.

벌써 네 번째였다. 문을 닫을 때까지만 해도 멀쩡히 돌아다녔던 동물들이 아침이면 싸늘한 사체로 발견되었다. 처음엔 붉은 사슴이었다. 그다음은 코요테, 그다음은 겜스복. 그리고 어제는 물소가 죽었다. 죽은 네 마리 모두 무언가에 배를 물어뜯겼는데, 그들을 죽음으로 몰고 간 일격의 주인공이 도대체 누구인지 관계자들이 머리를 맞대 보아도 도통 알아낼 수 없다고 했다. 의뢰자가 보낸 자료에 의하면 '현존하는 짐승을 떠올릴 수 없는 흔적'이 남아 있었다는 것이다.

동물원에서 일어난 연쇄 폐사 사건은 해피랜드를 설립한 기업 회장의 귀에까지 흘러 들어갔고, 그는 사단법인 한국괴물관리협회에 사건을 의뢰하기로 결정했다. 다행히 그는 한괴협 이사회 소속인 이복덕과 아는 사이였다.

복덕은 국내 최대 규모의 컨테이너 국적선사인 일상해운 창업주의 딸로, 일상해운의 이름을 빌려 오랫동안 한괴협을 후원해 왔다. 한괴협이 지금까지 유지되고 있는 건 돈과 힘으로 많은 문제를 해결해 주는 복덕 덕분이라고 해도 과언이 아니었다. 지금은 협회에 자주 들르지 않지만, 복덕에게도 나름의 파란만장한 과거가 있었다. 귀순과 함께 괴방사 콤비로 전국을 종횡무진했던 것이다.

"정말로 괴물의 소행일까요? 어떻게 생각해요?"

해피랜드로 향하는 내내 남색 다마스 안에는 침묵만 감돌았다. 비록 임시 파견팀이었지만 정식으로 차량을 배정받은 덕에 보늬의 기분은 최고조에 달해 있었다. 절로 콧노래가 흘러나오던 것도 잠시, 기묘한 두 눈으로 창밖을 살피며 입을 꾹 다물고 있는 지운 때문에 보늬는 죽을 맛이 되었다. 저보다 한참은 어린, 딱딱한 말투를 쓰는 괴상한 신입과 어떤 대화를 나누어야 할지 도통 알 수 없었다. 어색한 사람보다 어색한 괴물이 훨씬 편한 보늬는 이럴 때면 입이 바싹 마르곤 했다.

"현존하는 짐승을 떠올릴 수 없는 흔적, 이라고 했으니까요."

서류에 적힌 문장을 그대로 돌려주는, 군더더기가 없는

말이었다. 지운의 답은 그걸로 끝이었다.

지운과 임시 파견팀을 이루게 된 후, 짧은 시간 동안 보
늬는 지운이 어떤 사람인지 관찰했다. 옹고집 사건으로 둘
사이에 묘한 유대감이 형성되었을 거라는 기대와는, 달리
지운은 처음으로 돌아가 버린 것처럼 굴었다. 보늬와 인사
조차 나누지 않던 그 시절로. 음, 그렇지. 인기 없는 동료
가 꼬치꼬치 캐묻고 말 걸면 나라도 싫을 거야. 구차한 생
각으로 잠시 마음을 달랬으나 보늬는 곧 모든 게 오해였음
을 깨달았다. 지운이 거리를 두는 사람은 보늬뿐만이 아니
었다. 삼삼오오 모여 수다를 떠는 사람들 곁을 아무렇지
않은 얼굴로 지나가는 지운. 가끔 말을 걸면 기묘한 큰 눈
으로 상대가 당황할 정도로 빤히 바라보는 지운. 그는 협
회 직원들 사이에서 살갑지 않은 신입으로 이미 낙인이 찍
혀 있는 상태였다. 임시 파견팀이 되었다는 사실에 신이
난 보늬와 다르게 별다른 반응이 없는 것도 그래서일지 몰
랐다. 지운은 파트너 없이 홀로 유유자적하는 생활을 생각
보다 더 즐기고 있었던 게 분명했다.

그렇지만 그건 그거고, 이건 이거지. 보늬는 핸들을 힘
주어 잡으며 마음을 고쳐먹었다. 지운은 이제 보늬와 한
팀이었고 좋든 싫든 보늬와 하루 종일 붙어 있어야 했다.

보늬는 더 이상 주춤거리지 않을 생각이었다. 그리고 사실…… 보늬는 옆자리의 지운을 슬쩍 곁눈질했다. 사람들의 평가와 다르게, 실제로 보늬가 겪은 지운은 생각보다 괜찮은 사람이지 않았던가. 머그잔으로 옹고집을 시원하게 내려치기도 하고, 구 팀장에게 손가락을 보여 달라고 단호하게 요구하기도 하고, 보늬의 눈이 멋있다고 중얼거리기도 하고 말이다. 그게 진심이었든 아니든, 보늬의 눈을 그렇게 표현한 사람은 지운이 처음이었다. 멋지네요, 멋집니다, 멋지네요, 멋집니다, 진짜 그렇단 말이지, 멋지단 말이지…… 중얼대던 지운의 목소리를 몇 번이고 곱씹고 있는데 지운과 눈이 마주쳤다.

"할 말 있으십니까?"

"아, 아니요……."

보늬는 서둘러 정면으로 시선을 돌렸다. 거대한 구조물에 설치된 해피랜드라는 이름을 화려한 기둥 두 개가 받치고 서 있었다. 남색 다마스는 순조롭게 그 아래를 지나갔다. 해피랜드의 마스코트인 보라색 곰, '해피 베어' 조형물이 두 손을 활짝 펼쳐 흔들며 두 사람을 맞이했다.

"숙련된 사냥꾼이에요. 복부를 딱 한 번 물어뜯는 걸로 끝이었습니다."

우울한 얼굴의 사육사는 죽은 동물들의 사체가 담긴 사진을 보여 주었다. 보늬와 지운은 동물원 벤치에 앉아 사진을 들여다보았지만, 사진 속에 남은 흔적만으로 무언가를 유추하기는 어려웠다.

"이빨 크기가 매우 크고…… 물어뜯는 힘도 상당해요. 발자국이 남아 있었는데 거기서도 떠오르는 동물은 없었고요. 다른 흔적도 없었습니다. 이쪽을 잘 아신다고 들었는데…… 맞나요?"

눈물을 훔치던 사육사가 물었고 보늬와 지운은 허공에서 시선을 교환했다. 협회에 의뢰한 회장이야 협회가 어떤 곳인지 잘 알고 있겠지만 아래 직원들에게 자세한 설명은 할 수 없었을 터였다. 대충 '특이한 분야를 연구하는 동물 전문가' 정도로 뭉뚱그렸겠지. 보늬는 최대한 전문적으로 보이는 미소를 지으려고 애썼다.

"걱정하지 말고 맡겨만 주세요."

보늬표 '전문적으로 보이는 미소'에도 불구하고, 사육사는 더욱 우울한 얼굴이 되어 자리를 떴다. 보늬가 사육사와 대화를 나누는 내내 충직한 맹견처럼 그 광경을 바라보기만 하던 지운이 물었다.

"이제 어떻게 해야 하나요?"

"……모든 조사는 기본적으로 탐문에서 시작해요."

번지르르하게 말은 했건만 사실 보늬는 꽤 당황한 상태였다. 보늬가 방향을 제시해 주길 기다리는 사람은 처음이었다. 항상 반대였지 않았던가. 아니, 그마저도 아닐 때가 많았다. 간신히 파견을 따라 나가도 보늬에게 주어지는 일은 남색 다마스 조수석에 얌전히 앉아 있는 것, 그뿐이었으니까. 보늬에게는 그들이 어떤 방향으로 나아가야 하는지 묻는 것조차 허락되지 않았다.

"그렇지만 탐문할 사람이 없지 않을까요. 동물원 관계자에게 물어보면 아까랑 같은 이야기만 할 것 같습니다. 달리 물어볼 사람이 있는 것도 아니고……."

"꼭 사람한테 물어봐야 하는 건 아니니까……."

지운이 안 그래도 커다란 눈을 더 크게 떴다. 그의 눈이 어떤 기대로 반짝이는 게 보여서 보늬는 저도 모르게 물러섰다.

"……한 공간에 오래 머무르는 지박령은 변화에 예민하거든요. 신입이 나타나거나, 라이벌처럼 여기는 괴물이 나타나거나, 뭔가 이상한 일이 생기거나 하면 바로 알아차리죠. 탐문하기에 귀신보다 좋은 상대는 없어요. 그리고 또…… 특이한 케이스긴 하지만, 원념이 강한 영혼은 가끔 살아 있는 것에 해를 끼칠 수 있는 힘을 가지기도 하거든요. 확률이 낮긴 하지만, 어쩌면 동물에게 원한을 품은 귀신이 있을 수도 있고요."

"그럼 또 볼 수 있는 건가요? 기대됩니다."

"딱히 기대할 것까지는 없는데……."

내가 보는 광경들을 직접 보게 된다면 멋있다는 말이 쏙 들어갈 텐데, 보늬는 목구멍에서 넘실거리는 문장을 꾹 눌러 삼켰다. 누구나 갖지 못한 것을 향한 착각과 동경이 있는 법이었다. 보늬는 남의 속도 모르고 눈을 반짝이는 어린 양의 기대를 망가트리지 않기로 했다.

"늦기 전에 가 봅시다."

고개를 끄덕인 지운이 보늬의 옆으로 다가오며 후드를 뒤집어썼다.

해피랜드에는 귀신이 많았다. 많은 정도가 아니라 득실거렸다. 동물원에는 죽은 동물의 영혼이, 다른 곳에는 죽은 사람의 영혼이 넘쳐났다. 식물원 온실에서 나뭇잎을 뜯으며 장난을 치는 어린아이의 영혼을 보았지만 보늬는 굳이 아는 척을 하지 않았다. 아이들의 영혼은 순수한 만큼 주변에 관심을 두지 않는 경향이 있었다. 무엇을 물어도 별다른 정보를 얻지 못할 게 분명했고, 또 아이에게 괜한 희망을 심어 주고 싶지 않았다. 귀신들은 종종 보늬에게 이런저런 부탁을 해 왔다. 살아 있는 누군가에게 무언가를 전해 달라는 부탁 같은 것들 말이다. 나뭇잎을 뜯으며 온실을 뛰어다니는 것만으로도 아이는 충분히 행복해 보였고 보늬는 지운을 끌고 서둘러 자리를 떴다.

놀이공원 구역에서는 더 많은 귀신을 만날 수 있었다. 보늬는 거대한 롤러코스터 앞에서, 귀신의 집 앞에서, 그리고 회전목마 앞에서 부르르 몸을 떨고 추위를 느껴 손바닥으로 팔을 문질렀다. 부쩍 싸늘해진 날씨였지만 그것과는 비교할 수 없는, 차원이 다른 차가운 기운이었다.

롤러코스터에 매달린 귀신은 딱히 대화를 나눌 수 있는 상태가 아니었다. 엄청난 각도로 떨어지는 롤러코스터 차량에 매달려 있는 그와 대화를 나누려면 롤러코스터가 운행 중인 상황에서 꽥꽥 소리를 질러야 했다. 모두의 주목을 끌 용기가 없었을 뿐만 아니라 옆자리에 앉은 지운의 얼굴이 점점 창백해졌으므로, 보늬는 롤러코스터 귀신이 마음껏 스릴을 만끽하도록 내버려두기로 했다.

귀신의 집에서 지운은 물 만난 물고기처럼 질문을 던졌

다. 저 사람인가요? 저 사람? 저도 보이는데, 혹시 저 사
람일까요?! 안타깝게도 지운이 본 것은 모두 귀신으로 분
장한 진짜 사람이었다. '진짜 귀신'은 가짜 핏물이 가득
담겨 있는 욕조 안에서 물장난을 치고 있었는데, 보늬와
눈이 마주치자 기다렸다는 듯 보늬를 따라왔다. 아무래도
오랜 시간 동안 욕조에만 앉아 있느라 좀이 쑤셨던 모양
이었다. 보늬와 귀신은 남몰래 접선하는 요원들처럼 귀신
의 집 뒤에서 가볍게 이야기를 나누었고 지운은 충직하게
그 옆을 지키며 망을 보았다. 물론 이번에도 별다른 정보
는 얻지 못했다. 그는 100년에 가까운 시간 동안 존재하
는 바람에 변화를 예민하게 감지할 수 있는 상황이 아니
었다. '늙어서 도움이 안 되는군.' 그는 그렇게 말하며 웃
었다.

회전목마에 머무르는 귀신은 장난기가 심했다. 그는 회
전목마의 마차 안에서 애정 행각을 벌이는 커플을 골탕
먹이는 취미가 있었다. 물론 그 역시 자신을 볼 수 있는
사람이 그리웠던 건 마찬가지였기에, 보늬와 눈이 마주치
자마자 다가와 정중한 태도로 말을 건넸다.

'딱히 이상한 건 없었는데요. 어쩌면 놀이공원 구역 밖
의 일이라서 못 느낀 걸지도요. 해피랜드 부지가 워낙 넓

잖아요. 근데 저 사람한테는 저 안 보이나요? 안됐다. 엄청나게 보고 싶어 하는 거 같은데.'

　그는 지운의 얼굴 앞에서 손을 휘저었다. 기껏해야 20대 초반으로 보이는 여자인데 어쩌다가 여기에 머무르게 된 걸까, 보늬는 묻지 않기 위해 노력했다. 첫 만남에 사생활에 대해 캐묻는 건 누구에게나 무례한 일이었다.

　'그나저나 사람이랑 이야기하는 거 진짜 오랜만이네요! 관람객은 점점 줄어들지, 그러다 보니 직원 수도 줄고. 아주 악순환이에요, 악순환. 안 그래도 놀이공원에 있는 사람 중에서 귀신 보는 사람 찾기 힘든데 말이야. 여기는 직원이고 손님이고 다 기운이 너무 좋아요. 지나치게 밝아. 내가 앞에서 고개를 들이밀고 있어도 모른다니까. 그쪽 같은 사람이 자주 와 줘야 하는데. 기운이 다른 쪽으로 쏠린 사람들 있잖아요. 아, 맞아. 직원 중에는 딱 한 명 있었어. 엄청 이상한 친구였는데 나 보더니 다가와서는 내 이야기로 무슨 괴담을 써도 되냐고 묻더라고요. 된다고 했지, 당연히. 난 그러면 좀 자주 와 줄 줄 알았어. 내 이야기만 쏙 빼먹고 사라졌…….'

　"잠깐만, 그 이야기 좀 자세히 해 줄래요?"

　'어우, 당연하죠.'

회전목마 귀신의 이야기는 끝날 줄을 몰랐고 덕분에 보늬와 지운은 회전목마를 열 번 가까이 탔다. 내리자마자 다시 입장하는 줄로 걸어오는 그들을 이상한 시선으로 바라보던 직원은 마차 안에서 허공을 향해 떠드는 보늬를 발견한 모양이었다. 상냥하게 손을 흔들며 재미있는 시간 보내라고 외치던 그는 어느 순간부터 보늬와 눈을 마주치지 않았다.

회전목마 귀신의 이야기는 간단했다. 놀이공원 직원 중에 귀신을 보는 사람이 있었다. 바이킹을 담당하는 남자였는데 다른 직원들과 다르게 무미건조한 목소리와 딱딱히 굳은 얼굴로 바이킹을 소개하는 멘트를 읊는 사람이었다. 처음에는 다들 당황스러워했지만 나중엔 그게 트레이드마크가 되어 제법 인기가 있었던 모양이었다. 그런 그의 취미가 해피랜드를 돌아다니며 곳곳에 숨어 있는 귀신을 발견하고 그에 대한 글을 쓰는 것이었다고 했다. 회전목마를 타는 손님에게 장난치는 걸 하루의 낙으로 삼던 회전목마 귀신 역시 그의 레이더망을 피해 갈 순 없었다. 그는 정중히 다가와 회전목마 귀신을 관찰하더니 회전목마 귀신의 이야기를 괴담의 소재로 사용해도 되냐고 물었고, 귀신은 신이 나서 허락했다. 하필 그러던 와중에 해피랜드 직원들이 대거 해고당하는 사건이 일어났고, 간신히 살아남은 남자가 다른 구역을 배정받으면서 안타깝게도 회전목마 귀신은 또 혼자 남고 말았다.

'자주 와 줄 수 있어요? 나 너무 외롭고 심심해.'

모든 이야기가 끝나고 회전목마 귀신이 그렇게 물었을 때 보늬는 주저했다. 거짓말을 하려면 얼마든지 할 수 있었다. 앞으로 보늬가 다시 해피랜드에 올 일은 없을 것이고 회전목마 귀신 역시 이곳에서 오랜 시간을 흘려보내면서 서서히 보늬를 잊게 될 것이므로.

"그건 어려울 것 같아요. 미안해요."

고심 끝에 보늬가 대답하자 회전목마 귀신은 기대하지 않았다는 듯 싱겁게 웃었다. 잘 가요! 그는 떠나는 보늬와 지운을 향해 손을 열심히 흔들어 주었다.

"마지막에 무슨 이야기 하신 겁니까?"

회전목마 귀신을 마지막으로, 두 사람은 놀이공원 구역을 벗어났다. 인터넷으로 '해피랜드 괴담'을 검색하고 있는 보늬를 향해 지운이 물었다.

"마지막에?"

"미안하다고 사과하시길래."

"아…… 또 찾아와 줄 수 있냐고 묻더라고요. 아무래도 거짓말은 할 수가 없어서."

"왜죠?"

"네?"

"어차피 또 볼 사람…… 또 볼 귀신도 아니고, 거짓말
을 하더라도 상대가 기뻐하면 그걸로 괜찮은 거 아닌가
싶었습니다."

"보이지 않는다고 해서 상처를 안 받는 건 아니니까요.
살아 있는 사람이랑 똑같아요."

지운은 여전히 납득하지 못하는 얼굴이었다. 보늬는 지
운을 설득하는 데 시간을 투자하는 대신, 휴대폰을 들어
화면을 보여 주었다. 회원 수가 많기로 유명한 인터넷 커
뮤니티 사이트에 올라온 게시글이었다. 조회수와 댓글이
폭발적이었다. '괴담—해피랜드의 7가지 업무 수칙'. 제
목을 읽은 지운이 눈을 동그랗게 뜨며 후드에 달린 끈을
부여잡았다.

~ 해피랜드의 7가지 업무 수칙 ~

행복과 즐거움을 선물하는 해피랜드에서 근무하게 된
여러분을 환영합니다!

여러분은 앞으로 해피랜드의 주요 근무자로서,

해피랜드를 찾아 주시는 모든 고객분께

행복과 즐거움을 선사하는 업무를 맡게 될 것입니다!

다음의 업무 수칙을 잘 숙지하시어,

업무 중 차질이 생기는 일이 없도록 부탁드립니다.

업무 수칙 안내서는 해피랜드 근무자 외 사람들에게

공유하는 것이 금지되어 있습니다.

업무 수칙을 외부인에게 공유할 경우 징계를 받을 수 있습니다.

징계에 대한 내용은 별첨된 서류를 참조하시기 바랍니다.

1.

'판타스틱 롤러코스터'는 놀이공원 구역의 자랑인

어트랙션입니다.

만약 롤러코스터 승객이 누군가 운행 중 자신의 눈을

가렸다며 불만을 제기할 경우, 지체 없이 손님을

놀이공원 구역 내의 '사진 구매소'로 안내하십시오.

손님께는 불만에 대한 보상으로 롤러코스터 탑승 중 찍히는

사진을 무료로 제공한다고 안내하길 바랍니다.

사진 구매소의 직원들은 숙련된 전문가로,

손님께 적절한 조치를 취해 줄 것입니다.

2.

'귀신의 집' 마감 청소 중 욕실 구역에서 붉은 발자국을

발견할 때가 종종 있을 것입니다.

발자국을 발견할 경우, 발자국을 지우지 마시고

곧바로 욕실 구역의 문을 잠그길 바랍니다.

절대로 발자국을 따라가지 마십시오.

다시 한번 말씀드립니다.

절대로 발자국을 따라가지 마십시오.

3.

놀이공원 구역의 회전목마에는 장난기 많은 친구가

살고 있습니다.

그의 장난이 심할 경우, 회전목마를 탄 손님들이 종종

불편함을 호소할 것입니다.

두통이나 구토 증상을 보일 경우, 비상약을 제공하십시오.

만약 누군가 속삭이는 소리를 분명히 들었다는 문의가

들어올 경우, 손님들을 사진 구매소로 안내하기 바랍니다.

4.

식물원 온실 내부에서 나뭇잎이나 꽃잎을 뜯어 가는 손님이

없도록 각별히 주의하십시오.

'아이'는 식물을 해치는 손님들을 증오합니다.

만약 실수로라도 잎을 뜯는 손님이 있을 경우,

지체하지 말고 즉시 손님을 온실 밖으로 안내하기 바랍니다.

손님께는 온실 내부에 준비되어 있는 '허브 잎 주머니'를

기념품으로 제공하십시오.

허브 잎 주머니는 '아이'가 손님께 접근하지 못하도록

막아 줄 것입니다.

5.

전래 동화 마을 구역은 우리나라의 전래 동화를

직접 체험한다는 콘셉트로 꾸며진 공원입니다.

폐장 시간 이후 전래 동화 마을에서 그르렁대는 소리를

들을 경우, 곧바로 구역을 벗어나길 바랍니다.

이 경우에는 마감 청소를 건너뛰는 것이 허락됩니다.

단, 마감 일지에 분명히 '짐승의 소리를 들었다'는 것을

기재해 주시기 바랍니다.

6.

동물원의 마스코트인 '삼색 고양이'는 사실,

모든 사람이 볼 수 있는 고양이가 아닙니다.

만약 당신에게 삼색 고양이가 보인다면, 축하드립니다!

당신은 선택받은 사람입니다.

삼색 고양이를 마음껏 귀여워해 주시길 바랍니다.

7.

가끔 관람객이 '추로스를 사 달라고 하는 삐에로'를

보았다고 문의하는 경우가 있습니다.

해피랜드 내부에 삐에로로 분장한 연기자는 없습니다.

만약 삐에로를 직접 마주칠 경우, 그에게

'추로스는 사진 구매소에 있다'는 정보를 전달하기 바랍니다.

사진 구매소의 직원들은 삐에로를 다루는 방법을

잘 알고 있습니다.

보늬와 지운은 머리를 맞대고 괴담을 모조리 읽었다. 요즘 인터넷에서 유행한다는 규칙 괴담의 문법을 고스란히 따른 괴담으로, 제법 읽는 즐거움이 있는 글이었다. 맨 아래에 해피랜드의 실제 구역 지도를 첨부하면서 사람들의 흥미를 끈 점도 나쁘지 않았다. 무엇보다 보늬의 시선을 붙잡은 것은 괴담을 작성한 유저가 댓글에 남긴 내용이었다.

'이 괴담은 픽션으로, 제가 실제로 해피랜드에서 근무하면서 들은 소문과 경험을 바탕으로 상상하여 작성하였습니다.'

"회전목마 귀신이랑 이야기했다는 직원이 맞는 것 같아요. 실제로 존재하는 귀신을 소재로 글을 쓴 거 보니 '눈'이 있는 건 확실한 거 같고…… 전부 귀신에 대한 이야기네, 딱…… 하나만 빼고."

폐장 시간 이후 전래 동화 마을에서 그르렁대는 소리를 들을 경우, 곧바로 구역을 벗어나길 바랍니다…… 보늬는 지운과 눈을 마주쳤다. 지운이 고개를 갸웃거렸다.

"설마 또 전래 동화 괴물일까요?"

"의심해서 나쁠 건 없죠."

보늬는 괴담을 작성한 유저의 프로필을 찾아 메시지 보내기를 눌렀다.

"장난으로 작성한 글입니다. 그냥 재미로 쓴 거예요. 귀신이 보이는데 이걸 활용 안 하는 건 너무 아깝잖아요. 공감하지 않으세요? 평소에 워낙 괴담도 좋아하고 글 쓰는 것도 좋아해서, 이런 쪽으로 써먹어 본 겁니다."

괴담을 작성한 유저는 알고 보니 동물원 구역에서 근무
중이었다. 그는 대량 해고 사태 이후 동물원에서 아이스
크림과 음료를 팔고 있었다. 메시지를 받은 그는 주저하
던 끝에 근무를 끝내고 나타났다. 갖가지 동물 인형으로
유니폼을 꾸민 직원들과는 다르게 아무것도 달지 않은 평
범한 유니폼을 입은 채였고, 목소리는 귀를 기울이지 않
으면 들리지 않을 정도로 조용했다. 보늬는 그가 무미건
조한 말투로 바이킹의 출발을 알리는 광경을 상상했다.
왜 인기가 있었는지 알 것 같았다.

"무슨 책임을 물으려고 메시지를 보낸 건 아니에요. 우
리한테 그럴 권한이 있는 것도 아니고. 그냥 5번에 대해
여쭤보고 싶어서요. 다른 건 다 귀신에 대한 내용인데, 이
것만 아니라서."

보늬는 입꼬리를 끌어 올렸다. 전문가처럼 웃어, 전문
가처럼. 제발 신뢰를 주는 미소를 좀 지어 보자고. 단단한
왼쪽 얼굴이 제대로 기능하고 있는 건지 알 수 없었다. 지
운은 그 옆에서 평소처럼 후드를 뒤집어쓰고 큰 눈을 더
크게 뜨며 직원의 답을 기다리고 있었다. 저러다가 눈이
쏟아지는 건 아닐까. 직원은 어딘가 괴상한 조합 사이에
서 누구를 향해 답을 해야 할지 갈피를 잡지 못하고 눈을

굴렸다. 곧 그는 보늬를 바라보며 말을 이었다. 아무래도
왼쪽 얼굴이 만들어 내는 전문적인 미소가 어느 정도 먹
힌 모양이었다.

"평소에도 좀 예민한 편이거든요. 소리나 냄새나, 뭐
그런 쪽으로요. 전래 동화 마을에서 근무하는 친구가 있
어서 근무 끝나고 놀러 간 적이 있었어요. 근데 폐장 시간
쯤에 이상한…… 소리가 들리더라고요. 짐승이 막 그르렁
대는 소리. 친구는 못 들었다는데, 저는 분명히 들었어요.
소리가 들리는 곳으로 가 봤는데 특별한 건 발견하지 못
했지만…… 저 말고도 소리를 들은 직원이 있긴 있더라고
요. 야생동물이 숨어 산다, 동물원에서 탈출한 맹수가 있
다, 뭐 그런 소문이 거기 근무자들 사이에서 돌고 있던데
요. 그때 경험으로 5번을 쓴 겁니다. 그게 전부입니다."

전래 동화 마을과 그르렁거리는 동물의 소리. 보늬가
지운을 향해 아무래도 이쪽인 것 같죠? 하고 묻자 지운은
충성스러운 부하처럼 고개를 끄덕였다. 두 사람을 관찰하
던 직원이 조심스레 물었다.

"동물원에서 일어난 사건을 조사하고 계신다고요?"

"네, 어쩌면…… 전래 동화 마을에서 들린 소리랑 연관
이 있을 수도 있어서요."

"정말 이상한 일이에요. 순돌이가 갑자기 죽다니……
분명 어제까지만 해도 멀쩡했는데. 근무지를 억지로 이동
당한 거긴 하지만, 그래도 동물을 싫어하는 편은 아니거
든요. 동물 구경도 나름 괜찮더라고요. 어쩔 때는 사람 구
경보다 나아요."

직원은 가볍게 중얼거렸다.

"동물이 많았으면 더 좋았을 텐데. 지금은 솔직히 규모
가 좀 애매하지 않나요?"

보늬와 지운은 감사 인사를 건네고 직원과 헤어졌다.
보늬는 눈을 가진 그에게 대귀협을 소개해야 할지 잠깐
고민했지만 굳이 먼저 말을 꺼내지 않기로 결정했다. 연
이 닿는다면 직접 알게 되겠지. 무엇보다 동물을 소중히
여기지 않는 사람이 귀신을 소중히 여겨 줄까 하는 마음
이었다. 물론 자신에게 그런 걸 판단할 자격이 있는지는
알 수 없었지만.

둘은 관계자의 허락을 받아 폐장 시간 이후에도 해피랜
드에 머물렀다. 전래 동화 마을은 동물원 옆에 세워진 공
원으로, 어린아이들을 위해 만들어진 체험관이라고 할 수
있었다. 〈흥부전〉, 〈심청전〉, 〈별주부전〉, 〈장화홍련전〉,

〈옹고집전〉 등 갖가지 이야기를 토대로 만든 구조물이 공원 곳곳에 가득했으며 알맞게 심긴 꽃과 나무가 구조물 사이사이를 메우고 있었다. 동화 속 내용을 그대로 체험할 수 있는 구역도 있었는데, '흥부의 주걱 맞기 체험' 앞에서 보늬와 지운은 잠시 당황한 채로 머뭇거려야 했다. 이걸 체험하고 싶은 아이가 있을까요? 지운이 물었고 보늬는 쉽게 대답하지 못했다.

"정말 여기에 뭔가 있으려나……."

사방에 어둠이 내려앉았다. 직원들이 먼저 퇴근하면서 마을 내부의 조명을 모조리 꺼버린 탓에 앞이 보이지 않아 휴대폰 플래시를 켜야 했다. 곳곳에서 들리는 작은 소음이 보늬와 지운을 혼란스럽게 스치고 지나갔다. 새가 조그맣게 울었고 바람이 휘휘 불었으며 나뭇가지가 부러지는 소리가 났다. 휴대폰 플래시에 의지한 채로 마을을 샅샅이 뒤졌지만 딱히 눈에 들어오는 건 없었다. 전래 동화 마을 구역은 생각보다 부지가 넓었고 여기서 괴물의 흔적을 찾는 건 운에 맡길 수밖에 없는 일처럼 보이기도 했다.

싸늘한 공기에 지운은 두 손으로 몸을 비볐다. 보늬는 지운의 손을 가만히 내려다보았다. 그러고 보니 저 손을 써먹을 생각을 하지 않고 있었다.

손을 가진다는 건 일반인과 다르게 괴물에게 물리적인 타격을 입힐 수 있다는 점 외에도, 괴물을 다룰 때 사용할 수 있는 유용한 주 능력이 있다는 뜻이었다. 근력과 체력을 길러 신체 능력을 키우는 괴물 전문가도 많았지만 어디까지나 주로 개발하는 건 제각기 다른 주 능력이었다. 괴물의 움직임을 잠시 멈추게 하거나 즉시 잠들게 하거나 혹은 치유하는 능력. 그리고 지운에게는 그런 독특한 능력이 없었다. 아니, 정확히 말해 지운의 주 능력은 힘이었다. 지운은 웬만한 괴물들과 동등하게 싸울 수 있을 만큼 강했다.

큰 눈을 멀뚱히 뜨고 가만히 서 있는 특유의 이미지와는 어울리지 않는 능력이긴 했다. 지운이 막 협회에 들어왔을 때 구 팀장이 중얼대던 말이 떠올랐다. 대부분의 괴물과 견줄 수 있는 힘을 가졌지만 호전적이지 않은 성격이라 오히려 마음에 들었다고 했다. 보늬는 가방에서 괴물을 포획할 때 쓰는 붉은 실타래를 꺼내 지운의 손에 둘둘 감았다.

"수법 써 본 적 있어요?"

"아니요."

"워크숍 안 들었구나."

"가이드북을 읽은 적이 있긴 합니다."

"오늘 처음 써 보면 되겠다."

양 검지와 중지에 붉은 실을 괴상한 매듭으로 묶은 뒤 허공에 독특한 문양을 그린다. 특정 반경 내에 있는 괴물의 기척을 탐지할 수 있는 수법이었다. 손의 기운이 굉장히 많이 소모되기에 자주는 쓸 수 없는 기술이었다. 괴물의 기척을 느낄 수 있는 반경은 개인이 지닌 기운의 규모에 따라 달랐다. 탐지를 전문으로 하는 손을 가진 괴물 전문가도 따로 있었기에, 이 수법은 지금처럼 괴물의 존재를 확신할 수 없을 때 임시방편으로 쓰는 게 보통이었다.

보늬의 지도에 따라 지운은 어색하게 손을 움직였다. 허공에 문양을 그린 뒤 바쁘게 비비던 손을 떼어 내자 양손에 연결된 붉은 실이 허공에서 축 늘어졌다. 지운의 힘이 흘러 들어간 실이 붉게 빛났다.

"아무것도 안 느껴지는데요?"

"조금만 기다려 봐요."

안 어울리게 성질이 되게 급하네. 보늬가 그런 문장을 속으로 삼킬 즈음 지운이 아, 하고 탄성을 터트렸다. 붉은 실에 칭칭 감긴 지운의 오른손이 가늘게 떨리고 있었다.

"이거…… 원래 이런가요?"

"뭐 느껴지는 거 없어요?"

보늬의 재촉에 지운은 떨리는 손을 천천히 들어 올려 어딘가를 가리켰다. 지운의 손가락 너머로 세워진 안내문이 보였다. 흥부전, 별주부전. 두 사람은 안내문이 표시하는 방향으로 걸음을 옮겼다.

휴대폰 플래시가 흥부와 놀부의 얼굴을 비추었다. 심술이 덕지덕지 묻은 얼굴의 놀부는 흥부를 쏘아보며 팔짱을 끼고 있었고, 흥부는 그 앞에서 어쩔 줄 몰라 하며 머리를 조아리고 있었다. '올라가지 마시오' 표지판이 놓인 초가집과 기와집 사이를 꼼꼼히 뒤졌으나 별다른 게 나오지 않았다. 보늬와 지운은 다른 쪽으로 시선을 돌렸다.

거친 파도에도 유유히 헤엄치고 있는 자라의 등딱지 위에 귀엽게 생긴 토끼가 앉아 있었다. 한 치 앞을 모르는 토끼는 제법 희망찬 얼굴로 자라와 이런저런 이야기를 속닥거리는 중이었다. 그 옆으로 근심 가득한 얼굴을 한 용왕과 그를 둘러싼 물고기들이 보였다. 보늬가 섬세하게 표현된 비늘에 감탄하고 있을 즈음 그르렁대는 소리가 들렸다.

"……들었어요?"

보늬가 목소리를 죽인 채 속삭이자 지운은 그 자리에서 굳었다. 고개를 끄덕이는 지운의 뒤로, 풀숲에서 무언가가 기어 나왔다. 붉은 눈이 어둠 속에서 반짝였다.

천천히 몸을 치켜든 그것은 거대했다. 컨디션이 좋은 날에 키를 재면 165센티미터까지 나오는 보늬보다 훨씬 큰 것으로 보아 족히 2미터에 육박할 듯한 덩치였다. 복슬복슬한 갈색 털은 생기가 없이 푸석푸석했고 네 발에는 커다랗고 날카로운 발톱이 박혀 있었다. 툭 튀어나온 주둥이 위로 붉은 눈이 맹렬하게 빛났고, 입이 벌어질 때마다 허공을 향해 바짝 솟은 기다란 귀가 흔들렸다. 쩍 벌어진 거대한 입 내부에는 뾰족한 이빨들이 빼곡하게 박혀 있었는데, 이빨 사이로 붉은 점액이 줄줄 흘렀다. 짐승이 그르렁대며 울었다.

지운이 억눌린 비명을 토했고 보늬는 숨을 들이켰다. 두 사람과 눈이 마주친 토끼는 재빠르게 육중한 몸을 돌려 달아나기 시작했다. 잡아야 해요! 보늬가 외쳤고 지운이 반문했다. 저걸 어떻게 잡습니까?! 보늬가 주저하는 사이 토끼는 흥부와 놀부 구조물을 쓰러트리며 달렸다. 토끼가 달릴 때마다 땅이 쿵쿵 울렸다. 망가진 흥부의 얼굴 조각을 밟으며 토끼는 풀숲으로 몸을 던졌다. 보늬와 지운은 헐레벌떡 토끼를 따라 구조물을 밟고 올라섰다. 지운은 여전히 붉은 실이 칭칭 감겨 있는 손으로 사방을 뒤졌다. 잡초가 무성한 풀숲에는 아무것도 없었다. 거대한 토끼는 순식간에 감쪽같이 사라져 버린 뒤였다.

옛날 옛적에 남해의 어느 마을에 파견된 관리가 있었다. 그는 성질이 포악하고 고압적인 것으로 유명했으며, 마을 사람들을 재미 삼아 괴롭히곤 했다. 그런 그가 어느 날 병에 걸렸는데, 아무리 해도 치료법을 찾지 못하자 점점 미신에 매달리게 되었다. 그는 동물의 간이 자신을 낫게 해 줄 거라 믿고 각종 동물을 잡아 간을 먹는 데 집착했는데, 유일하게 먹지 못한 것이 토끼의 간이었다. 이 마을에는 뒷산에 평균보다 크기가 두세 배는 큰 토끼가 산다는 소문이 파다했다. 그는 자신의 충실한 부하에게 그 토끼를 잡아 오라고 명령했다.

관리와 함께 수탈을 일삼던 부하는 토끼를 잡으려고 노력했지만 번번이 실패했다. 결국 관리는 썩은 동아줄이라도 붙잡는 심정으로 다른 동물들의 간을 대신 먹으려 했는데, 어느 날 동물들이 모두 습격당해 죽고 시체에서 간이 사라진 사건이 발생했다.

관리와 부하는 이에 화가 나, 평소 반항이 잦았던 주민을 불러들여 강제로 자백을 받아 내려 했다. 그들이 주민을 구타하는 와중에 갑자기 커다란 토끼 괴물이 나타났다. 혼비백산한 사람들은 모두 도망쳤고 괴물은 관리와 그의 부하만을 집요하게 따라갔다. 비명이 들려온 뒤 사람들이 뒤늦게 쫓아가발견한 것은 끔찍하게 뜯겨 죽은 관리의 시체였다. 괴물은그렇게 사라졌다. 다행히 관리의 부하는 살아 있었는데, 그는 혼절 직전의 상태로 자라를 끌어안은 채 창고에 숨어 있었다. 자라는 그가 관리의 몸보신을 위해 사들인 것이었는데, 마침 그가 괴물을 피해 숨어 들어간 곳이 자라를 보관하던 창고였던 것이다. 창고까지 쫓아온 괴물은 부하를 공격하길 주저했다. 부하가 자라를 끌어안고 버티자, 괴물은 그대로 돌아갔다고 한다.

사건의 수습을 위해 괴물 전문가들이 파견되었다. 죽은 관리는 병을 앓던 끝에 사망한 것으로 정리되었다. 관리의 부하는 며칠 동안 겁에 질려 떨다가 결국 자살한 채로 발견되었다. 죽은 동물들의 사체는 한데 모아 태웠다. 괴물 전문가들이 한동안 근처를 수색했으나 토끼 괴물은 보이지 않았고, 죽은 동물들의 간을 모아 놓은 구덩이만 찾을 수 있었다. 구덩이는 아주 꼼꼼하게 숨겨져 있었으며, 간은 조금도 썩지않은 채였다.

다시 만난 사육사는 한층 더 우울한 얼굴이었다. 그는 보늬의 추궁에 순순히 모든 걸 고백했다. 죽은 동물들은 복부의 상처 외에도 또 다른 공통점이 있었다. 그들 모두 병에 걸려 삶이 얼마 남지 않은 상태였으며, 또 사체에서 간이 사라져 있었다는 것이다. 사체에 간이 없다는 자극적인 이야기가 퍼질 경우 어떤 주목을 받게 될지 알 수 없었기에 이 부분은 숨기는 것으로 윗사람들이 입을 맞췄고, 사육사를 비롯해 명령을 받는 이들은 그저 따를 수밖에 없었다고 했다. 우울한 사육사는 죽은 동물들을 떠올리며 마지막으로 덧붙였다. 잘 모르겠어요. 아이들이 좋아서 시작한 일인데, 이게 정말 맞는 건지 이젠 저도 헷갈리네요.

"우리가 본 게 〈별주부전〉의 토끼라는 건가요?"

"아마도요. 구 팀장님이 전래 동화 괴물은 한동안 정식으로 발견된 적이 없다고 했는데…… 왜 갑자기 이렇게 등장하는 건지 모르겠네요."

《월야괴담》을 비롯해 여러 기록을 훑어보던 보늬가 이마를 짚었다. 토끼가 마지막으로 발견된 기록은 1980년대였다. 오래전의 이야기였고 생포한 것이 아닌 짧은 목격담에 불과했기에 쓸모 있는 내용을 얻을 수는 없었다.

《월야괴담》에 기재된 괴물의 탄생에 대한 이야기가 현재로서는 얻을 수 있는 자료의 전부였다.

〈별주부전〉구역을 돌아다니던 거대한 토끼. 자신들의 이야기와 관련된 곳에 머무르는 경향이 있는 전래 동화 괴물. 일격에 동물을 죽이고 간을 빼앗아 간다는 특징. 모든 정황을 하나로 모아 봤을 때 그들이 마주한 괴물은 〈별주부전〉의 토끼일 가능성이 높았다. 문제는 이 토끼를 어떻게 다뤄야 하느냐는 것이었다. 하필 첫 파견에 이렇게 난이도가 높은 괴물을 다루게 되다니, 보늬는 조금 울고 싶은 심정이었다. 식인충 같은 거였으면 얼마나 좋아, 그냥 박스에다가 쓸어 담으면 끝인데. 식인충이 아니라면 약입토(흙 속으로 파고 들어갈 수 있는 물고기, 파란색과 노란색이 섞여 있다)도 나쁘지 않다. 장난기가 많은 그 물고기는 화려한 색을 뿜내며 튀어 다니기만 하니, 잡기도 쉽고 심지어 귀엽기까지 했다. 보늬는 특히 약입토를 좋아했다. 어린 시절에는 애교를 부리는 약입토를 껴안고 진흙탕을 뒹군 적도 있었다.

"그런데…… 사실 이렇게 고민해야 하는 이유를 잘 모르겠습니다."

고뇌하는 보늬의 뒤에 서서 자료를 함께 살피던 지운이

말을 꺼냈다.

"무슨 뜻이에요?"

"위험한 괴물이잖아요. 동물들을 죽였고 간을 빼앗아 먹고…… 죽여야 할 이유는 충분하다고 생각합니다."

"일단은 생포하는 게 먼저죠. 생포해서 등급을 확인해야 해요. 제거할지 말지 결정하는 건 그 뒤의 일이고. 간을 먹는다는 것도 확실한 건 아니잖아요. 기록에도 간을 모아 두었다고 되어 있고."

목구멍에서 쓴맛이 났다. 보늬는 불쾌한 감각에 얼굴을 구겼다. 달리 표현할 말이 없긴 했지만 보늬는 제거라는 단어를 쓰는 것이 그다지 내키지 않았다. 모든 단어가 그랬다. 생포도 등급도 제거도, 모두 지나치게 인간 중심적인 단어였다. 거꾸로 생각해 보면 이상하지 않은가. 나는 그저 나로 존재할 뿐인데 누군가의 마음대로 등급이 매겨지고 등급을 기준으로 평가당해야 한다니.

"동물을 잔인하게 죽이는 놈입니다. 인간이라고 죽이지 않을 거란 보장이 없지 않습니까. 기록에도 관리를 죽였다고 되어 있고요. 옹고집처럼 황 등급이 틀림없습니다."

"토끼의 진짜 목적을 알지 못하는 이상 섣부르게 등급을 판단할 수는 없어요. 《월야괴담》의 기록만 가지고 판단하기엔 정보가 부족하고요."

지운은 뻣뻣하게 버티고 섰다. 멀뚱히 눈을 끔뻑대며 보늬를 바라보았다. 보늬는 물러서지 않았다. 해피랜드 곳곳을 탐문할 때 보였던 제법 믿음직스러운 모습과는 다른 종류의 단단함이었다. 아, 그렇지. 지운은 기억해 냈다. 괴상하고 기이한 것들을 향한 무한한 애정이 담긴 얼굴이다. 지운을 불편하게 만드는 얼굴.

"만약 생포하는 과정에서 토끼가 인간도 해친다는 사실을 뒤늦게 알게 되어서, 우리의 신변에 문제가 생긴다면요?"

"그 정도는 감수해야죠. 우리 일이 그런 일인데."

확신으로 가득 찬 얼굴 앞에서 지운은 고민했다. 뱉을까, 말까. 꾸준한 학습으로 인해 어느 정도 사회성을 갖춘 이성이 지운을 뜯어말렸다. 안 돼, 해고당하고 싶어? 그렇지만 해고당해도 상관없나?

"사람보다 괴물을 더 중요하게 생각하시는군요."

"뭐라고요?"

생각보다 목소리가 뾰족하게 나가서, 보늬는 제가 뱉은 말을 서둘러 주워 담고 싶은 심정이 되었다. 다행히 지운은 크게 신경 쓰지 않는 것 같았다. 충직하게 옆을 지킬 때는 든든했던 두 눈이 자신을 향하자 왠지 취조당하는 기분이 들었다. 보늬는 어깨를 곧게 폈다.

사람보다 괴물을 더 중요하게 생각한다. 그렇게 보인다면 할 말이 없었다. 보늬가 원하는 건 어디까지나 동등한 위치에 서 있는 거였다. 괴물도 사람만큼 소중하고 사람도 괴물만큼 소중하다. 그건 언제까지고 변하지 않을 가치였다. 보늬는 우두커니 답을 기다리고 있는 지운을 올려다보았다. 딱히 시비를 걸려고 한 말은 아닌 것 같았다. 지운은 그저 불편한 질문을 거리낌 없이 할 수 있는 유의 사람일 뿐이었다.

"괴물도 사람만큼이나 중요한 거죠."

"잘 모르겠습니다. 옹고집 때도 보셨잖아요. 저는 최대한 빨리 제거하는 방향이 맞다고 생각합니다."

"지운 씨가 그렇게 생각한다면 어쩔 수 없지만⋯⋯."

시답잖은 일로 말다툼을 벌이고 싶지 않았다. 대화를 끝내고 싶다는 의도가 명백히 담긴 표정으로 말끝을 흐렸지만 지운은 더 굳센 얼굴이 되어 후드를 뒤집어썼다. 아이고, 보늬는 속으로 탄식했다. 짧은 시간 동안 붙어 있었을 뿐이지만 보늬는 이제 저게 무엇을 의미하는지를 잘 알았다. 저건 일종의 선전포고다. 무언가에 덤벼들어야 할 때 지운이 취하는 행동.

"그럼 저는 제 방식대로 준비해 보겠습니다."

"지금 뭐 대결하자는 거예요?"

"대비하려는 겁니다. 무슨 일이 생길지 모르니까요."

지운은 잠시 자신의 손을 가만히 내려다보더니, 곧 뒤로 돌아 걷기 시작했다. 보늬는 걸음이 빠른 그의 등 뒤에 대고 외쳤다. 우리 같은 팀인 건 기억하죠? 지운은 듣지 못했는지 성큼성큼 걸어갔고 곧 보늬의 시야에서 사라졌다.

협회 회원증을 인식하자 육중한 회색빛 문이 양옆으로 열렸다. 보안실이라는 글자가 새겨진 명패는 오늘도 먼지 한 톨 없이 반짝반짝 빛났다. 보늬는 긴 복도를 걸었다. 하얀 중앙 홀이 시야에 들어왔고, 그러자 눈이 부셨다.

보안실의 중앙 홀은 거대한 돔에 가까웠다. 흰 페인트가 매끄럽게 뒤덮인 벽에는 각종 보안장치와 관련된 버튼과 레버가 투명 케이스와 함께 설치되어 있었다. 안전 수칙과 보안장치 작동법이 담긴 안내문들이 곳곳에 붙어 있고 동서남북 방향으로는 키패드가 부착된 거대한 문이 하나씩 달려 있는데, 문 너머는 또 다른 복도로 연결되었다. 복도마다 딸린 수많은 방은 각각의 괴물에게 적합한 생활

환경에 따라 다르게 꾸며진 탓에 각양각색이었다. 어떤 방에는 물이 가득 담긴 수조가 놓여 있었고, 또 어떤 방은 진흙투성이의 진창이었다. 방들은 끝을 모르고 복도를 따라 이어졌다.

중앙 홀은 보안팀 사람들로 북적거렸다. 흰 가운을 걸친 그들은 서류철을 옆구리에 끼우고 커피를 홀짝대며 바삐 걸음을 옮겼다. 독흑리(온몸이 새까맣고 머리에는 털이 없는 짐승으로, 살쾡이와 비슷하게 생겼다) 한 마리가 종종걸음으로 누군가의 뒤를 따라 걷다가 그의 종아리에 머리를 부딪쳤다. 구석에 똬리를 틀고 있던 인수사신(사람 머리에 뱀의 몸을 한 괴물)이 입을 크게 벌리고 하품했다. 중앙 홀 천장 중앙에는 동그란 유리창이 끼워져 있는데, 선명한 햇살이 유리창 너머로 들어와 바닥을 비추었다. 둥근 햇살이 닿아 있는 곳에 커다랗고 붉은 새가 주저앉아 깃털을 다듬고 있었다. 남쪽의 수호신이자 사신四神중 한 명인 주작이었다.

주작, 청룡, 백호, 현무로 이루어진 사신은 분기별로 돌아가며 보안실의 중앙 홀을 지킨다. 사신은 괴물들의 대표이자 수호신이었고 괴물들을 침입자로부터 보호하는 동시에 그들이 보안실을 빠져나가지 못하도록 감시했다.

오래전 회장인 귀순과 일종의 계약을 맺은 사신은 그때부터 꾸준히 협회와 인연을 이어 왔다. 말이 많지는 않은 편이었지만 필요하다면 인간의 머릿속에 침투해 말을 걸기도 했다. 일종의 텔레파시를 이용하는 셈이었다.

서 팀장은 주작의 곁에서 햇볕이 내리쬐는 천장을 향해 고개를 들고 서 있었다. 40대 초반의 여성인 그는 긴 머리를 하나로 묶고 구 팀장과 마찬가지로 동그랗고 검은 뿔테 안경을 썼다. 괴물을 너무 사랑해서 매일 밤 자발적으로 야근을 하는 그는 보안실의 지박령이었고 또 한결같이 보늬에게 상냥한 사람이었다.

주작의 거대한 주홍빛 날개에 이마를 문지르고 있던 서 팀장은 보늬를 발견하고 손을 힘차게 흔들었다. 서 팀장에게 다가간 보늬는 옆으로 쭉 찢어진 주작의 눈을 바라보며 꾸벅 인사를 했다. 보늬를 따라 살짝 고개를 숙인 주작은 곧 낮잠을 자려는 듯 눈을 감았다. 짧고 뭉툭한 부리는 탁한 갈색이었다. 기다란 목에는 뱀처럼 매끄러운 비늘이 번쩍거렸다. 서 팀장이 기다렸다는 듯 보늬에게 물었다.

"어쩐 일이야?"

"일하기 싫어서 도망쳤어요."

"마침 잘 왔어, 산책하자! 소개할 괴물이 있어."

북쪽 복도로 향하는 문 앞에 선 서 팀장이 키패드에 회원증을 인식하고 비밀번호를 눌렀다. 복도 문이 열리며 양쪽에 위치한 수많은 방이 눈앞에 펼쳐졌다. 괴물이 빛에 취약한 경우가 아니라면 벽은 대개 유리로 만들어졌기 때문에 방 안을 들여다볼 수 있었다.

보늬는 서 팀장과 함께 북쪽 복도를 걸었다. 방 안의 수조에서 헤엄치던 비유설백(머리칼을 풀어 헤친 사람 모습을 한 물고기로, 살이 눈처럼 희다)이 보늬를 알아보고 빙글빙글 돌았다. 보늬는 물속에서 해조류처럼 나풀대는 그의 머리카락을 바라보며 발을 동동 굴렀다. 지나치게 뻔뻔했던 고등학생 시절에는 귀순을 따라 보안실을 구경하다가 비유설백의 머리를 묶어 준 적도 있었다. 그때 비유설백은 보늬에게 편안하게 몸을 맡긴 뒤 깔끔하게 묶인 머리가 맘에 드는 듯 고개를 살랑대며 수조 안을 헤엄쳤다. 지금도 그의 머리카락을 묶어 주고 싶은 마음이 굴뚝같았지만 파견팀 사람이 뻔뻔하게 보안실을 휘젓고 다닐 수는 없는 노릇이었다.

서 팀장은 쉴 새 없이 복도 양쪽의 괴물들에게 인사를 건네고 손을 흔들어 댔다. 보늬 역시 자신을 알아보는 괴물들에게 일일이 인사를 건네고 발걸음을 멈추느라 복도의 끝까지 도달하는 데 오랜 시간이 걸렸다. 복도 끝에 달린 락다운 레버가 두 사람을 맞아 주었다. 마지막 방에는 한가운데에 거대한 바위 하나가 놓여 있을 뿐이었는데, 그 앞에서 보늬는 고개를 갸웃거렸다.

"비어 있었던 곳인데, 누가 들어왔어요?"

보늬의 물음에 서 팀장은 그저 웃기만 했다. 곧 바위에 뚫린 구멍에서 뱀같이 생긴 괴물이 얼굴을 내밀었다. 고양이를 닮은 머리를 치켜들고 바위를 스르르 기어다니던 그는 보늬를 발견하고는 동공을 크게 확장했다. 괴물이 바위 밖으로 나오자 푸른 연기가 허공에 흩뿌려졌다. 괴물을 관찰하던 보늬가 작게 탄성을 질렀다.

"좋아할 줄 알았어! 묘아두야. 경상도 창원에서 발견된 친구지."

"오느라 고생했겠다."

"옮기느라 힘들었지. 바위를 통째로 가져와야 했거든."

애정이 어린 눈으로 묘아두를 바라보던 보늬는 차가운 유리창에 손바닥을 가져다 댔다. 묘아두는 얇은 유리창 너머에 있을 뿐이었지만, 오늘따라 좁은 거리가 유독 멀게만 느껴졌다. 인간은 괴물을 포획하고, 등급을 매기고,

방 안에 가두어 둔다. 인간으로부터 괴물을 격리하는 것
은 인간에게도 그리고 괴물에게도 좋은 일이라고들 했지
만 정말 그게 맞는 걸까. 다가온 서 팀장이 보늬를 따라
무릎을 굽히고 앉았다.

"일은 좀 어떻게 되어 가? 적응 잘하고 있어?"

나긋나긋한 물음에, 보늬는 저도 모르게 고개를 푹 숙
였다.

토끼 괴물에 대한 기나긴 이야기를 들은 서 팀장은 생
각에 잠겼다. 보늬는 간절하게 그를 지켜보았다. 보늬가
서 팀장을 좋아하는 이유는 단지 그가 인간에게 상냥한
사람이기 때문만은 아니었다. 사실, 서 팀장이 진짜로 상
냥한 쪽은 바로 괴물들이었다. 괴물만 보면 흥분한 채 검
은 뿔테 안경이 흔들리도록 사방을 뛰어다니던 그가 언젠
가 웃음기를 지운 채로 고백하듯 중얼거린 적이 있었다.
친절하고 상냥한 사람을, 조건 없이 나를 이해하고 받아
들여 줄 사람을 찾는 건 쉽지 않은 일이잖아. 그 과정에서
언제나 상처받고 괴로워지지. 괴물은 달라. 괴물들은 언
제나 친절하고 상냥하거든. 깊은 곳에서 우러나오는 진짜
애정은, 어디까지나 그 아이들에게만 허락되는 건지도 모
르겠어.

인간에게도 괴물에게도 진심으로 상냥한 강보늬는 그의 말에 어느 정도 공감할 수 있었기에 서 팀장을 좋아했다. 서 팀장은 보늬만큼이나, 어쩌면 보늬보다 더 괴물들을 사랑하고 아꼈다. 그는 밤새 복도를 걸으며 유리창에 손바닥을 문질렀고 그렇게나마 괴물들에게 자신의 마음을 전하곤 했다.

"전래 동화 괴물이 다시 나타나기 시작한 이유가 있을 텐데."

"예를 들면요?"

"땅의 기운이 지나치게 혼탁해졌거나, 누군가가 전래 동화 괴물을 일부러 깨우고 있다거나."

"그런 게 현실적으로 가능해요?"

"지하국대적 같은 전설 속의 괴물이 깨어나면 새로운, 혹은 오랫동안 등장하지 않았던 괴물들이 그를 따라 눈을 뜬다는 이야기가 있긴 하지만…… 그건 어디까지나 전설 속 괴물에 대한 소문이긴 해. 어우, 진짜였으면 좋겠다. 지하국대적 한번 만나 봤으면 소원이 없겠는데."

서 팀장이 몸을 일으키며 가볍게 기지개를 켰다.

"옹고집의 경우는 사람이 만든 게 분명하니…… 도대체 무슨 일이 벌어지고 있는 건지 모르겠네. 난리 났다는 것도 구 팀장이 직접 와서 이야기해 줘서 알았다니까!"

"보안실에만 갇혀 있어서 그래요. 나와서 밖도 좀 돌아다니세요."

보늬가 농담을 건네자 서 팀장이 안경을 고쳐 쓰며 웃었다.

"집을 벗어날 수가 없잖아, 가족들이 여기 있어서."

어느새 바위 위에 똬리를 틀고 앉은 묘아두는 붉은 눈으로 천천히 보늬를 훑었다. 날카로웠지만 딱히 경계하는 눈빛은 아니었다.

"토끼의 등급이 어느 정도라고 생각해?"

"솔직히…… 잘 모르겠어요. 인간에게 우호적인 존재였으면 좋겠지만……《월야괴담》만으로는 등급을 판단하기 어렵고, 만약 생포하는 과정에서 황 등급인 걸 알게 된다면 그 덩치를 감당하는 게 쉽지 않으니…… 지운 씨가 걱정하는 것도 이해는 가요."

"그래도 어떻게든 생포하는 게 먼저야. 등급을 판단하는 건 그다음이지. 물론 그 과정에서 토끼가 인간을 공격할 수도 있고 대처하다가 우리가 다칠 수도 있지만…… 그건 당연히 감수해 온 일이잖아?"

서 팀장이 안경을 두드리며 말을 이었다.

"보늬 씨 판단이 맞아. 일단은 토끼 괴물이 어떤 생각과 마음으로 움직이는지, 어떻게 하면 안전하게 생포할 수 있는지 연구하는 게 먼저야."

"정말 그럴까요?"

"《월야괴담》에 더 집중해 보면 어때? 구 팀장이 접근 제한 풀어서 이제 편하게 읽을 수 있다며? 어쩌면 실마리가 거기 있을 수도 있어."

진지한 얼굴로 조언하던 서 팀장이 갑자기 입을 다물었다. 곧 그의 얼굴이 장난스러운 호기심으로 가득 물들었다.

"그나저나 거대한 토끼 괴물이라니, 진짜 멋지겠다. 어때? 이빨도 커? 눈은 무슨 색인데? 마음 같아선 나도 같이 나가고 싶은데 요즘 일이 너무 많아서……."

서 팀장의 말을 증명하기라도 하듯, 복도 끝에 달린 스피커가 그를 호출했다. 서 팀장은 귀찮다는 듯 얼굴을 구기더니 곧 복도를 달리다시피 하며 사라졌다. 홀로 남은 보늬는 묘아두를 멍하니 바라보다가 문득 건너편 방으로 걸음을 옮겼다.

흙이 가득 채워져 있는 방의 중앙에는 수심이 얕은 연못이 있었다. 여기에 누가 있었더라. 보늬는 겉면에 붙어

있는 이름표를 확인했다. 별이절대. 흙바닥에 파묻혀 있
던 별이절대가 보늬의 기척에 서서히 고개를 들었다. 그
의 얼굴을 확인한 보늬는 짧게 탄식했다. 이윽고 보늬의
얼굴에 서서히 확신의 미소가 번졌다.

재래시장 안은 바삐 돌아다니는 상인들로 붐볐다. 구
팀장은 사람들과 부딪치기 싫다는 듯 앞서 걸었다. 휘적
거리며 걷는 그를 따라 지운은 걸음을 빠르게 놀렸는데,
항상 그렇듯 후드를 뒤집어쓴 채였다.

"황 등급이 확실해?"

지운의 보고를 들은 구 팀장은 눈을 치켜뜨며 그렇게
물었다. 무의식적으로 목을 쓰다듬는 손을 보며 지운은
그가 옹고집을 떠올리고 있음을 알았다. 자신과 같은 얼
굴을 한 괴물에게 목을 졸린 경험이 그에게 쉽게 잊을 수
없는 기억을 선물한 게 분명했다. 사원들에게 크게 티를
내지는 않았지만, 그는 사건 이후 옹고집의 출처를 알아
내기 위해 이런저런 방면으로 애를 쓰는 모양이었다.

"제 생각엔 그렇습니다. 그래서 무기가 필요해요."

"공용으로 쓰는 거 빌려 가지, 왜."

"저도 개인 무기가 있었으면 해서요."

구 팀장은 욕심을 내는 지운이 오히려 마음에 든다는 듯
흡족하게 웃었다. 그래, 지운 씨 정도의 손이면 욕심낼 만
하지. 그는 지체 없이 본인의 SUV에 올라탔고 조수석에
지운을 앉혔다. 그들이 도착한 곳은 서울 어느 지역의 꽤
커다란 재래시장이었다. 곳곳에서 뜨거운 김이 호객 행위
를 하는 목소리와 섞이며 푸근한 기운을 만들어 냈다.

지운은 신기하게 생긴 파리채와 이곳에서만 판다는 독
특한 약과 따위를 돌아보았지만 구 팀장은 앞만 보고 직
진했다. 그는 큰길을 벗어나 좁은 골목으로 들어가더니
곧 자그마한 가게 앞에서 멈춰 섰다. 지운은 멀뚱히 서서
가게를 살폈다. 나무로 가구와 장식물을 만드는 오래된
가게였다. 다양한 나무로 만들어진 구불구불한 모양의 테
이블과 나무를 통째로 깎아 만든 것 같은 의자, 대형 괴목
같은 것들이 가게 안을 빽빽이 채우고 있었다.

"이게 웬일이야. 괴물 양반 오랜만이네?"

"두 달밖에 안 됐습니다만."

그들을 발견한 가게 주인이 문을 직접 열어 주며 인사
를 건넸다. 허리가 살짝 굽은, 나이가 지긋한 노인이었다.
구 팀장이 장난스럽게 대답하는 걸로 보아 꽤 가까운 사
이인 듯했다.

새로운 무기가 필요하다는 구 팀장의 설명을 들은 노인
은 신이 난 듯 손바닥을 비볐다. 그는 줄자를 든 채로 성
큼성큼 다가오더니 지운의 몸 곳곳의 수치를 재고 노트에
적었으며, 뭐가 그리 좋은지 시종일관 히죽히죽 웃었다.

　"신입에게 적당한 무기를 쥐여 주는 건 언제나 재밌는
일이야. 그렇지 않나? 자네는 어떤 종류를 좋아하지? 베
는 거? 내려치는 거?"

　"둔기를 선호합니다."

　"둔기 좋지, 아무래도 내려쳐야지."

　"그리고 이왕이면 멋있었으면 좋겠습니다."

　지운의 거침없는 대답에 노인은 호탕한 웃음을 터트
렸다.

　"멋을 아는 친구로구먼. 그렇지, 멋있어야지. 가만있어
봐…… 마침 적당한 게 하나 생각이 나는군. 조금만 손을
보면 될 거야."

　노인은 카운터 뒤에 달린 문으로 들어가더니 한동안 나
오지 않았다. 무언가 우당탕 떨어지고 부서지는 소리가
나는가 싶더니 그가 문밖으로 몸을 내밀었다. 먼지 때문
에 까맣게 물든 그의 손에는 마찬가지로 먼지가 두껍게
쌓인, 기다란 목검이 들려 있었다.

"이런 거 다룰 줄 아나?"

"어릴 때 검도를 배운 적 있습니다. 잠깐이었지만."

"딱이네 딱이야. 자네를 위한 물건이로군."

노인은 호들갑을 떨며 목검에 쌓인 먼지를 닦아 냈다. 지운은 어릴 적 엄마의 등쌀에 못 이겨 억지로 다녀야 했던 검도 학원의 풍경을 잠시 떠올렸다. 누구와도 어울리지 못하고 매일 혼자였지만 검을 휘두르는 감각은 나쁘지 않았던 걸로 기억했다. 물론 항상 그래 왔듯이 혼자 학원에 다니는 일에 적응이 될 즈음 엄마는 지운이 곁으로 드러나는 어떤 결과를 보여 주길 원했고, 지운이 자신의 기대를 충족하지 못하자 새로운 학원을 등록해 버렸지만 말이다.

"이 정도로도 괜찮을까요? 멋있는 건 분명한데."

구 팀장이 미심쩍은 얼굴로 묻자 노인이 눈을 찡긋했다.

"복숭아나무로 만든 거니까 걱정하지 말라고."

"그렇다면야, 믿고 맡기겠습니다."

작업을 끝낸 노인에게 받은 목검은 매끄러운 윤기가 흐르는 진갈색이었다. 손잡이 부분은 원래 검은색이었는데, 붉은 천을 둘러 놓은 상태였다. 노인은 어깨에 멜 수 있는 검집까지 건네주었다. 지운은 목검을 살짝 허공에 휘둘러

보았다. 생각했던 것보다 가벼웠다. 구 팀장이 만족스러운 얼굴로 고개를 끄덕였다.

"이번에는 뭘 잡으러 가나, 괴물 양반?"

"토끼입니다."

"토끼?"

구 팀장의 대답에 노인은 그가 농담을 한다고 생각했는지 껄껄거렸다. 지운은 어깨에 검집을 단단히 고정한 채로 다시 후드를 뒤집어썼다. 구 팀장과 노인이 농담을 나누는 소리는 중요하지 않았다. 녹아내리는 얼굴로 달려들던 옹고집의 기억은 구 팀장뿐만 아니라 지운에게도 강렬하게 각인되어 있었다. 지운은 이번에야말로 괴물에게 틈을 내주지 않을 거라고 생각했다.

어둠이 내려앉은 전래 동화 마을에는 위험한 바람이 불었다. 지운은 침묵으로 가득한 사방을 초조하게 살폈다. 여기서 만나자고 통보했던 보늬는 언제쯤 오는 건지, 도통 보이지 않았다. 지운은 검집에서 목검을 꺼내 한 치 앞을 모르고 해맑게 웃고 있는 토끼 조형물을 향해 겨누어 보았다. 보늬가 늦는다면 오히려 괜찮을지도 몰랐다. 보늬가 도착하기 전에 혼자서도 해결할 자신이 있었다. 두 발로 곧게 선 자라는 토끼에게 무어라 열심히 말을 건네느라 바빴다. 아무래도 너의 간이 필요하다는 얘기를 적당히 돌려 말하고 있는 듯했다.

익숙한 울음소리가 들려 지운은 재빨리 몸을 돌렸다. 깜깜한 수풀 속에서 붉은 눈이 번뜩였다. 수풀을 향해 천천히 다가간 순간, 커다란 덩치가 불쑥 모습을 드러냈다. 동시에 날카로운 발톱이 허공을 베었다.

가까스로 몸을 뒤로 물린 지운은 균형을 잃고 주저앉았다. 볼에 따끔한 통증이 밀려왔고 손가락을 가져가자 피가 묻어났다. 조금만 늦었어도 큰일 날 뻔했네, 생각하며 뺨을 대충 문질렀다. 분한 건지 몸을 부르르 떠는 토끼는 이상하게도 처음 봤을 때보다 크기가 작았다. 그때는 보늬보다 큰 지운보다도 머리 하나, 아니 하나 반 정도는 높은 곳에 있었던 것 같은데, 지금 마주한 토끼는 이상하게도 지운이 보늬를 내려다볼 때와 눈높이가 비슷했다. 불거진 눈을 대굴대굴 굴리던 토끼는 또 달아나기 시작했다. 지운은 서둘러 몸을 일으키고 검을 고쳐 잡은 뒤 토끼를 따라 뛰었다. 그러고 보니 또 의문이 들었다. 저 덩치로 지금까지 어떻게 안 들키고 버틴 거지? 아무리 해피랜드 부지가 넓다지만 저 정도의 부피를 발견하지 못하는 건 문제가 좀 있었다.

토끼는 위협적인 덩치와 어울리지 않게 무서울 정도로 빨랐다. 토끼를 쫓던 지운은 얼마 가지 않아 휘청거리며 숨을 가쁘게 뱉어야 했다. 지난번 옹고집 사건 이후로 체력 단련실에 자주 가기로 결심했었는데…… 토끼가 달리는 속도만큼 무섭게 뛰는 심장을 진정시키기 위해 서둘러 호흡을 골랐지만 상황은 나아지지 않았다. 도망치는 토끼와 쫓아가는 지운은 전래 동화 마을을 헤집어 놓았다. 둘은 〈별주부전〉 구역을 나와 흥부와 놀부를 지나쳤고 〈심청전〉에서는 거의 닿을 뻔했다. 진짜 옹고집이 가짜 옹고집과 싸우고 있는 구역에서 지운은 토끼를 한 번 놓쳤고, 발자국을 따라 달리다가 〈장화홍련전〉 구역에서 토끼를 다시 발견했다. 그리고 마침내, 거대한 연꽃 구조물이 세워져 있는 막다른 길로 토끼를 몰고야 말았다.

토끼의 붉은 눈이 위협적으로 빛났다. 지운을 향해 으르렁대는 토끼의 이빨 사이로 붉은 점액 같은 침이 줄줄 흘러 땅으로 떨어졌다. 지운은 침을 꼴깍 삼키고 목검을 똑바로 겨누었다. 한 발 앞으로 다가가자 토끼가 발톱을 위협적으로 세웠다. 저 발톱이 볼을 스치던 속도를 기억하는 지운은 잠시 주저했다. 마침내 목검을 높게 치켜든 그때, 그르렁대던 토끼가 갑자기 꽥 소리를 지르더니 그 자리에 굳어 버렸다. 그러더니 곧 몸을 벌벌 떨기 시작했다. 지운의 눈에 그건 꼭…… 토끼가 겁에 질린 것처럼 보였다. 내가 그렇게 위협적인가? 머뭇거리는 와중에 지운은 뒤에서 보늬의 목소리를 들었다.

"괜찮아."

다정한 목소리에 거친 호흡이 섞여 들었다. 보늬는 무릎을 붙잡고 간신히 호흡을 정돈했다. 보늬의 앞에는 커다란, 아주 커다랗고 둥근 무언가가 놓여 있었다. 토끼의 시선은 그 커다랗고 둥그런 무언가를 향해 고정된 채였다. 토끼가 자신이 아니라 정체불명의 무언가를 보고 겁에 질렸다는 게 확실해지자 지운은 천천히 목검을 내렸다.

"무서워할 거 없어, 다 괜찮을 거야."

보늬는 구석에 몰려 몸을 부르르 떠는 토끼를 향해 그렇게 중얼거리더니, 성큼성큼 걸음을 옮기기 시작했다. 깜짝 놀란 지운이 보늬의 앞을 가로막았다.

"위험합니다. 공격할 수도 있습니다."

"괜찮아요."

그러고는 덧붙였다. 나 좀 믿어 봐요. 단단한 미소, 괴상하고 기이한 것들을 향한 무한한 애정이 담긴 얼굴. 보

늬의 발치에 놓인 둥근 것이 갑자기 움직였다. 토끼가 소
스라치게 놀라더니, 그 크기가 살짝 줄어들었다. 직접 보
고도 믿을 수 없는 광경이었다.

커다랗고 둥근 그것은 움직이는 괴물이었다. 딱딱한 등
딱지 밑으로 대롱처럼 길게 튀어나온 주둥이가 보였다.
엄청 거대한…… 자라? 지운은 고개를 갸웃거렸다. 보늬
의 등 뒤에서 괴물을 운반할 때 쓰는 이동용 케이스를 발
견했을 때는 고개를 더 갸웃거릴 수밖에 없었다. 저걸 들
고 여기까지 달려왔다고? 어쩌면 보늬는 생각보다 체력
단련실을 자주 이용하고 있는지도 몰랐다.

거대한 자라같이 생긴 괴물, 별이절대(자라처럼 생겼지만
훨씬 크며, 이마에 구슬이 박혀 있는 괴물)가 느릿하게 다가갈
때마다 토끼 괴물은 낑낑거리는 소리를 냈다. 낑낑거리는
소리가 나면 토끼의 크기가 서서히 줄어들었다. 보늬가
가까이 다가가 무릎을 굽히고 앉은 순간, 토끼는 이제 일
반 토끼보다 조금 더 큰 수준으로 줄어 있었고 애처로운
붉은 눈으로 보늬를 노려보았다. 보늬가 천천히 손을 내
밀었다. 토끼는 주저하더니 보늬의 손가락을 예고도 없이
강하게 물었다.

보늬는 깜짝 놀라지도, 토끼를 서둘러 떼어 내지도 않

았다. 단지 고통 때문에 조금 구겨진 얼굴로 계속해서 말을 건넬 뿐이었다. 너는 네 방식대로 친구들을 구하려고 한 거야, 그렇지? 나는 이해할 수 있어. 보늬가 도통 알아들을 수 없는 소리를 했고 그러자 말도 안 되는 일이 벌어졌다. 토끼가 보늬의 손가락에 박아 넣었던 날카로운 이빨을 숨기더니, 보늬의 발치로 달려든 것이다. 보늬는 토끼를 품에 안았다. 통통 부은 손가락에서 피가 흘렀다.

토끼의 붉은 눈에는 마치 눈물이 맺힌 것처럼 물기가 어렸다. 보늬가 토끼의 머리를 천천히 쓰다듬자 토끼는 잠에 들기라도 한 듯 눈을 감았다. 자리에서 일어난 보늬가 지운을 향해 웃었다.

"검이 멋지네요."

지운은 멋쩍은 얼굴로 목검을 검집에 집어넣고 뒤통수를 긁적였다. 뭐가 어떻게 된 건지 도저히 알 수 없었으나 보늬는 만족스러워 보였다. 자신의 손가락을 물어뜯고 피를 흘리게 한 괴물을 향한 애정으로 충만한 저 얼굴. 보늬가 엄청난 제안이라도 되는 것처럼 토끼를 지운에게 내밀었지만, 지운은 절대로 토끼를 만지지 않았다.

"토끼는 한동안 별이절대랑 한방에 있게 할 거예요."

말을 마친 서 팀장은 흰 가운으로 안경을 닦았다. 토끼가 갇혀 있는 방 중앙에는 투명한 유리 벽이 세워져 있었는데, 그 건너편은 별이절대가 지내는 곳이었다. 토끼는 수풀에서 나올 생각을 하지 않았다. 잎사귀 사이로 쫑긋 튀어나온 귀 덕분에 그의 위치를 확인할 수 있었다. 별이절대는 질척한 땅에 몸을 파묻으며 이 순간을 즐겼는데, 유리 벽 너머의 토끼 따위는 전혀 상관하지 않는 듯했다.

"별이절대가 어느 정도의 스트레스를 주는 건지 확인하고, 별이절대 외에도 스트레스를 줄 수 있는 요소가 있는지 찾아 볼까 해요. 우리가 관리하기에 적당한 크기를 유지하는 게 좋으니까. 물론 크면 더 아름다울 것 같긴 하지만!"

보늬가 열렬하게 고개를 끄덕이며 서 팀장의 의견에 동의했다. 지운은 부루퉁한 표정으로 유리 벽 너머를 바라보았다. 수풀 사이에서 빛나는 붉은 눈은, 지운에겐 여전히 위협적이기만 했다.

보안실에 전래 동화 괴물이 들어온 건 정말 오랜만이었다. 그래서인지 서 팀장은 유독 좋아하는 티를 냈다. 그는 기록용 사진을 찍기 위해 토끼가 갇힌 방 안으로 직접 들어가서 사심을 채웠다. 유리 벽 너머의 별이절대가 아직도 두려운 모양인지 벌벌 떠는 토끼의 몸에 서 팀장의 손이 닿았고, 그가 부드럽게 토끼를 쓰다듬자 토끼는 픽 쓰러지더니 잠에 빠져들었다. 익히 들어온 서 팀장의 능력을 직접 보는 건 처음이었지만 지운은 여전히 이 모든 게 마음에 들지 않았다. 뭐가 마음에 들지 않는 건지 정확히 설명할 수 없는 것도 마음에 들지 않았다.

파견팀 사무실로 돌아가는 긴 복도를 걸으며, 보늬는 지운에게 현재의 결론에 이르게 된 과정을 설명해 주었다.

《월야괴담》을 통해 자라가 토끼의 약점일 거라 생각한 보늬는 오랜 시간 동안 고민했다. 토끼는 대체 왜 동물을 죽이는가, 대체 왜 간을 빼앗아 가는가. 동물의 간을 빼먹는 괴물이라고 설명하기엔 간을 먹지 않고 소중히 구덩이에 보관했다는 부분이 들어맞지 않았다. 문득 어떤 생각이 보늬를 스쳤다. 어쩌면, 토끼는 잡힌 동물들이 관리에게 간을 빼앗기지 않도록 보호하려고 했던 건 아닐까. 단지 그가 간을 지키는 방식이 동물들에게 죽음을 선사했던 거라면? 그제야 1980년대의 목격담이 새롭게 눈에 들어왔다. 그때, 토끼는 개를 세 마리 죽였다. 죽은 개들은 모두 보신탕을 파는 식당의 우리에 갇혀 있었다. 가게 근처에서는 마찬가지로 땅에 파묻힌 간이 발견되었다. 구덩이는 역시나 찾기 힘들 정도로 꽁꽁 숨겨진 상태였다.

과거에 토끼는 위험에 처한 동물들을, 관리에게 붙잡혀 간을 빼앗길 위기에 처한 친구들을 본능적으로 느꼈다. 토끼는 그들의 간을 보호하려 했고, 그래서 친구들의 간을 구덩이에 한데 모았다. 그 과정에서 동물들이 죽고 말았다. 토끼의 진짜 목적은 친구들의 간을 빼앗기지 않도록 지키는 것이었다. 단지 그가 저지른 짓이 어떤 결과를 낳는지 몰랐을 뿐이다.

그렇게 생각한 보늬는 전래 동화 마을을 하나도 놓치지 않고 꼼꼼히 뒤졌다. 그리고 마침내, 작은 토끼 발자국이 남아 있는 흙바닥에서 숨겨진 구덩이를 발견한 것이다. 구덩이에는 붉은 간들이 있었다. 조금도 썩지 않은 채로 멀쩡하게 보존된, 네 개의 크고 작은 간 앞에서 보늬는 토끼가 무슨 짓을 저지른 건지 되짚었다. 보늬의 가정에 따르자면, 토끼는 이랬다.

토끼는 자신의 이야기가 전해지고 있는 장소로 흘러들어 왔다. 해피랜드에 머무르기로 결정한 그는 본능적으로 동물원에 갇혀 사는, 그중에서도 병에 걸려 삶이 얼마 남지 않은 친구들을 감지했을 것이다. 위험에 처한 동물들을. 토끼는 아주 오래전의 그 일을 되풀이한다. 친구들이 인간에게 간을 빼앗길 위기에 처해 있다고 믿는다. 그들의 간을 직접 지켜야겠다 결심하고, 간을 빼앗는다. 그 과정에서 동물들이 목숨을 잃고 만다. 그는 자신의 행동이 어떤 결과를 초래하는지 상상도 하지 못한 채, 계속해서 간을 모은다.

"물론 이건 어디까지나 제 가정일 뿐이고, 토끼의 정확한 목적은 보안팀이 찾아낼 테지만…… 저는 토끼의 의도는 절대 나쁜 게 아니었을 거라고 믿어요."

"믿다가 죽는 일이 생기지 않아서 천만다행입니다."

지운은 보늬의 검지에 감긴 붕대를 바라보며 중얼댔다. 보늬는 지운의 명백한 빈정거림에도 그저 즐거운 듯했다.

"황 등급처럼 보이는 괴물이라도, 인간이 어떻게 하느냐에 따라 충분히 백 등급도, 청 등급도 될 수 있어요."

"저는 아직 잘 모르겠습니다."

"모르면 천천히 알아 가면 되는 거니까!"

동의할 수 없다는 뜻을 돌려 전한 것이었건만, 보늬는 지운과 정면으로 돌파하는 방법을 선택하기로 한 모양이었다. 해피랜드에서 눈을 쓰면서 귀신들을 탐문하고 다녔을 때는 참 든든하고, 또…… 지운은 목구멍까지 올라온 문장을 눌러 삼킨다. 지운은 끔찍하고 무시무시한 것들이 불편했다. 하나밖에 없는 눈과 이상하게 꺾인 관절과 뚝 뚝 흐르는 붉은 침을 보는 순간 본능적인 거부감이 일었다. 괴상하고 기이한 것들을 향한 보늬의 애정이 왜 그토록 불편한지, 지운은 이제야 알 수 있었다. 지운은 영원히 그 마음을 이해할 수 없기 때문이었다.

사무실로 돌아온 지운은 자신의 책상 위에 놓인 무언가를 보자마자 얼굴을 구겼다. 눈이 하나 달린 고양이 괴물, 목요가 지운의 책상에서 낮잠을 자고 있었다. 며칠 동안 자리를 비운 지운을 계속 기다리기라도 한 걸까? 지운은 조심스레 갈색 털 뭉치를 들어 바닥에 내려놓았다. 잠에서 깨어난 목요가 지운의 발목에 얼굴을 부비자 지운은 바닥에 닿지 않도록 발을 들었다. 공중에서 덜렁거리는 발을 야속하게 바라보던 목요는 상심한 채 떠났다.

해피랜드에서 발생한 동물 폐사 사건은 어쩌다가 동물원에 침입한 들짐승의 소행이라고 설명하는 기사가 나는 것으로 마무리되었다. 회장은 감사의 표시라며 의뢰비를 지불했을 뿐만 아니라 사건을 해결한 두 사람에게 해피랜드 자유이용권을 선물했다. 이용권의 유효기간은 30년이었다. 마지막으로 해피랜드를 방문한 두 사람은 동물원에서 우울한 사육사를 만났다. 두 사람으로부터 어느 정도 각색된 전말을 들은 그는 결국 사육사 일을 그만두기로 했다고 털어놓았다. 이것 보세요. 기사가 났는데 아무런 관심도 받지 못하잖아요. 네 마리나 죽었다고 하는데 말이에요. 사람들은 생각보다 더 동물한테 관심이 없어요. 보늬는 그에게 사건의 진실을 알려 주고 싶었지만, 일반인에게 괴물의 존재를 알릴 수는 없었다.

해피랜드를 떠나기 전에 보늬와 지운은 마지막으로 동물원을 한 바퀴 돌았다. 울타리 너머의 그들은 평화롭게 무언가를 씹으며 한가로운 오후를 즐기고 있었다. 울타리를 문지르던 보늬는 문득 나무 울타리에서 느껴지는 감촉이, 보안실의 유리 벽을 문지를 때와 유사한 감정을 불러일으킨다고 생각했다.

동물이 좋아서 동물원에서 일하던 사육사는 우울한 사육사가 되어 동물원을 떠났다. 보늬는 그의 선택을 존중했기에 고민했다. 유리 벽이 없는 세상에서의 공존은 정말로 불가능한 것인가.

개체 이름: 토끼

일련번호: KMMA-6511

등급: 백(白) 등급

종류: 짐승형 괴물

활동 지역: 전국

탄생(일부 《월야괴담》 발췌): 옛날 옛적에 남해의 어느 마을에 파견된 관리가 있었다. 그는 성질이 포악하고 고압적인 것으로 유명했으며, 마을 사람들을 재미 삼아 괴롭히곤 했다. 그런 그가 어느 날 병에 걸렸는데, 아무리 해도 치료법을 찾지 못하자 점점 미신에 매달리게 되었다. 그는 동물의 간이 자신을 낫게 해 줄 거라 믿고 각종 동물을 잡아 간을 먹는 데 집착했는데, 유일하게 먹지 못한 것이 토끼의 간이었다. 이 마을에는 뒷산에 평균보다 크기가 두세 배는 큰 토끼가 산다는 소문이 파다했다. 그는 자신의 충실한 부하에게 그 토끼를 잡아 오라고 명령했다.

관리와 함께 수탈을 일삼던 부하는 토끼를 잡으려고 노력했지만 번번이 실패했다. 결국 관리는 썩은 동아줄이라도 붙잡는 심정으로 다른 동물들의 간을 대신 먹으려 했는데, 어느 날 동물들이 모두 습격당해 죽고 시체에서 간이 사라진 사건이 발생했다.

관리와 부하는 이에 화가 나, 평소 반항이 잦았던 주민을 불러들여 강제로 자백을 받아 내려 했다. 그들이 주민을 구타하는 와중에 갑자기 커다란 토끼 괴물이 나타났다. 혼비백산한 사람들은 모두 도망쳤고 괴물은 관리와 그의 부하만을 집요하게 따라갔다. 비명이 들려온 뒤 사람들이 뒤늦게 쫓아가 발견한 것은 끔찍하게 뜯겨 죽은 관리의 시체였다. 괴물은 그렇게 사라졌다. 다행히 관리의 부하는 살아 있었는데, 그는 혼절 직전의 상태로 자라를 끌어안은 채 창고에 숨어 있었다. 자라는 그가 관리의 몸보신을 위해 사들인 것이었는데, 마침 그가 괴물을 피해 숨어 들어간 곳이 자라를 보관하던 창고였던 것이다. 창고까지 쫓아온 괴물은 부하를 공격하길 주저했다. 부하가 자라를 끌어안고 버티자, 괴물은 그대로 돌아갔다고 한다.

사건의 수습을 위해 괴물 전문가들이 파견되었다. 죽은 관리는 병을 앓던 끝에 사망한 것으로 정리되었다. 관리의 부하는 며칠 동안 겁에 질려 떨다가 결국 자살한 채로 발견되었다. 죽은 동물들의 사체는 한데 모아 태웠다. 괴물 전문가들이 한동안 근처를 수색했으나 토끼 괴물은 보이지 않았고, 죽은 동물들의 간을 모아 놓은 구덩이만 찾을 수 있었다. 구덩이는 아주 꼼꼼하게 숨겨져 있었으며, 간은 조금도 썩지 않은 채였다.

괴물 전문가들은 이 사례를 토끼와 자라가 등장하는 재미있는 우화로 변형해 널리 퍼트렸다.

설명:

— 동물을 죽이고 그 간을 빼앗아 구덩이에 모아 두는 습성이 있다. 정확한 이유는 추가적인 조사가 필요하다.

— 일격으로 동물을 죽인다. 그 외의 공격은 하지 않는다.

— 위협을 받는 경우, 혹은 다른 동물을 지키기 위한 경우가 아니라면, 사람을 먼저 공격하지 않는다. 《월야괴담》에 기록된 사람을 향한 공격은 일종의 복수 혹은 구타당하던 주민을 돕기 위한 것으로 추측된다.

✉

[본사] 파견팀 12월 보고서 송부드립니다

보낸 사람: 본사 파견팀 구석주 팀장(seokju@kmma.net)

받는 사람: 한규진 부회장(jjjjj11@kmma.net)

참조: 본사 보안팀 서난이 팀장

2024년 12월 30일(월) 오후 1:08

안녕하세요, 본사 파견팀 구석주 팀장입니다.

본사 파견팀 12월 보고서 송부드립니다.

지난 10월 서울 해피랜드에서 생포한 토끼(KMMA-6511-07) 관련 추가 보고서와 지난주 충청남도 예산에서 발견된 자판기(KMMA-583-03)의 본사 이송 관련 보고서도 첨부해 드리니, 함께 확인해 주시기 바랍니다.

홍콩으로 이동하셨다 들었는데,

출장은 어떻게 진행되고 계신가요?

저나 서 팀장의 전화를 받을 때도 되셨는데 말입니다.

해외라 통화 비용이 걱정되신다면,

세상에는 아주 좋은 메신저 앱들이 많답니다.

혹시 모르실까 염려되어 친절히 안내드립니다.

부디 내년 정기 이사회 소집 전까지 돌아오시길 바라겠습니다.

참고로 기념품은 괜찮습니다.

감사합니다.

팀장 구석주 드림

4.
요술
맷돌

구 팀장과 서 팀장은 '피를 흘리는 맷돌'을 바라보며 우두커니 서 있다.

　맷돌은 평범했다. 모두가 맷돌을 생각했을 때 흔히 떠올리는 그 모습 그대로였다. 윗돌과 아랫돌이 있고 윗돌에는 수직으로 어처구니가 달려 있으며 곡식을 넣을 수 있는 구멍인 아가리가 뚫려 있다. 겉으로 보기에는 아무런 문제가 없는 이 맷돌에 특별한 점이 하나 있다면, 아니 두 가지 있다면 손잡이인 어처구니를 돌리지 않아도 맷돌이 시계 방향으로 스스로 돌아간다는 것이며, 윗돌과 아랫돌 사이에서 붉은 피가 흘러나온다는 것이다. 멈추지 않고 계속해서.

　"……이거 대체 어디서 난 거야?"

　서 팀장이 가운으로 안경에 묻은 얼룩을 벅벅 닦았다. 먼지 한 톨 남아 있지 않은 안경으로 다시 바라보아도, 맷돌에서는 분명 피가 흐르고 있었다. 피는 아름다울 정도로 선명한 붉은색이었다. 스스로 돌아가며 피를 뱉는 맷돌은 마치 피를 토하는 거대한 주둥이처럼 보이기도 했고 어떻게 보면 붉은 물이 흐르는 멋진 석제 장식물 같기도 했다. 주머니에 손을 찔러 넣은 구 팀장이 한숨과 함께 대답했다.

"의뢰인이 돌아가신 할머니의 집을 정리하다가 찾았대. 창고를 청소하는데 어디서 자꾸 핏자국이 발견돼서 뒤지다 보니까 물건들 사이에 이게……."

두 사람은 다시 침묵에 빠졌다.

물론 베테랑 괴물 전문가인 두 사람이 물건형 괴물을 마주하는 게 처음은 아니었다. 사람을 잡아먹는 자판기, 열릴 때마다 다른 신체 부위를 뱉어 내는 옷장, 스스로 움직이며 사람의 목을 조르는 목도리까지 각양각색의 물건형 괴물이 협회를 거쳤고 지금은 보안실에 안전하게 보관되어 있다. 단지 이렇게 위협적이지 않아 보이면서도 너무나 위협적으로 느껴지는 물건형 괴물이 처음일 뿐이었다.

"그리고 할머니의 유품에서 이걸 발견해서 본사까지 찾아온 거야."

박귀순, 사단법인 한국실뜨기협회 회장. 서 팀장은 갈색으로 바랜 명함에 적힌 이름을 읽었다. 낡은 명함은 군데군데 얼룩이 묻었고 금방이라도 찢어질 것처럼 너덜거렸다. 그 옆에 함께 펼쳐진 수첩에는 이렇게 쓰여 있었다. '내가 죽으면 창고에 있는 맷돌을 꼭 명함에 적힌 사람에게 가져다주렴.'

오래전, 어떤 이유 때문인지는 모르겠지만 회장인 귀순과 의뢰인의 할머니가 만났다. 귀순은 사단법인 한국실뜨기협회가 어떤 곳인지 진실을 알려 주며 필요할 때 자신을 찾아 달라고 명함을 건넸다. 명함은 긴 시간 동안 할머니의 수첩에서 시간을 보냈고 맷돌이 발견되면서 빛을 보게 된 것이다. 할머니는 돌아가시고 귀순은 실종된 상태에서 그때의 일을 정확히 파악하는 건 불가능했으므로, 이건 어디까지나 합리적 추측일 뿐이었다.

"그래서 어떡할까?"

서 팀장이 묻자 구 팀장은 피로가 누적된 눈을 신경질적으로 비볐다.

"모르겠고 그냥 퇴근하고 싶은데."

"저 피가…… 어떤 종류의 피인지 확인해야 할 텐데 말이야. 어디에 요청을 해야 할까? 내버려두면 평생 저렇게 피를 흘리려나? 수조 같은 데 넣어 둬야 할지도 모르겠네. 피는 수시로 버려야 할 테고, 또……."

"모르겠고 그냥 퇴근하고 싶다니까……."

전혀 다른 기운으로 각자 할 말을 중얼거리는 두 사람의 뒤에서, 낮게 가라앉은 목소리가 불쑥 말을 걸었다.

"보늬 씨가 알 수 있을지도 모릅니다."

생각지도 못한 곳에서 들린 목소리에 구 팀장이 억, 소리를 내며 가슴을 부여잡았다. 뒤를 돌아본 그가 커다란 눈을 멀뚱히 뜨고 있는 지운을 발견하고는 한 번 더 억, 소리를 냈다. 지운 씨, 소리 좀 내고 다녀! 기절할 뻔했네. 딱히 특별한 반응이 없는 지운의 옆에서 보늬가 맷돌이 궁금해 죽겠다는 얼굴로 수줍게 까치발을 들었다. 구 팀장은 둘의 기척을 알아채지 못하고 충실하게 놀라 버린 것이 민망해 헛기침을 했다. 언제부턴가 후드를 뒤집어쓴 지운과 물렁한 얼굴의 보늬는 한 쌍의 콤비처럼 매일같이 붙어 다녔다.

"대체 언제부터 거기 있었던 거야?"

"보늬 씨가 알 수 있다는 게 무슨 소리예요?"

서 팀장이 구 팀장의 질문을 가볍게 무시했다. 지운은 대신 설명하라는 듯 보늬를 빤히 내려다보았다. 보늬가 여전히 맷돌을 보기 위해 까치발을 든 채로 또렷하게 설명했다.

"……사실 정확하게 말하면 알 수 있는 건 제 뒤에 있는 사람…… 귀신을 말하는 거긴 해요."

"또 이러기야 보늬 씨? 나 진짜 귀신 얘기는 듣기 싫다."

구 팀장이 기다렸다는 듯 투덜거리자 서 팀장이 면박을 주었다.

"좀 조용히 해 봐. 보늬 씨, 설명해 줘."

"음, 지금 제 뒤에 귀신이 한 명 있는데요. 사람의 피인지 동물의 피인지 괴물의 피인지 정도는 구분할 수 있다고 하네요…… 먹어 보기만 하면."

"먹는다고?!"

구 팀장이 꽥 소리를 질렀다. 지운이 눈을 도록도록 굴리며 상황을 살폈다. 아무런 동요도 보이지 않지만 지금이 사태를 즐거워하고 있는 게 분명해서, 보늬는 속으로 이를 갈았다. 폭탄은 자기가 던져 놓고 조용히 재밌어하는 것 좀 봐, 내가 그렇게 불쑥 말하지 말라고 했는데! 그렇지만 보늬의 뒤에 서 있던 여자 귀신은 어느새 맷돌 앞으로 다가가 소복 소매를 걷어붙이고 있었다. 여자는 빳빳하게 펼친 손가락으로 맷돌이 만들어 낸 자그마한 피 웅덩이를 콕 찔렀고, 붉게 물든 손가락을 입으로 집어넣었다. 여자가 눈을 감고 입술을 훑으며 피를 음미하는 동안 보늬는 꼼짝하지 않고 기다렸다. 보늬의 시선이 허공 어딘가에 고정되자 다른 이들도 덩달아 숨을 죽였다. 물론 나는 협회에 귀신이 활개를 치고 다니도록 허락한 적 없다며 툴툴대는 구 팀장을 제외하고.

숨조차 제대로 내뱉을 수 없는 침묵이 흐른 끝에, 여자는 눈을 번쩍 떴다. 그는 보늬를 향해 비장하게 손가락을 펼치며 외쳤다. 사람의 피야! 마치 사건의 범인을 폭로하는 탐정처럼 우렁찬 외침이었고 제법 카리스마가 있었지만 보늬는 그것마저 따라 할 만큼 뻔뻔한 사람이 되진 못했다.

"……사람의 피라고 하네요."

보늬의 대답에 사람들은 제각각의 방식으로 탄식을 뱉었다. 여러 탄식 사이로 여자 귀신의 물음이 날아와 꽂혔다. 이거 그냥 우리가 한번 반대로 돌려 보면 안 돼? 어떻게 되는지 궁금한데.

맷돌은 투명한 비닐에 싸인 채로 꽁꽁 봉인되어 보안실로 옮겨졌고, 연구조사실 테이블 위에 안전하게 도착했다. 흰 장갑을 낀 네 사람이 맷돌 주변으로 옹기종기 모여들었다. 제일 먼저 시도한 사람은 보늬였다. 보늬는 한동안 어처구니를 붙들고 낑낑거렸으나 맷돌에게 조금의 영향도 주지 못했고 저절로 돌아가는 어처구니를 따라 질질 끌려갔다. 의뢰인이 거대한 고무통에 맷돌을 넣은 채로 협회에 달려온 것도 그 때문이었을 것이다. 일반인의 손으로는 도저히 맷돌을 멈출 수가 없었으니까.

다음으로 서 팀장이 나섰다. 그는 끙끙대며 한동안 맷돌과 씨름했고 실제로 어처구니를 붙들고 몇십 초를 버텼으나 결국 더 이상 못 하겠다며 그만두었다. 괴물을 즉시 잠재우는 손의 능력 또한 먹히지 않았는데, 물건형 괴물에게는 잠을 잔다는 개념이 없기 때문이었다.

호기롭게 덤벼든 구 팀장 역시 서 팀장과 비슷하게 몇십 초를 버티고는 나가떨어졌다. 일시적으로 괴물을 멈추게 만드는 구 팀장의 능력은 먹혔으나 지속 시간이 끝나면 맷돌은 다시 돌아가기를 반복했다. 더 붙들고 있을 수 있다며 허세를 부리는 구 팀장의 관자놀이에 핏줄이 바짝 서는 것을 확인한 서 팀장이 그를 뜯어말렸다. 몇 년만 더 젊었어도 저거 그냥 부숴 버렸다고, 진짜라니까? 구 팀장의 구시렁거림을 모두가 가볍게 무시하는 와중에 지운이 마지막으로 손을 들었다. 엄청난 수술을 앞둔 의사처럼 주먹을 쥐었다 폈다 하며 준비 운동을 하던 그는 들리지 않는 기합을 넣고는 어처구니를 쥐었다. 그는 서 팀장과 구 팀장이 그랬듯 몇 초간 맷돌과 팽팽하게 대치했다. 지운이 커다란 눈을 조금 더 크게 뜨는 순간, 맷돌이 반시계 방향으로 돌아가기 시작했다. 보늬가 와아, 하고 짧게 박수를 쳤다.

반시계 방향으로 한 바퀴, 두 바퀴, 세 바퀴…… 일곱 바퀴쯤 돌았을까. 지운이 어? 하는 소리를 내며 맷돌에서 떨어졌다. 맷돌은 더 이상 움직이지 않았고 흐르던 피도 뚝 끊겼다. 드디어 스스로 돌아가기를 멈춘 것이다. 지운은 시험 삼아 시계 방향으로 맷돌을 다시 돌려 보았다. 열 바퀴쯤 돌리자 맷돌은 추진력을 받기라도 한 것처럼 다시 지운의 힘 없이도 혼자 돌아가기 시작했다.

"간단하기는. 지운 씨 정도가 아니면 아무도 못 다루겠구만."

"간단해도 웬만한 힘을 가진 사람이 아니고서야 못 다루겠는데?"

"방법은 어떻게든 찾을 수 있겠지. 구 팀장은 쓸데없이 너무 부정적이야."

"서 팀장이 쓸데없이 너무 긍정적인 거라는 생각은 안 해 봤어?"

"맷돌에 뭔가 넣어 보는 건 어때요?"

보늬가 타이밍 좋게 두 사람의 대화에 끼어들었다. 보늬는 설렘으로 두근거리는 가슴을 간신히 가라앉히는 중이었다. 물건형 괴물을 제대로 맞닥뜨린 건 처음이었고 지금 당장이라도 저 아가리 안으로 온갖 물건을 넣어 보고 싶어 죽을 것 같았다.

"나는 보늬 씨 의견에 찬성."

서 팀장이 열렬하게 고개를 끄덕였고 지운은 눈을 데룩데룩 굴렸다. 구 팀장은 잠시 툴툴거렸지만 최대한 빠르게 맷돌을 조사하고 일찍 퇴근할 수만 있다면 뭐라도 좋다며 동의했다.

첫 번째로 아가리에 들어가는 영광을 차지한 것은 자그마한 나뭇가지였다. 보안실 중앙 홀 구석에 놓인 화분에서 서 팀장이 직접 꺾어 온 것이었다. 보늬가 아가리에 나뭇가지를 살짝 집어넣었고 지운이 어처구니를 돌렸다. 드르륵거리는 소리가 잠깐 들렸으나 맷돌은 곧 잠잠해졌고 지운은 무리 없이 수월하게 맷돌을 돌렸다. 웬만큼 돌리자 맷돌은 스스로 돌아가기 시작했다.

얼마쯤 돌아갔을까, 핏물이 말라붙어 있는 돌 사이로 하얀 부스러기 같은 것이 흩날리기 시작했다. 새하얀 부스러기의 크기는 제각각이었지만 애초에 그리 크기가 크지 않았다. 부스러기가 수북이 쌓였을 즈음 지운은 다시 반시계 방향으로 맷돌을 돌렸고, 맷돌은 곧 멈추었다.

"그냥 종이 같아. 특이한 점은 없네."

부스러기를 신중히 살피던 서 팀장이 중얼댔다. 테이블 곳곳에 말라붙은 피 웅덩이 위에 하얀 부스러기가 흩어져 있는 광경은 꼭 토마토소스를 잘 바른 피자 위에 치즈 가루를 뿌려 둔 것 같았다.

보늬가 남아 있는 나뭇가지에 붙어 있는 나뭇잎을 떼어 냈다. 아가리에 나뭇잎을 넣었고 이번에도 지운이 맷돌을 돌렸다. 윗돌과 아랫돌 사이로 뿜어져 나오는 건 톱밥이었다. 지운이 맷돌을 열심히 돌리다 어처구니를 놓았고 맷돌은 스스로 돌아가며 테이블 위에 톱밥을 두껍게 뿌렸다.

그다음으로 아가리에 들어간 건 커다란 돌멩이였다. 여러 가지 광석의 부스러기로 보이는 파편들이 튀어나왔다. 다음으로 모래를 한 줌 넣자 소금이 끊임없이 쏟아졌다. 이거 요술 맷돌 아니야? 겁도 없이 소금을 손가락에 찍어 맛보고 있는 보늬와 지운에게서 멀찍이 떨어져 있던 구 팀장이 갑자기 외쳤다. 요술 맷돌이요? 묻던 보늬는 혀를 타고 올라오는 짠맛에 퉤퉤, 소금을 뱉었다. 이건 누가 먹어도 의심할 여지가 없이 명백한 소금이었다.

"전래 동화 중에 그런 거 있잖아, 뭐든지 나오라고 하면 끊임없이 나오는 맷돌 말이야. 그게 아마 결말이……도둑이 맷돌을 훔쳐서 바다를 건너던 와중에 소금을 뱉는 맷돌과 함께 가라앉았던 것 같은데. 그래서 바다가 짠 거다, 뭐 그런 내용."

말을 마친 구 팀장이 크게 하품했다. 퇴근 시간이 지난 지 이미 오래였지만 아무도 자리를 뜨지 않았다. 심지어 구 팀장도 퇴근하지 않는 건 마찬가지였다. 새로운 괴물의 등장에 모두가 어떤 흥미와 호기심을 느끼고 있는 게 분명했다. 사람들을 빤히 바라보며 열심히 맷돌을 돌리는 지운만 빼고. 지운은 맷돌에 흥미를 느낀다기보다는 그냥 의무감에 자리를 지키고 있는 듯했다.

실험은 끝을 모르고 이어졌다. 섬유, 아크릴, 포맥스, 연필, 고무…… 아가리는 그 어떤 것도 무리 없이 삼켰고 윗돌과 아랫돌 사이로 무언가를 흘려보냈다. 섬유는 낚싯줄로, 아크릴은 양면테이프로, 포맥스는 끝도 없이 이어지는 길고 얇은 종이로 뱉어 냈다. 연필은 검은콩의 가루, 고무는 비닐이었다. 아무리 넣고 돌리고 기록해도 맷돌에 들어가는 것과 나오는 것 사이에 어떤 규칙이 있는지 명확하게 알아내는 건 불가능했다. 넣은 물건을 구성하는 원재료의 일부가 나오는 걸까 하고 가설을 세울 즈음에는 정반대의 성분으로 구성된 것이 나와 서 팀장을 실망하게 했다. 연필을 넣었을 때 검은 가루가 나오는 광경을 보고 흑연 가루라고 장담하던 구 팀장은 보늬와 지운이 가루를 맛보고 고소한 콩가루라며 좋아하자 짜증을 냈고 말이다.

"오늘은 슬슬 그만하고 정리할까."

서 팀장의 제안에 초조하게 손톱을 물어뜯던 보늬는 시간을 확인했다. 어느새 밤 11시가 다가오고 있었다. 세상에, 자발적 야근이라니…… 미쳤군 미쳤어. 스스로에게 경악하는 구 팀장을 뒤로하고 보늬는 온갖 물질들 사이에서 침묵을 지키고 있는 맷돌을 조심스레 관찰했다. 아까부터 이상하게 불안한 기운이, 정확하게 설명은 할 수 없지만 찝찝하고 불쾌한 감각이 보늬의 전신을 지배하는 중이었다. 이게 뭐지, 대체 왜 이러지. 오랜 시간 동안 눈을 가진 사람으로 살아오면서 자연스레 터득한, 위험을 감지하는 본능이 보늬를 은근하게 재촉했다.

서 팀장의 제안에 모두 짐을 꾸리며 자리를 정리하는 분위기였다. 그 틈에 끼지 못하고 여전히 손톱을 깨물던 보늬의 시선이 살짝 뜯겨 나간 엄지 손톱으로 향했다. 문득 어떤 위험한 생각이 보늬의 머릿속을 스쳤다. 보늬는 조심스럽게 손톱을 끊었다. 구 팀장이 부산스럽게 바닥을 정리하고 서 팀장이 기지개를 켜는 와중에 맷돌에 다가가 손톱 조각을 집어넣었다. 뭐 하십니까? 다가온 지운이 물었다.

"마지막으로 이것 좀 돌려 볼래요?"

지운은 별다른 의문을 제기하지 않고 곧바로 어처구니를 쥐었다. 맷돌이 천천히 돌아갔다. 열 바퀴쯤 돌아가자 이전에도 그랬듯이 맷돌은 스스로 돌아가기 시작했고 보늬는 윗돌과 아랫돌 사이를 조마조마한 심정으로 응시했다. 보늬 씨 뭐 넣었어? 서 팀장이 멀리서 묻기에 대답하려는 순간이었다. 검고 길고 빳빳한 무언가가 돌 사이에서 서서히 모습을 드러냈다. 끊이지 않고 죽죽 흘러나오는 건 의심할 여지 없이 사람의 머리카락이었다.

엉키고 부스스한 머리카락 무더기는 빠른 속도로 자라나 어느새 테이블 아래에서 덜렁거릴 정도로 이어졌다. 그 광경을 지켜보던 모두가 침묵에 잠겼다. 다행히 제일 먼저 정신을 차린 지운이 맷돌을 반시계 방향으로 돌렸고, 맷돌은 머리카락 끝이 바닥에 닿기 전에 간신히 멈췄다.

"······보늬 씨, 뭐······ 넣었어?"

"······손톱이요."

한번 내려앉은 침묵은 쉽사리 사라지지 않았다. 모두가 각자의 방식으로 경악을 억누르고 있는 와중에 서 팀장은 침착하게 머리카락을 채취했다. 나머지 세 사람은 곧바로 연구조사실을 마저 정리했다. 구 팀장과 두 사람이 손발이 그렇게 척척 맞는 순간은 난생처음이었다.

네 사람은 깨끗하게 정리된 연구조사실에 맷돌을 내버려두고 복도로 나왔다. 등 뒤에서 잠금장치가 작동하는 소리가 들렸다. 적막이 흐르는 복도를 빠져나가기 전, 보늬는 아까부터 머릿속을 떠나지 않는 질문을 입 밖으로 던지고야 말았다.

"그럼······ 돌아가신 주인 할머니께서는 대체 뭘 집어 넣었길래 맷돌에서 피가 흘렀던 걸까요?"

보늬의 질문에 대답할 수 있는 사람은 아무도 없었다.

개체 이름: 요술 맷돌

일련번호: KMMA-49910

등급: 흑(黑) 등급[6]

종류: 물건형 괴물

활동 지역: 알 수 없음

탄생:《월야괴담》에서 개체의 이름을 간신히 발견했으나, 대부분의 기록이 지워져 있어 추가적인 조사와 복원이 필요함.

설명 :

– 기본적으로 일반 맷돌과 똑같이 생겼다. 윗돌과 아랫돌, 어처구니로 구성되어 있다.

– 시계 방향으로 10~13바퀴를 돌리면 사람이 어처구니를 돌리지 않아도 스스로 돌아가기 시작한다. 반시계 방향으로 7~10바퀴를 돌리면 멈춘다.

– 윗돌에 뚫린 아가리에 어떤 물질(A)을 넣고 돌리면 다른 물질(B)을 배출한다. A와 B 사이에 어떤 고정된 법칙이 있는지는 아직 밝혀지지 않았다.

– A와 B 사이에 관련성이 있는 경우: 목재(A) – 종이 가루(B), 나뭇잎(A) – 톱밥(B), 석재(A) – 광석의 부스러기(B, 광석

---

6   흑 등급은 정체나 능력이 불분명하여 등급을 매길 수가 없는 괴물을 가리킨다.

의 종류는 다양한 것으로 추정되며 추가 조사가 필요)

- A와 B 사이에 관련성이 없는 경우: 섬유(A) – 낚싯줄(B), 아크릴(A) – 양면테이프(B), 포맥스(A) – 기다란 종이(B), 고무(A) – 비닐(B), 연필(A) – 검은콩의 가루(B), 손톱(A) – 머리카락(B)

5.

여우 누이의
재앙

붉은 손가락이 흐드러지게 피었다.

오래된 뼈처럼 메마른 고목의 가지 끝에는 사람의 손을 닮은 꽃봉오리가 방울방울 맺혔다. 주먹을 꾹 쥐고 굳게 닫혀 있던 꽃봉오리는 예상하지 못한 순간에 기적처럼 만개했다. 붉고 가느다란 손가락 꽃잎의 끝에는 얇은 손톱이 달라붙어 존재감을 뽐내고, 활짝 핀 꽃의 중앙에는 열매라고 부를 수 있는 무언가가 자라났다. 붉은 실이다. 다양한 각도로 뻗은 손가락을 허공에 펼친 손바닥, 손바닥에서 자라나 아래로 축 늘어지는 붉은 실. 나무 중앙, 단단한 껍질 사이에 박힌 섬뜩한 눈이 사방을 훑어보았다. 화려한 만발 끝에 남는 것은 비명이다. 나무는 언제든 비명을 지를 준비가 되어 있었다. 필요한 건 생생한 비명의 증인으로 삼을 만한 인간, 나무가 뱉은 공포와 두려움을 제 것처럼 받아들일 인간, 어쩌면 공포와 두려움의 근원을 해결할 수 있을지도 모르는, 그런 인간.

단지 좋아하는 마음만으로는 해결되지 않는 것이 있다, 해낼 수 없는 것들이 있다. 충만한 애정은 우리를 구하지 못하고 때로는 예상과 반대로 우리를 갉아먹는다.

물을 마셔도 마셔도 목구멍에 무언가 걸려 있는 것 같은 날이면, 탕비실 구석에서 따뜻한 차를 홀짝이거나 여자 귀신과 수다를 떨어도 갉아먹힌 마음이 채워지지 않는 날이면, 절망이 머리 위로 뚝뚝 떨어지는 날이면 보늬는 회장실로 향했다. 최대한 발랄하고 씩씩하게, 우울에 매몰되지 않으려고 애쓰며. 회장실에서는 언제나 무두괴가 기다리고 있었다. 회장실에 들어서는 매 순간마다 보늬는 무두괴가 자신을 향해 보이지 않는 미소를 짓고 있음을 온몸으로 느꼈다.

무두괴와 함께 회장실에 가득한 난초와 식물을 돌본다. 잎에 쌓인 먼지를 닦고 영양제 병을 꽂고 커피를 한 모금 마신다. 그러다 보면 시간이 빠르게 흘렀다. 그런데도 여전히 온몸을 짓누르고 있는 덩어리가 쉽게 사라지지 않을 때가 간혹 있었는데, 보늬는 그 순간을 무사히 지나치는 법도 알았다. 오래된 책장의 세 번째 줄 맨 앞 칸에 귀순의 책상 서랍에 들어 있는 《기이하고 괴상한 것의 역사》를 꽂는 것이다. 책장이 열리고 그 안으로 이어

지는 복도를 걷다 보면 2층까지 천장이 트여 있는 정사
각형의 방이 나왔다. 촉촉하고 두꺼운 흙으로 뒤덮인 방
에는 괴고목怪古木이 살고 있다.

끈적끈적하고, 검붉고, 커다란 입안에 수많은 이빨이
자리 잡고 있고, 밖으로 드러난 혈관이 금방이라도 살아
움직일 듯 꿈틀거리고, 툭 불거진 눈을 대굴대굴 굴리고,
점액과 침을 흘리며 사악한 소리를 내고…… 그런 것들의
품에 안겨 삶으로부터 도망치고 싶을 때마다 보늬는 여기
로 와야 했다. 괴고목은 보늬의 마음을 읽기라도 한 것처
럼 제자리를 지키며 보늬를 가만히 내려다보았다. 충혈된
눈과 시선이 마주치면 어디선가 심청의 노랫소리가 들리
는 것 같은 착각이 들었다.

오래전 귀순이 계룡산에서 발견한 괴고목은 몇백 년,
어쩌면 몇천 년의 시간을 살아왔다. 붉은 가지가 사람의
뼈처럼 메마르고 그 끝이 사람의 손과 유사하게 생긴 이
신령스러운 나무의 중앙에는 딱딱한 껍질 눈꺼풀에 가려
진 커다란 눈이 하나 있다. 손가락같이 펼쳐진 가지의 끝
에서는 실이 자라난다. 협회 사람들이 괴물을 포획할 때
사용하는 붉은 실이었다.

크고 작은 일들을 미리 알고 불길한 기운을 본능적으로

느끼는 괴고목은 위험을 감지할 경우 비명을 질렀다. 끔찍한 고통에 시달리는 인간이 아픔과 슬픔을 동시에 토해 낼 때 날 법한, 절로 귀를 틀어막고 싶을 만큼 괴이한 소리였다. 나무는 보통 괴물이 소멸할 때 그 자리에 남는 붉은 점액을 거름으로 삼았다.

평소와 같은 어느 날의 오후, 보늬는 숨겨진 방의 흙바닥에 주저앉아 괴고목의 가지에 엉켜 있는 붉은 실을 정리하는 중이었다. 오래 방치해 두면 심하게 엉켜 실을 사용할 수 없게 되어 버리기 때문에 한 달에 한 번씩 이렇게 정리해 주어야 했다. 보늬의 옆에는 굳이 여기까지 따라온 무두괴가 텀블러에 담긴 커피를 홀짝이며 여유를 부리고 있었다. 귀찮게 왜 따라왔냐고 볼멘소리를 뱉고 싶었지만 보늬는 무두괴가 자신의 눈치를 살피고 있다는 걸 알았다. 하루에 커피를 열 잔씩 마시고 또 하와이안 셔츠를 좋아하는 독특한 친구는 보늬에 관한 일이라면 한없이 예민해져서, 보늬의 목소리에 드리운 약간의 그림자도 기가 막히게 알아차리곤 했다. 실을 모두 정리한 보늬는 실타래를 한곳에 모아 두고, 철 양동이에 담긴 붉은 점액을 괴고목의 주위에 흩뿌렸다. 물컹한 점액은 곧 흙에 스며들어 사라졌다. 이 정도면 됐겠지, 보늬가 빈 양동이를 들

204

고 돌아서려는 순간이었다. 희미한 울음소리가 두꺼운 흙을 뚫고 흘러나왔다. 보늬는 굳어 버린 듯 제자리에 멈추었다. 곧 비명이 들렸다.

참혹한 울음이었다. 울음은 허공을 갈기갈기 찢어 버리고는 보늬의 머릿속까지 침투할 기세로 무시무시하게 다가왔다. 소름 끼치는 비명이 온 방 안을 가득 메우고 구석구석을 파고들며 제 존재를 알렸다. 발이 붙어 버린 사람처럼 제자리에 굳어 있는 보늬의 옆으로 다가온 무두괴가 살며시 보늬의 손을 잡았다. 보늬는 본능적으로 무두괴의 거친 손을 강하게 쥐었다. 둘은 한동안 움직이지 못하고 그렇게 손을 잡은 채로, 비명을 지르는 괴고목을 가만히 바라보았다. 불길한 무언가가 다가오고 있었다. 피할 수도 도망칠 수도 없는 무언가가.

협회 건물을 나온 구 팀장은 사방을 두리번거리며 건물을 한 바퀴 빙 돌았다. 서 팀장은 보안실 건물 뒷문 앞에서 담배를 피우는 중이었다. 구 팀장을 발견한 서 팀장이 담배를 쥔 손을 휘적대며 인사를 건넸다. 구 팀장은 서 팀장의 짧은 휴식이 끝나길 기다리며 몇 시간 전의 대화를 곱씹는다.

오랜만에 만난 윤 경위는 인사도 없이 다짜고짜 본론부터 꺼냈다. 이거 혹시 그쪽 일이랑 관련된 거야? 묻는 얼굴에서는 의심과 불편함이 물씬 드러났다. 이런저런 일로 서로에게 영향을 끼친 지도, 또 본의 아니게 협력해 온 지도 오래되었건만, 윤 경위는 여전히 한괴협을 그쪽이라고 불렀다. 이 정도면 예의상 '한국괴물관리협회'라는 정식 명칭으로 불러 줄 만도 했지만, 윤 경위는 선을 넘지 않는 방식으로 교묘하게 구 팀장의 신경을 건드리는 데 도가 튼 사람이었다. 그러면서 또 대귀협은 꼬박꼬박 대귀협, 대귀협 하고 불러 주는 것도 어찌나 짜증이 나는지. 윤 경위에게 대귀협은 각종 초자연적인 현상을 해결하는 독특하지만 대체할 수 없는 대단한 집단이고, 한괴협은 이상한 것을 다루는 괴짜들이 드글거리는 곳인 게 분명했다. 괴물에게 큰 애정을 갖지 않는 구 팀장이었지만 이럴 때는 어쩔 수 없이 화가 치솟았다. 단순히 이상한 것이라고 치부해 버리기엔, 괴물은 꽤 복잡하고 때로는 이해하기 어려운 존재가 아니었던가. 실제로 가끔은 제법 귀여운 녀석들도 있고 말이다.

각설하고, 윤경위가 툴툴거리며 공유한 정보는 이랬다. 최근 서울에서 돌연사 사고가 많이 접수되었는데 대부분이 공포에 질린 얼굴을 한 채 죽었다는 것이다. 그중에는 간이 없는 시체가 여럿 있었다. 정확한 사인은 이유를 알 수 없는 심장마비였지만 복부에 찢긴 상처가 있고 간이 사라졌다. 상처는 이빨로 물어뜯은 게 아니라 날카로운 손톱으로 할퀴었다고 보는 게 더 맞았다. 누가 봐도 '이 쪽' 일이라고 의심할 수밖에 없는 사건이었다.

"내가 어떻게 조사해 보려고 해도 말이야, 어차피 그쪽 일이면 나는 손도 못 대는 거잖아? 그러니까 미리 확인 좀 해 달라, 이거야."

윤 경위는 툴툴거리며 덧붙였다. 처음으로 괴물을 마주 했던 어느 날, 자신만만하게 덤벼들었다가 그대로 나가떨 어진 기억이 그에게는 뼈아픈 패배의 추억으로 남아 있는 듯했다. 뒤늦게 현장에 나타난 구 팀장은 윤 경위가 보는 앞에서 가볍게 불가사리를 제압했다. 태어난 지 얼마 되 지도 않은 새끼 불가사리였지. 심지어 귀여울 정도였는데 말이야. 구 팀장은 그날 윤 경위의 기죽은 얼굴을 바라보 며 처음으로 희열을 느꼈다. 손을 가졌다는 건 참 좋은 거 야, 그렇고말고. 이전 같았으면 귀찮았을 불가사리가 그 날따라 어찌나 사랑스러워 보이던지, 하마터면 얼굴을 부 빌 뻔했다.

"그래서 우리 탓이라는 거야?"

종이컵에 담배를 비벼 끈 서 팀장이 가벼운 목소리로 물었다. 구 팀장은 어깨를 으쓱였다.

"우리가 해결해야 하는 일이라는 뜻이지. 해피랜드 건도 이미 알고 있더라고. 그걸 들이미는데 바로 부정할 수는 없잖아."

"토끼는 사람 간을 노리지 않는데?"

"어디까지나 가정이잖아? 좀 더 넓게 생각해 보자고."

구 팀장의 말이 무색하게도, 보안실 유리 벽 너머의 토끼는 천연덕스럽게 풀을 뜯으며 늦은 오후를 만끽하고 있었다.

토끼는 별이절대 없이도 일반 토끼보다 조금 큰 정도의 크기를 유지하는 중이었다. 생각보다 보안실 생활이 잘 맞는 게 분명했다. 보안실 직원들이 안으로 들어가 풀을 채워 주거나 방 안을 청소해도 날뛰지 않고 얌전했다. 심지어 서 팀장의 손길을 느긋하게 즐기기까지 했다. 거봐, 서 팀장이 애정이 가득 담긴 눈으로 토끼의 머리를 긁었다. 토끼가 초롱초롱한 눈 아래로 커다란 이를 쩍 드러내며 하품하는 모습을 바라보던 구 팀장이 다른 가능성을 제시했다.

"우리가 생포한 개체야 지금 저런 모습이지만, 스트레스 지수가 높은 개체가 밖에 더 있을 수도 있잖아? 폭발 직전의 상태라 인간을 공격하는 거지."

"그러면 심장마비일 이유가 없는걸. 또 손톱이 아니라 이로 물어뜯은 자국이 분명 남았을 거야."

구 팀장은 별다른 반박을 하지 못하고 입을 다물었다. 애초에 서 팀장의 말이 맞았다. 아무리 생각해도 토끼가 저지른 일이라기엔 심장마비부터 말이 되지 않았다.

"간이 문제인 거라면 다른 가능성을 파는 게 낫지 않아요?"

토끼의 방을 청소하던 직원이 문득 물었다. 문을 열어 놓은 탓에 두 사람의 대화가 들린 모양이었다. 구 팀장과 서 팀장이 고개를 갸웃거리자 직원은 이 사람들 왜 이래, 하는 얼굴로 웃었다.

"구미호한테 물어보면 되잖아요. 간이랑 손톱. 제일 유력한 건 그쪽일 거 같은데."

아. 구 팀장과 서 팀장이 동시에 입을 벌렸다.

현재 한국에 존재하는 구미호는 총 아홉 명으로, 모두 피가 섞인 남매였다. 그중에 협회 보안실에서 지내고 있는 구미호는 총 세 명이었다. 제각기 다른 성격으로 보안실 직원들의 진을 쏙 빼 놓는 그들은 종종 방을 빠져나와 보안실 업무를 돕곤 했다. 너무 심심한 날에는 한 번씩 일을 하는 것도 나쁘지 않다는 게 그들의 의견이었다. 보안실을 돌아다니다 보면 파쇄기에 서류를 집어넣고 있는 첫째 구미호, 다른 괴물의 방을 청소하고 있는 셋째 구미호, 직원들의 뒤를 졸졸 따라다니며 귀찮게 구는 넷째 구미호를 만날 수 있었다.

세 구미호는 보안실 휴게실에서 두 팀장을 맞이했다. 옹기종기 모인 그들은 휴게실에 비치된 태블릿 PC로 요즘 유행하는 예능 프로그램을 보며 깔깔대는 중이었다. 여성 구미호인 첫째는 여우인 상태로 테이블 위에 누워 꼬리를 살랑댔고, 남성 구미호인 셋째와 여성 구미호인 넷째는 인간의 모습으로 쉴 새 없이 재잘거렸다. 이들이 보안실에 머무르게 된 이유도 제각각이었는데, 첫째 구미호는 인간의 눈을 피해 숨어 사는 삶에 지쳐 자발적으로 보안실에 들어온 경우였다. 셋째 구미호와 넷째 구미호는 매일 함께 붙어 다니며 사고를 치다가 협회의 눈에 띄어 잡혀 들어왔는데, 생각보다 보안실 생활이 만족스러운지 별다른 불평 없이 머물렀다.

"간이 없는 시체요?"

셋째 구미호는 구 팀장의 설명에 눈이 동그래졌다. 길게 길러 하나로 묶은 흑발에 하얀 머리카락이 드문드문 섞여 있었다. 간이 없다고? 말이 없는 첫째 구미호를 대신해 남매는 서로를 마주 보며 함께 고민했다.

"요즘 누가 간을 먹지? 적어도 우리는 아닌데. 간 먹는 생활은 오래전에 다 청산했어요. 세상에 맛있는 게 얼마나 많은데 간을 먹어."

으으, 진저리를 치는 셋째에 이어 넷째가 끼어들었다. 짙은 눈썹에 섞인 흰 가닥들이 언뜻 모습을 드러내며 눈길을 끌었다.

"다 같이 모여서 더 이상 간은 먹지 말자고 약속한 게 엄청 오래전이었거든요. 70년대였던 것 같은데 기억이 안 나네. 둘째 언니가 간을 좀 좋아하는 편이라 힘들어하긴 했지만…… 오빠 말대로 간 말고 맛있는 게 엄청 많잖아요. 저는 이제 간은 생각도 안 나요. 그치 언니?"

넷째 구미호의 물음에 첫째 구미호는 가만가만 꼬리를 흔들었다. 긍정의 의미인 듯했다.

"다른 구미호들한테 연락을 취할 방법은 혹시 없을까요?"

서 팀장의 물음에 셋째와 넷째는 또 한 번 고민에 빠졌다. 첫째는 지금 이 상황에 관심이 없다는 듯, 입을 크게 벌리고 하품을 했다.

"사실 우리가 형제이긴 해도…… 다 친한 건 아니에요. 대부분 소식이 끊겨서 어떻게 사는지도 모르거든요. 둘째 누나 빼고는 딱히 연락할 방법이……."

셋째의 말을 듣고 있던 넷째가 갑자기 아! 하고 탄성을 질렀다.

"우리 쪽이 아닌 거 아니야?"

"우리 쪽이 아니라고?"

"왜, 예전에 둘째 언니가 알려 준 적 있잖아. 여우 누이 라고."

이제야 대화에 흥미가 생긴 모양인지, 첫째가 비스듬하게 고개를 들었다. 그는 하얀 털이 매끄럽게 펼쳐진 아름다운 여우였다.

"둘째 언니가 얘기해 줬어요. 우리 말고 간을 먹는 괴물이 하나 더 있는데, 성격이 아주 더러우니까 조심하라고. 마주치면 싸울 생각 말고 꼬리 빠지게 도망가라면서."

"맞아, 기억난다. 분명 여우 누이라고 그랬는데. 들어본 적 없어요?"

또 전래 동화야…… 구 팀장이 버릇처럼 한숨을 쉬었

212

다. 《월야괴담》에서 여우 누이의 탄생에 대한 기록을 읽었던 기억이 분명히 있었다. 그때는 설마 여우 누이를 만나기야 하겠냐고 코웃음을 치며 넘겨 버렸지만.

"알다시피 우리는 인간을 괴롭히는 일에는 별 관심이 없잖아요. 그 여우는 다르다고 그랬어요. 간을 빼 먹기 직전에 인간을 겁에 질리게 만드는 행위 자체를 즐긴다고. 우리랑은 근본적으로 다르다고. 그때 분명…… 어디 절에 봉인되어 있다 그랬는데."

"그 말을 들은 게 언제였어요?"

"생각해 보니 엄청 오래전 기억이네. 분명 전쟁 중이었어요. 그때 이미 봉인된 지 꽤 오래되었다고 했고요."

"그럼 우리 쪽에 최근 정보가 없는 것도 이해가 가네요."

서 팀장과 남매가 이야기를 나누는 와중에, 첫째는 터벅터벅 걸어와 넷째의 품 안에 자리를 잡았다. 넷째가 자연스럽게 등을 쓰다듬자 그가 날카롭게 주변을 훑어보았는데, 보기 좋은 푸른 눈이 알 수 없는 뜻을 품고 반짝였다.

"그 절이 어디였는지 혹시 기억하나요?"

새로운 전래 동화 괴물의 등장에 듣기도 싫다는 듯 한숨부터 쉬던 구 팀장이 끼어들었다.

"어…… 위치까지는 기억이 안 나요. 둘째 언니한테 연락해 보면 될지도요? 그리고…….”

넷째가 말을 마저 잇기도 전에 첫째가 낑낑거리는 소리
를 냈다. 아무래도 무언가 마음에 들지 않는 듯했다. 첫째
의 울음을 이해한 건지, 넷째가 어색한 미소를 지었다.

“언니가 우리한테 문제 생길 일은 없게 해 달래요.”

“그럼요, 당연하죠. 아무 일 없을 겁니다. 그 절이 어디
에 있는지만 알려 주면 돼요.”

“휴대폰만 빌려주면 연락해 볼 수 있어요.”

서 팀장이 셋째에게 휴대폰을 건넸다. 셋째가 전화를
거는 동안 구 팀장은 아까부터 궁금했던 것을 넷째에게
물어보았다.

“둘째 언니는 어떻게 지내는 분이에요?”

“노인대학에서 노래 교실 해요.”

전혀 예상하지 못한 대답에 두 팀장은 잠시 할 말을 잃
었다. 넷째는 뭘 그렇게 놀라냐는 얼굴로 첫째의 등을 부
드럽게 쓸며 웃었다.

“둘째 언니는 우리 중에서 인간 세상에 제일 적응을 잘
하는 구미호였거든요.”

절은 충남 보령에 있었다. 구체적인 위치를 받아 적은

214

구 팀장은 중앙 홀로 나와 절에 연락을 취할 방법을 고민했다. 생각에 잠겨 있는 그의 등 뒤에서 육중한 움직임이 느껴졌다. 사신 중 하나인 현무가 구 팀장을 향해 느릿하게 다가오는 중이었다.

거대한 거북에 뱀이 휘감긴 모습을 한 그는 사신 중에서도 말이 없고 조용한 편이라, 중앙 홀에서 마주쳐도 이렇게 알은척을 하는 경우가 드물었다. 본래 고독을 즐기는 그의 성정을 다들 잘 아는 터라 그가 중앙 홀에 있을 때는 약속이라도 한 것처럼 그의 곁을 조용히 지나치곤 했다. 할 말이라도 있는 건가? 제자리에 선 구 팀장은 머쓱하게 현무의 목소리가 들리기를 기다렸다. 제대로 이야기를 나눠 본 적이 없었기에 지금처럼 서로를 바라보고 있는 상황이 약간 민망했다. 등딱지 위에 똬리를 틀고 있던 뱀이 허공에서 춤을 추듯 움직이더니, 구 팀장의 얼굴을 향해 똑바로 몸을 세웠다. 거북의 머리에 달린 검은 두 눈은 축 늘어진 눈꺼풀 아래에 파묻혀 있었는데, 그럼에도 총기와 힘을 잃지 않고 구 팀장을 뚫어지게 응시했다.

"아직 안 갔네?"

휴게실에서 나온 서 팀장의 뒤로 크기가 제각각인 여우 세 마리가 쪼르르 따라 나왔다. 중앙 홀을 거닐던 직원들이 저도 모르게 걸음을 멈추고 앓는 소리를 낼 정도로 귀여운 광경이었다. 제일 덩치가 큰 첫째의 등에 셋째가 올라타자, 넷째는 부러운 눈길을 보내며 열심히 그 옆을 달렸다.

"내일 시간 돼? 절에 가 보면 어떨까 하는데."

서 팀장의 물음에 구 팀장은 휴대폰으로 스케줄을 확인했다. 다가온 현무는 어느새 느린 걸음으로 제자리로 돌아가고 있었다. 그는 햇빛이 내리쬐는 홀 중앙으로 돌아가 준비된 방석 위에 자리를 잡고는 서서히 크기를 줄였다. 곧 그는 방석에 딱 맞는 몸이 되어 편안하게 몸을 묻었다. 위협적으로 몸을 세우고 있던 뱀 역시 다시 등딱지 위에 안정적으로 똬리를 틀었다. 구 팀장은 그 광경에서 시선을 돌렸다. 시답잖은 인사라도 하려고 했던 모양인데, 갑자기 무슨 바람이라도 분 걸까?

"가 보는 거야 가능한데…… 만약 여전히 봉인되어 있으면?"

"그럼 아직 우리한테 데이터가 없는 새로운 괴물이 나타난 거겠지."

"만약 봉인이 풀려 있다면?"

"그러면 큰일 난 거고?"

"어느 쪽이든 윤 경위 엿 먹이긴 글렀네."

"간 모으는 게 취미인 살인마가 갑자기 등장하지 않는 이상, 엿 먹이는 건 쉽지 않을걸."

서 팀장의 발랄한 미소가 구 팀장의 신경을 건드렸으나 반박할 수 없었다. 서 팀장의 말이 맞았으니까. 봉인이 풀려 있든 그대로든, 이번 사건은 어떤 식으로라도 구 팀장의 몫이 될 운명이었다. 그리고 다음 날, 두 사람은 수풀이 우거진 산속에서 금줄이 끊어진 창고를 마주했다.

절에서 조금 떨어진 위치에 있는 창고는 오랫동안 사람이 드나들지 않은 듯, 더러운 얼룩과 먼지로 뒤덮여 엉망이었다. 무성한 수풀과 끝을 모르고 자라난 나무 사이에 묻혀 발견하는 것조차 어려웠다. 주지 스님에게 길 안내를 들은 두 사람은 거친 산을 오르느라 잔뜩 더러워진 상태로 창고를 찾았다. 운동 부족으로 헉헉대며 바짓단에 묻은 흙을 짜증스럽게 털어 내는 구 팀장을 뒤로하고, 먼저 창고의 흔적을 발견한 서 팀장이 나뭇잎 사이를 헤치고 문을 발견했다. 문고리를 찾아 이곳저곳을 더듬거리는데 문득 비정상적으로 이상하게 꺾인 가지들이 눈에 들어왔다. 그 아래 바닥에는 나뭇가지와 나뭇잎들이 잔뜩 떨어져 있었고 군데군데 희미한 발자국이 남아 있었다. 그리고 누가 봐도 강제로 끊어 버린 게 분명한, 가느다란 줄. 서 팀장은 끊긴 금줄을 조심스레 들어 올렸다. 날붙이로 자른 듯 절단면이 깔끔하고 군더더기가 없었다. 금줄을 발견한 구 팀장의 얼굴이 일그러졌다.

창고 안은 싸늘했다. 한낮인데도 햇볕 한 줌이 들어오지 않아, 축축하고 스산한 기운이 좁은 창고 안을 뒤덮고 있었다. 내부에는 아무것도 남아 있지 않았다. 대신 안에서 긁은 건지 문 안쪽에 날카로운 손톱 자국이 가득했다.

서 팀장이 휴대폰 플래시를 켜고 창고 구석구석을 살폈다. 문 안쪽에 남은 손톱 자국에 도달한 그는 걱정스러우면서도 묘하게 신이 난 얼굴이었다. 괴물 오타쿠 같으니라고. 구 팀장은 목구멍까지 차오른 말을 삼켰다. 괴상한 방식으로 생기를 얻는 동료에 대한 불평 같은 건 오래전에 그만두었다. 괴짜들과 함께 일하면 누구라도 이렇게 될 것이다. 한참 창고를 살피는 일에 푹 빠져 있던 서 팀장이 불쑥 내뱉었다.

"포기해라."

"뭘?"

"윤 경위 엿 먹이는 거."

구 팀장은 침묵을 고수했다. 아무리 생각해도 이건 '이쪽' 일이 맞았고, 그건 윤 경위가 한동안 구 팀장에게 온 갖 불평과 불만을 쏟아 낼 거란 뜻이었다. 그런 비합리적 인 행동을 하면서도 그게 당연하다는 듯 기세등등할 거란 뜻이었다. 아아, 구 팀장은 탄식을 뱉으며 끊긴 금줄을 봉 투에 넣었다.

"보늬 씨에겐 재능이 있어요. 남들이 볼 수 없는 걸 보 는 재능. 그건 무엇하고도 비교할 수 없는 능력이죠. 아무 나 가질 수 없는 힘이고요. 갖고 싶어도 가질 수 없어요. 운명이라고 불러야 할까요? 태어나는 순간 부여받은 힘 인 겁니다. 그리고 재능을 가졌다면, 그 재능을 사회에 베 풀어야 마땅합니다."

김 부장은 사단법인 대한귀신처리협회 소속이었다. 그 는 단순히 김 부장이라고 불리기엔 왠지 아쉽다는 느낌이 들 정도로 모든 면에서 완벽했다. 어깨까지 늘어뜨린 윤 기가 흐르는 머리. 깔끔한 와이셔츠에 손목에서 빛나고 있는 시계. 자연스럽게 움직이는 손과 우아한 목소리. 그 는 왼쪽 얼굴과 오른쪽 얼굴 모두 흠잡을 데 없이 단단했 다. 물렁물렁한 오른쪽 얼굴과 단단한 왼쪽 얼굴 사이에 서 고군분투하는 보늬와 달리 그저 존재하는 것만으로도 신뢰를 주는 인상이었다. 믿지 않고는 못 배길 지경이다. 보늬는 부러움이 가득한 눈으로 김 부장이 하는 말을 들었다. 세상에, 말은 또 어찌나 잘하는지. 어린 시절에 웅변 학원이라도 다닌 걸까? 김 부장의 말을 듣다 보면 없던 귀신도 생길 것 같았고 필요 없던 부적도 소중해질 것 같았다. 그래, 이런 사람이다. 있어야 하는 자리에 있는 사람. 존재해야 하는 곳에 존재하는 사람.

"소식 듣고 정말 놀랐어요. 보늬 씨 같은 인재가 이런 곳에…… 한괴협에 있을 거라고는 상상도 못 했거든요. 영혼들이 흐릿하게 보이는 것도 아니고, 컨디션의 영향도 받지 않고, 심지어 대화까지 가능하다니…… 보늬 씨는 잘 모르겠지만, 의외로 보기만 할 수 있고 목소리는 듣지 못하는 사람들이 꽤 돼요. 보늬 씨의 눈은 능력을 가진 사람 중에서도 최상위인 거죠."

……제가요? 그래요? 잘못 찾아오신 거 아닐까요? 보늬는 입천장에 달라붙은 문장을 꾹꾹 눌러 삼켰다. 김 부장과 이야기를 나누는 30분간 보늬는 바보처럼 네, 제가요? 아니요, 제가요? 정말로, 제가요? 같은 말만 반복했다. 얼마나 멍청해 보일지 걱정되었지만 멈출 수 없었다. 한 번도 상상해 본 적 없는 말들이 김 부장의 입에서 우수

수 쏟아졌기 때문이었다. 재능, 능력, 인재, 최상위. 자신과는 거리가 멀다고 생각해 온 말들이 마구 튀어나왔고 분명 보늬를 가리키고 있었다.

"보늬 씨가 함께해 준다면, 우리는 앞으로 많은 일을 해 나갈 수 있을 거예요. 보늬 씨 같은 인재가 곁을 지켜 준다면 저도 든든하죠."

"저, 그렇긴 한데……."

보늬는 어렵사리 입을 열었다.

"제가 손이 없어서 오랫동안 별다른 일을 하지 못한 건 사실이지만…… 이제 팀도 꾸렸거든요. 파트너랑도 꽤 잘 맞아서, 의뢰도 몇 건 해결했고요. 팀장님께서 직접 지시한 일이라 지금 와서 그만두기가 좀……."

생각해 보니 지운과 한 팀을 꾸린 지도 제법 오래되었지. 보늬는 무심코 후드와 그 아래의 큰 눈과 목검을 떠올렸다. 그는 시간이 흘러도 도통 변하는 법이 없었다. 여전히 큰 눈을 동그랗게 뜨고 상대를 뚫어지게 바라보았고, 무슨 일이 생기면 후드를 뒤집어써서 본인을 숨겼다. 목검을 얻은 후로는 정신을 수련한답시고 복도에서 시도 때도 없이 목검을 휘두르기도 했다. 긴 시간을 함께 보내도 여전히 종잡을 수 없는 사람이었다. 어울리지 않게 비죽 웃음이 새어 나오려고 해 보늬는 입술을 깨물었다.

"아, 구 팀장하고는 이미 이야기 나눴습니다. 문제없다고 하던데요? 능력을 발휘할 수 있는 곳으로 간다면 보늬 씨에게도 더 좋을 거라고 기꺼이 허락해 줬어요."

예에? 보늬는 저도 모르게 소리 내어 묻고 말았다. 김 부장은 보늬의 반응에 그저 씩 웃기만 했다. 그런 말을 했다고? 진심으로? 보늬는 밀려오는 배신감에 이를 악물었다. 반박할 수 없는 말이라 더 속이 상했다. 능력을 발휘할 수 있는 곳으로 가는 게 당연히 좋지, 좋은 건 맞는데…… 구 팀장은 어디까지나 보늬에게 더 나은 길을 제시하려고 했을 뿐이고, 보늬는 얌전히 그 말에 따르는 게 맞을지도 모른다. 그렇지만 아무리 좋게 생각해 보려 해도 한번 일그러진 얼굴은 쉬이 퍼지지 않았다. 언제는 여기 있으라더니. 팀까지 만들어 주더니!

생각해 보고 연락해 주세요, 오래 걸려도 괜찮으니까. 김 부장은 올 때와 마찬가지로 완벽한 모습으로 떠났다. 깔끔한 정장 차림 위로 단정하게 정리된 머리를 쓸어 넘기면서. 그가 남기고 간 명함마저 이토록 완벽할 수가 없었다. '사단법인 대한눈건강운동협회 김희영 부장'. 검은 바탕 위에 금박으로 인쇄된 이름이 반짝거리며 그 자태를 뽐내는 것을 보늬는 오래도록 들여다보았고, 상념에서 간신히 깨어난 뒤 명함을 주머니에 쑤셔 넣었다. 그래도 눈건강운동협회로 위장하는 것보다는 실뜨기협회가 좀 더 낫다고 생각하면서.

사무실로 돌아가자마자 효령이 볼멘소리를 했다. 이제 하다 하다 대귀협 사람들이 여기서 활개 치는 꼴을 봐야 해요? 구 팀장님이 봤으면 뒤로 넘어가셨겠는데. 대놓고 비난하는 어조였지만 보늬는 입을 꾹 다물었다. 안 그래도 마음이 복잡한데 효령까지 끼어드니 정신이 없었다.

단지 좋아하는 마음만으로는 해결되지 않는 것이 있다. 해낼 수 없는 것들이 있다. 충만한 애정은 우리를 구하지 못하고 때로는…… 보늬는 잘 알고 있었다. 그래도 버텼다. 실제로 생각보다 잘 버티지 않았던가. 파트너가 생겼고 팀을 꾸렸으며 의뢰도 여러 건 해결했다. 그렇지만 역시 안 되는 걸까? 보늬의 자리는 여전히 '이쪽'이 아니라 '저쪽'에 있는 걸까? 어쩌면 대귀협에 간 뒤에야 완전한 소속감이라는 걸 느낄 수 있을지도 몰랐다. 어쩌면 거기에는 강보늬를 위한 자리가 버젓이 마련되어 있으며, 보늬 또한 언제 그랬냐는 듯 만족하고 머무를 수 있을지도 몰랐다. 그렇지만…… 보늬는 고개를 흔들었다. 실낱같은 희망이 보늬의 발목을 자꾸만 붙잡는다. 가령, 어쩌면, 혹시나. 이런 불안하고 흔들거리는 단어에 자꾸만 모든 걸 바치게 되는 것이다.

보늬는 아름답고 기이하고 괴상한 것들 옆에 있고 싶었다. 가능하면 평생 그들의 곁에 찰싹 달라붙어 있을 생각이었다. 가령, 어쩌면, 혹시나. 또 가령, 어쩌면, 혹시나. 그렇게 끊임없이 되뇌면서.

자리에서 일어나 사무실을 빠져나가는 동안 효령이 옆자리 사람에게 투덜대는 소리가 끊이지 않고 이어졌다. 저렇게 스카우트 제의까지 왔는데, 나라면 민망해서라도 옮기겠어요. 사무실 문을 열고 복도로 나오자마자 보늬는 지운과 마주쳤다. 지운은 오늘도 허공을 향해 열심히 목검을 휘두르고 있었다. 일이 없을 때 지운은 복도에서 이렇게 목검을 휘두르며 시간을 보냈다. 그리 오래 지속되지 않아서인지 지적하는 사람은 없었다.

"어디 가세요?"

"아, 오늘 반차예요."

고개를 끄덕인 지운은 말없이 보늬의 뒤를 졸졸 따라왔다. 커다란 눈을 도르륵 굴리고 있는 걸 보아 하니 무언가 하고 싶은 말이 있는 듯했다. 의외로 참 투명해, 보늬는 새삼스레 지운이 파트너라는 사실에 감사했다.

"대귀협 사람이 찾아왔다고 들었습니다."

"소문 빠르네요. 복도에서 연습하고 있는 줄 알았는데?"

"효령 씨가 하도 크게 떠들어서 다 들렸어요."

하여튼 도움 안 되는 사람이다. 보늬는 우울한 얼굴로 사무실 구역을 벗어나는 문 앞에 섰다. 짧게 침묵하던 지운이 보늬의 앞을 막아섰다가 뒤로 물러났다.

"그러면 내일 뵙겠습니다."

할 말이 있어 보였는데. 보늬는 궁금했지만 괜히 묻지 않기로 했다. 사무실 구역을 빠져나가 안내 데스크를 지나쳤다. 안내 데스크 벽면에 새겨진 '사단법인 한국괴물관리협회'가 반짝거리며 보늬를 비웃었다.

복덕이 입원한 부성병원은 본사에서 꽤 시간이 걸리는 곳에 있었다. 깨끗하지만 오래된 느낌을 풍기는 건물에는 사람들이 각각의 목적을 지니고 바쁘게 돌아다녔다. 건물 안으로 들어서자마자 보늬는 본능적으로 몸을 떨었다. 굳이 확인하지 않아도 이곳에 묵은 영혼들이 득시글거린다는 사실을 알 수 있었다. 하루가 멀다 하고 사람이 죽어

나가는 곳 아닌가. 떠나지 못한 이들이 가득한 것도 당연했다. 낡은 엘리베이터는 덜컹거리는 소리를 내며 움직였고 보늬는 을씨년스러운 기운에 팔을 문질렀다.

복덕은 1인실 침대에 누워 보늬를 맞이했다. 가벼운 교통사고였다더니 정말로 심각한 상황은 아닌 모양이었다. 보늬는 인사를 건네며 1층 카페에서 산 커피와 빵을 부산스럽게 늘어놓았다. 복덕의 표정을 보아 하니 딱 봐도 입원 생활에 무료함을 느끼고 있는 듯했는데, 이럴 때는 생각할 틈도 없이 혼을 쏙 빼 놓는 게 좋았다.

"더 빨리 올 줄 알았는데 생각보다 늦었다?"

"일이 바빠서요. 할머니 몫까지 대신하잖아요 제가."

일상해운 창업주의 딸이자 한괴협 이사회 소속이며 한괴협의 꾸준한 후원자인 복덕은 한때 귀순과 전국을 종횡무진했던 괴물 전문가, 정확히 말하면 '괴방사' 콤비였다. 보늬는 이 괴물 전문가 콤비에게 푹 빠진 채로 무럭무럭 자랐고 덕분에 괴물 전문가라는 꿈을 키웠다. 복덕은 귀순과 더불어 보늬에게 일종의 롤 모델이었던 셈이다.

모종의 사건으로 손을 다치는 바람에 능력을 잃은 복덕은 괴물 전문가 업무를 그만두고 이사회 소속으로 남았지만, 보늬는 두 사람이 반짝반짝 빛나던 시절을 똑똑히 기억했다. 친구를 잃은 복덕과 할머니를 잃은 보늬는 이따금 모여 추억을 되새겼고 귀순이 돌아오기를 기다리며 수다를 떨었다.

복덕은 커피를 맛나게 들이켰다. 만족스러운 얼굴로 빵을 찢던 그는 보늬의 얼굴에 남아 있는 우울한 기운을 눈치챈 듯했지만 먼저 묻지 않았다.

"귀순이 일은 소식이 없니?"

"똑같죠 뭐…… 엄마는 이제 반쯤 포기한 것 같더라고요."

"도대체 어디서 뭐 하는지, 원. 이렇게 길게 떠날 거면 소식이라도 좀 주든가."

여러 가능성을 검토하며 최악의 결말까지 예상하는 보늬의 엄마와 다르게 복덕은 별다른 이유도 없이 긍정적이었다. 복덕은 귀순이 실종된 게 아니라 자발적으로 떠난 거라고 굳게 믿었고, 할 일을 끝내면 언제 그랬냐는 듯 돌아올 거라며 몇 번이고 보늬를 안심시키곤 했다.

"재수 없는 것. 걘 옛날부터 그랬어. 틈만 나면 며칠 사라졌다가 다시 나타나고, 또 며칠 사라졌다가 다시 나타나고. 무슨 일이 있어도 말 안 하고 꽁꽁 숨기고 있다가 다 끝나면 그제야 이야기하고. 그렇게 혼자 다 끌어안고

사니까 지금 이 모양이 난 거 아냐. 날 데려갔어 봐. 3년
이나 걸렸겠어? 한 달이면 끝났지. 괜히 딸내미랑 손녀
걱정이나 시키고 말이야."

복덕은 항상 했던 말을 습관처럼 읊으며 투덜댔다. 보
늬는 복덕의 불평을 잠자코 들으며 미소 지었다. 귀순과
묘하게 닮았으면서도 조금도 닮지 않은 복덕은 항상 이런
식으로 보늬를 웃게 했다. 호탕하고 다혈질적인 면이 있
는 귀순과 깐깐하고 예민한 복덕은 서로를 든든하게 보완
하는 이상적인 조합이었다. 한때는 보늬도 귀순과 복덕처
럼 환상의 짝꿍을 만나고 싶다는 꿈을 키우곤 했었다. 잠
시 떠오르는 얼굴이 있었으나 아직 확신은 들지 않아, 보
늬는 그 심오한 두 눈으로부터 고개를 돌렸다.

복덕의 불평이 한바탕 지나가자 협회에서 있었던 사
건들이 자연스럽게 화두에 올랐다. 구 팀장이 옹고집에
게 죽을 뻔했다는 강렬한 이야기에 복덕은 탄성을 지르며
1995년 동료 중 한 명이 옹고집을 생포했던 기억을 들려
주었다. 그 당시의 옹고집 개체는 강원도의 작은 어촌 마
을에서 발견되었는데, 옹고집이 목표로 삼은 건 마을의
청년회장이었다. 옹고집을 생포한 뒤 여러 단계를 거쳤으
나 당시 상황으로는 섣불리 옹고집을 죽일 수 없었고, 고

민하는 사이에 옹고집은 자연 소멸해 버렸다. 토끼의 경우는 귀순에게 토끼가 먼 곳에서 목격되었다는 이야기를 들은 적이 있다고 했다. 그때가 1976년, 두 사람이 본격적으로 괴방사라는 이름으로 활동하기 시작할 즈음이었다. 그렇게 몇 년이 흐른 뒤 토끼는 다시 한번 등장했고, 보신탕 가게에 갇혀 있는 개들을 죽이고 간을 빼앗았다.

요술 맷돌에 대한 이야기로 긴 수다가 마무리되자 어느덧 해가 지기 시작했다. 인사를 건네고 문 앞에 다다른 보늬를 복덕이 불러 세웠다. 보늬야. 보늬는 뒤를 돌아봤다.

"네 할머니가 지금 널 봤다면, 자랑스럽다고 말했을 거야."

복덕이 부드럽게 웃었다. 뻔하지만 그래서 더 위로가 되는 말이었다. 복덕이 보늬의 답을 기다리지 않고 침대에 눕기에 보늬는 조용히 병실을 나왔다.

창문 너머로 노을이 지고 있었다. 주홍빛이 창문을 타고 스며 들어와 먼지가 쌓인 복도 바닥을 물들였다. 가벼워진 두 손으로 엘리베이터를 향해 걷는데 병원에 들어왔을 때처럼 또 한 번, 불쾌한 불안감이 온몸을 휘감고 지나갔다. 보늬는 익숙하게 팔을 문지르다가 문득 떠오르는 의문에 주위를 둘러봤다. 면회객들이 썰물처럼 빠져나간 병원은 아까와는 다르게 소름이 끼칠 정도로 고요했지만 문제는 그게 아니었다. 지나치게 조용하다. 현실이 아니라 '이쪽' 세계의 관점에서 지나치게 조용하다.

보늬가 병원을 좋아하지 않는 이유는 딱 하나였다. 이곳처럼 큰 종합병원에는 떠나지 못하고 발목을 붙잡힌 귀신들이 많았다. 그들은 대개 죽기 직전까지 앓던 병으로 인해 고통에 시달렸고, 고통은 육체가 없는 그들의 혼에도 고스란히 전달되어 마치 환상통 같은 아픔에 시달리게 했다. 살아 있는 인간보다 본능에 더 충실한 귀신들은 그 고통을 참지 않고 다양한 방법으로 표출했다. 괴로운 비명을 지르거나, 울거나, 제자리를 빙빙 돌거나 벽에 몸을 부딪치는 등 이상한 행동을 보이는 귀신들도 많았다. 죽어서도 편안하지 못한 이들을 꼼짝없이 바라보아야 하는 건…… 솔직히 말해 꽤 지옥 같은 일이었다. 그건 어느 병원이나 사정이 마찬가지였기에, 여기서도 마찬가지로 고통에 울부짖거나 특이한 행동을 보이는 귀신이 한 명쯤은 보여야 했는데.

지금 복도에는 카운터 주위를 바삐 돌아다니는 간호사들과 수액걸이를 밀며 산책을 하는 환자가 한 명 있을 뿐이었고, 그들 모두 의심할 여지 없이 사람이었다. 보늬는 환자의 곁을 스쳐 지나며 엘리베이터 버튼을 눌렀다. 어쩌면 이 병원에 이쪽 일을 담당하는 사람이 따로 있을지도 모른다. 언젠가 구 팀장이 높으신 분일수록 이쪽에 더 민감하다며 투덜거렸던 기억이 났다. 큰 병원의 병원장이라면 전속 '해결사'를 고용할 재력 정도야 충분하겠지. 요즘은 적극적으로 출장을 오는 젊은 무당도 많다. 어쩌면 대귀협 쪽이 꾸준히 방문하는 것일 수도 있다. 그렇게 생각하며 보늬는 피어오르는 의문을 찍어 눌렀다. 마침 타이밍 좋게 엘리베이터 문이 열렸다.

거기에 심청이 있었다.

거대한 꽃잎처럼 펼쳐진 검붉은 머리, 한가운데에 박힌 눈알, 거대한 지느러미 같은 양팔과 물고기처럼 매끄러운 비늘이 달린 꼬리. 심청의 몸은 날카로운 칼에 베인 듯한 상처로 가득했고 벌어진 상처 틈에서는 붉은 피가 꿀럭꿀럭 흘러나왔다. 아, 보늬는 멍청하게 입을 벌렸다.

심청의 복부에 난, 가장 깊어 보이는 상처를 두 손으로 꾹 눌렀다. 길게 생각하지 않고 본능적으로 저지른 일이었다. 보늬의 노력이 무색하게도 상처를 누르는 손가락 사이로 붉은 피는 쉬지 않고 새어 나왔다.

이게 도대체 무슨 일이지? 갑자기 심청이, 그것도 물속이 아니라 웬 건물의 엘리베이터에서, 이렇게 난데없이, 상처를 입은 채로. 혼란과 공포에 점령당한 뇌가 비명을 지르는 것 같았다. 보늬는 필사적으로 상처를 지혈하며 심청이 고통으로 팔딱거리는 광경을 우두커니 지켜보기만 했다. 어떻게 해야 하지, 이럴 때 귀순이 있었다면, 귀순의 손길 한 번이면 모든 게 치유되었을 텐데. 귀순이 심청의 몸에 손을 얹는 순간 언제 그랬냐는 듯 피가 멎고 벌어진 틈으로는 새살이 차오를 것이다. 심청은 더 이상 괴로워하지 않고 흉터 하나 남지 않은 채 벌떡 몸을 일으키겠지. 하지만 아무런 능력을 갖지 못한 손으로는 뭘 할 수 있겠는가, 지금처럼 멍청하게 피가 한 방울이라도 더 흐르지 않도록 누르는 수밖에. 얼굴이 새하얗게 질린 보늬가 심청에게 기어들어 가는 목소리로 괜찮아? 하고 묻는 순간, 등 뒤에서 누군가 보늬에게 속삭였다.

'그래 봤자 아무런 도움도 되지 못할 거다.'

잊으려야 잊을 수 없는 목소리다. 너무 익숙해서 뇌 깊숙이 새겨진, 3년 동안 보늬가 그토록 애타게 그리워하던 목소리.

보늬가 뒤를 돌아봤을 때 목소리의 주인공은 이미 사라지고 없었다. 급하게 엘리베이터를 빠져나와 복도를 살피자, 낯익은 옷차림을 한 노인이 비상구 계단으로 통하는 문을 여는 뒷모습이 보였다. 매일같이 입는 얇은 양털 재킷에 통이 넓은 검은색 바지, 뒤축이 다 닳은 검은 구두. 검은 바지 주머니 밖으로 삐죽 튀어나온 열쇠고리가 보늬를 유혹하듯 흔들거렸다. 저 열쇠고리는 분명 3년 하고도 4개월 전, 보늬가 직접 귀순의 열쇠 지갑에 달아 준 거였다. 독특한 그림체로 잔혹한 그림을 그리는 작가를 우연히 발견했는데, 그 사람의 작품 중에 유독 심청을 닮은 괴물이 있어서 보늬가 직접 두 개를 주문했다. 하나는 귀순의 열쇠 지갑에, 하나는 보늬가 자주 쓰는 가방에 달았다. 그리고 4개월 후 귀순이 사라지고 1년 전 보늬의 열쇠고리가 부서지면서 오랫동안 보지 못했던 그림이었다. 마치 정말로 심청을 모티브로 삼기라도 한 것처럼, 붉은 꽃을 닮은 멋진 괴물이었는데.

보늬는 귀순의 뒤를 쫓아 비상구 계단으로 향했다. 복도를 걷는 내내 아무도 보이지 않았다. 카운터를 지키던 간호사들은 어느새 사라졌고 무거운 침묵이 사방을 점령했다. 불안하게 깜빡이던 형광등이 하나둘 꺼지고 마침내 모든 것이 어둠에 잠겼다. 보늬는 비상등에 의지해 걸음을 옮겼고 비상구 문을 열었다. 멀지 않은 아래에서 계단을 내려가는 발소리가 들렸다.

"할머니?"

보늬의 목소리가 닿지 않은 듯, 귀순의 발소리는 멈추지 않았다. 보늬는 이를 악물고 계단을 내달렸다. 심청이 죽어 가고 있다. 죽어 가는 심청을 치료할 수 있는 사람은 귀순뿐이다. 모든 걸 뒤로하고 일단은 귀순을 잡아야 했다. 왜 심청이 병원 엘리베이터 안에서 죽어 가고 있는 건지, 귀순은 그동안 어디 있었던 건지, 사람들은 다 어디로 간 건지, 그런 건 중요하지 않았다.

몇 분이 흘렀을까, 보늬는 온 힘을 다해 달렸지만 여전히 귀순을 따라잡지 못했다. 숨이 찰 정도로 전력으로 질주하는데도 불구하고 귀순과의 거리가 이상하게 좁혀지지 않았다. 닿을 듯 닿지 않는 애매한 거리에서 귀순의 백발이 언뜻 스쳐 지나가며 보늬를 약 올렸다. 결국 멈춰 선 보늬는 난간을 붙들고 숨을 몰아쉬었다. 구역질이 나려 했다.

보늬는 문득 귀순의 발소리가 더 이상 들리지 않는다는 걸 깨달았다. 대신 다른 소리가 들렸다. 보늬는 조심스레 계단을 내려갔고, 괴상한 광경을 목격한 후 다시 걸음을 멈추었다.

귀순이 일정한 속도로 벽에 머리를 부딪치고 있었다. 흰 벽에는 귀순의 이마에서 흘러나온 피가 흥건하게 묻었다. 보늬는 비명을 질렀다. 할머니! 달려가 붙잡은 귀순의 손목은 소름이 끼칠 정도로 차가웠다. 귀순이 마침내 보늬를 향해 고개를 돌렸다. 눈동자가 보이지 않는 새하얀 두 눈.

"……할머니!"

쾅! 귀순이 다시 한번 벽에 머리를 세게 부딪쳤고, 피가 튀었다. 귀순은 바닥으로 떨어지는 낙엽처럼 힘없이 쓰러져 나뒹굴었다. 혼란과 눈물로 범벅이 된 보늬의 얼굴을 향해 귀순이 손을 뻗었다. 그리고, 뺨 대신 보늬의 목을 쥐었다.

'지키겠다고 했잖니.'

엘리베이터 안에서 펄떡대던 심청처럼, 귀순의 몸이 괴상하게 뒤틀렸다. 거무죽죽한 피를 뱉은 입술로 귀순은 또 보늬를 질책했다.

'분명 네가 지키겠다고 했는데, 어째서…….'

놀라울 정도로 강한 힘이 보늬의 목을 졸랐다. 숨이 막히고 머리가 핑핑 돌고 눈물 때문에 시야가 흐렸다. 할머니, 불렀지만 목소리가 나오지 않았다. 두서없는 변명이 목구멍 안에서 꿈틀거렸다. 지키려고 했어. 지키려고 했는데 그럴 수가 없었어. 할머니도 알잖아. 나는 손이 없잖아. 알면서 왜 그래, 다 알면서 왜 이제 와서 이래. 나는 할 수 없어. 나는 못한다고. 나는 할머니랑 달라. 나는 할머니 같은 사람이 될 수 없어. 나는 할머니의…… 영원한 수치.

거기까지 생각이 미친 순간, 보늬는 깨어났다. 어둠과 피와 목을 조르던 어마어마한 힘이 한순간에 사라졌다. 아무도 없는 비상구 계단에는 창문을 통해 변함없는 햇빛이 비치고 있었고, 보늬는 계단 바로 앞에서 바닥을 짚고 보이지 않는 누군가와 싸우고 있었다.

방금 그게 뭐였지?

정신을 차리고 생각을 정리하기도 전에 누군가의 울음소리가 들려와 보늬는 멍하니 고개를 들었다. 복도로 나가는 문 쪽 구석에 웬 아이가 주저앉아 큰 소리로 울고 있었다. 머리를 양 갈래로 묶은 소녀는 환자복을 입고 손에는 곰 인형을 쥐었다. 보늬는 본능적으로 느꼈다.

살아 있는 아이가 아니다.

귀신이 아예 없는 병원은 아니네. 그런 기묘한 안도를 느끼며 보늬는 본능적으로 소녀에게 손을 내밀었다. 아이는 망설이지 않고 보늬의 손을 잡더니, 곧 보늬의 품에 안겨 얼굴을 묻었다. 공포에 질린 듯 온몸이 부들부들 떨렸다. 조금 전 끔찍한 환상에 시달렸던 보늬처럼.

상처 입은 심청과 보늬를 비난하는 귀순, 어둠 그리고 피. 보늬는 아이 귀신의 등을 토닥이면서도 끊임없이 자신에게 물었다. 도대체 무엇이었나, 그건.

한동안 보늬의 품에 안겨 있던 아이 귀신은 겨우 안정을 되찾았다. 보늬가 아무리 물어도 그 어떤 질문에도 대답을 해 주지 않았다. 결국 포기한 보늬가 인사를 건네고 복도로 나갈 때까지, 아이는 무언가를 두려워하는 기색을 품고 사방을 초조하게 바라볼 뿐이었다.

"하이고, 발톱이 진짜 기네."

최 팀장은 창고 문 안쪽에 남은 자국을 주의 깊게 살피며 혀를 찼다. 창고 안에 여태 남아 있는 스산한 기운을 감지하고 몸을 부르르 떨던 그는 바람막이의 지퍼를 목 끝까지 채워 올렸다. 깔끔한 로고가 박힌 바람막이는 언뜻 보기에도 아주 오래된 옷이었다. 소매 끝은 해졌고 군데군데 정체를 알 수 없는 붉은 얼룩이 희미하게 남아 있었다. 창고 구석을 굴러다니는 먼지 덩이를 발로 헤집던 구 팀장은 문에 남은 자국을 골똘히 들여다보고 있는 최 팀장을 향해 툭 내뱉었다.

"발톱이 아니고 손톱일걸요."

맞나? 고개를 갸웃거리던 최 팀장이 손바닥을 펼쳐 손톱 자국을 덮었다. 눈을 감은 그는 입술을 모으고 휘파람을 불었다. 안 그래도 싸늘한 창고 안은 최 팀장의 입에서 흘러나오는 우울한 멜로디 덕분에 더욱 차갑게 식어 갔다.

영원 같은 몇 분이 흐르고, 최 팀장의 휘파람이 드디어 끊겼다. 상체를 일으킨 그는 허리를 두드리며 창고 내부에 남은 다른 자국을 찾아 바삐 움직였다.

"아직 멀었어요?"

"기다려 봐라, 반도 못 채웠다."

최 팀장은 좁은 창고 내부를 빙빙 돌며 부지런히 괴물의 흔적을 찾았다. 선명하게 남은 흔적 위에 손바닥을 덮고 눈을 감았다. '채울' 때는 당연히, 조금 전 창고 안을 점령했던 불길한 멜로디의 휘파람과 함께였다.

"그런 거 하니까 자꾸 무당으로 오해받는 거 아닙니까."

"이래야 더 잘 채워진다니까…… 그리고 오해받으면 뭐 어쩔 낀데. 그쪽이나 우리나 거서 거긴데. 하여튼 젊은 애들은 자꾸 편을 갈라서 문제다. 옛날엔 다 서로 도우면

238

서……."

"알겠습니다. 그만하고 계속하세요."

눈을 부라린 최 팀장은 다시 하던 일에 집중했다. 졸지에 '젊은 애'가 되어 버린 구 팀장은 얌전히 최 팀장의 '수집'이 끝나기를 기다렸다.

최 팀장은 사단법인 한국괴물관리협회 경상도 지부 파견팀의 팀장이다. 그는 미디어에서 흔하게 그리는, '가끔은 다정하고 가끔은 단호한 이상적인 어머니'에서 한 치도 어긋나지 않는 이미지를 가졌다. 실제로 얼마 전 외동딸을 대학에 보낸 그는 길거리에서 흔히 마주치는, 특별할 것도 대단할 것도 없는 평범한 중년 여성이었다. 물론 어디까지나 지금 이러고 있는 모습을 보지 못한 사람들이 느끼는 감상이었지만.

짧은 파마머리에 복슬복슬한 컬이 잘 유지되도록 크림을 잔뜩 바르고, 낡은 바람막이를 걸친 채로 문에 남은 흔적을 지독하게 살피는 최 팀장에게는 사람을 흠칫하게 하는, 길을 걷다가도 뒤돌아보게 만드는 기묘한 분위기가 있었다. 그를 따라다니는 괴상한 멜로디의 휘파람 때문에 더 그런 걸지도 몰랐다. 회색빛 바람막이에 남은 수많은 얼룩, 빗물과 핏물이 섞여 추적추적하게 쌓인 그 역사를 아는 사람이라면 최 팀장을 그저 평범한 중년 여성이라고 평가할 수 없었다. 최 팀장이 뱉는 문장마다 깊숙이 배어 있는 구수한 경상도 사투리도 더 이상 푸근하게 들리지 않게 되는 것이다.

구 팀장은 무의식적으로 최 팀장의 등에 묻은 얼룩을 훑었다. 저 중에서 가장 큰 얼룩, 검붉은색이 진하게 남은 얼룩에는 최 팀장뿐만 아니라 구 팀장의 역사 또한 스며들어 있다. 제주도에서 몇 날 며칠을 뛰어다녔는지…… 생각하니까 또 무릎이 쑤시는군. 때마침 최 팀장의 휘파람이 멈췄다. 그는 갑자기 허리를 숙여 땅을 살피는가 싶더니, 바람막이에 양손을 찔러 넣고 몸을 일으켰다.

"가자, 이제."

"다 됐어요?"

"어어, 충분하다."

"나중에 딴소리하시면 안 됩니다. 저 여기 또 오기 싫거든요."

"하여간 까탈스럽기는."

구 팀장은 최 팀장과 함께 창고를 나왔다. 둘은 어둠이 옅게 깔린 산속을 부지런히 헤쳐 내려갔다.

최 팀장의 능력은 탐지였다. 그는 손을 이용해 괴물의

존재를 느꼈으며, 특정 괴물의 위치를 파악할 수도 있었다. 그러기 위해서는 먼저 특정 괴물이 남긴 흔적을 수집해 괴물의 기운을 흡수하는 과정이 필요했다. 흔적으로는 발자국, 손톱 자국, 발톱 자국, 털, 피나 오물, 무엇이든 괜찮았다. 괴물이 오래 머무른 장소일수록 그 기운이 깊게 배어 있는 법이라, 여우 누이가 갇혀 있던 창고는 난이도가 매우 낮은 축에 속했다.

충분한 기운을 흡수하면 본격적인 탐지가 가능해진다. 탐지를 전문으로 하는 괴물 전문가는 소수였지만 그들 사이에서도 구체적인 위치를 파악하는 방법은 제각기 달랐다. 그중에서도 최 팀장은 아주 아날로그적인 방법을 사용했다. 그의 바지 뒷주머니에 항상 들어 있는, 꼬깃꼬깃 접힌 전국 지도를 사용하는 것이다.

구 팀장이 운전을 하는 동안 최 팀장은 지도를 꺼내 펼쳤다. 얼마나 오래되었는지 색이 누렇게 바랜, 행정구역과 지명이 표기된 전국 지도였다. 흐음, 심각한 표정으로 지도 위에 손을 올린 최 팀장을 향해 구 팀장이 투덜거렸다.

"진짜 촌스러운 거 아시죠?"

최 팀장이 고개를 돌려 구 팀장을 빤히 바라보았다. 내보고 하는 소리가 지금, 대충 그런 의미를 담은 얼굴이었다.

"진지하게, 요즘도 그런 거 쓰면 무시당한다니까요. 스마트폰 있잖아요. 네이버 지도, 구글 지도. 그런 것 좀 이용하시라고요. 로드뷰라도 보시든가."

"휴대폰 켜 놓고 그 위에 손 올리고 있으라고? 그게 더 촌스럽다. 되는지도 모르겠고."

구 팀장은 절레절레 고개를 저었다. 손으로 지도를 쓸어내리던 최 팀장이 말을 이었다.

"서울에 있네, 서울."

"그건 저희도 압니다. 애초에 사망자가 나온 게 서울이었는걸요."

"여서 서울까지…… 여우가 혼자 먼 길 갔네."

"금줄 끊은 놈이 서울에 데려다 놓은 걸 수도요. 잘은 모르겠지만."

생각에 잠긴 최 팀장이 바람막이 주머니에 꽂은 손을 부스럭거렸다.

"아직도 서울 일까지 커버 치고, 본사 애들이 고생이 많다."

"서울이 워낙 인원이 적으니까 어쩔 수 없죠, 뭐."

"부회장님은?"

"여전히 전화 안 받아요. 그래도 살아는 있습니다. 살

242

아 있으면 점 하나라도 찍어서 보내 달라고 했더니, 진짜 점 하나 보내더라고요. 차기 회장께서 어쩜 그리 태평하신지…… 그래도 이사회 전에는 오시겠죠, 이제 더 이상 미룰 수도 없으니까."

최 팀장이 지도를 훑다 말고 깔깔댔다. 구 팀장은 여전히 부루퉁했다. 부회장인 규진은 8개월 하고도 13일 전에 해외 출장을 떠났다. 귀순이 사라진 후, 그를 기다리며 한동안 회장 업무를 도맡아 하더니 어느 날 벼락같이 한국을 떠났고 지금까지 돌아오지 않는 중이었다. 아주 가끔 믿음직스럽고 아주 자주 화를 불러일으키는 상사, 규진에 대한 구 팀장의 감정은 체념에 가까웠다. 한때는 경탄을 불러일으켰던 규진의 손, 기운이 깃든 상대의 손을 알아보고 그 능력을 잠시 복사할 수 있는 손조차도 더 이상 구팀장의 관심을 끌지는 못했다.

"난이는 별말 없더나?"

"서 팀장요? 보안실 바빠서 더는 못 도와준다고, 알아서 하라던데요."

"가면 《월야괴담》부터 좀 뒤져 봐야겠는데."

"읽었는데 딱히 도움 되는 건 없더라고요. 여우 누이랑 싸울 때 무슨 호리병 같은 걸 던져서 도망갔다는데, 하도

옛날이니까 그게 뭔지 알 길도 없고…….”

전국 지도를 다시 주머니에 쑤셔 넣은 최 팀장이 또 다른 지도를 꺼냈다. 이번엔 서울 지도였다. 위아래를 가르는 거대한 강줄기와 25개로 나뉜 구역. 투박하고 거친 손가락이 그 위를 샅샅이 훑었다. 그리고 또 휘파람. 구 팀장은 가만히 입을 다물었다. 이럴 때는 굳이 건드리지 않는 게 좋았다.

시간이 얼마나 흘렀을까, 최 팀장이 눈을 번쩍 떴다. 그의 손가락이 빠르고 정확하게 한 치의 망설임도 없이 25개 구역 중 하나를, 거기서도 더 자세한 위치를 짚었다.

“조심해야 해요. 그 여우는…… 그 여우는 우리랑 달라요.”

누군가 여우 누이를 풀어 주었다는 구 팀장의 이야기를 듣고 한동안 침묵에 빠져 있던 첫째 구미호가 마침내 내놓은 답은 그랬다. 오랜만에 인간으로 둔갑한 그의 얼굴, 늘 침착함을 유지하며 쉽게 동요하는 법이 없던 그의 얼굴에는 명백한 두려움이 서려 있었다.

“그 여우를 겪어 본 적이 있어요. 그 여우는…… 가장 고통스럽고 괴로운 방식으로 상대를 괴롭힙니다. 상대가 극한의 공포에 시달리게 만들고, 마침내 죽음에 이르면 간을 빼 먹어요."

"극한의 공포에 시달리게 한다…… 그게 어떻게 가능한가요?"

"일종의 환상이에요. 영원히 끝나지 않을 것 같은…… 무시무시한 환상."

환상, 공포에 질린 얼굴, 심장마비, 복부의 상처, 사라진 간. 화이트보드 앞에 선 구 팀장이 한숨을 내쉬었다.

그는 화이트보드에 붙여 놓은 지도 위에 붉은 마커로 특정 구역을 표시했다. 최 팀장이 짚어 준 곳이었다. 최 팀장 덕분에 현재 여우 누이가 있는 곳을 특정 동까지는 좁혔으니, 그다음은 자신과 팀원들의 몫이었다. 오랜만에 본사를 찾은 최 팀장은 지금쯤 보안실에서 서 팀장과 신나게 회포를 풀고 있을 터였다. 몇 년 만에 보는 괴물들에게 인사도 하고 아주 신이 나셨겠지, 내가 이렇게 고생하고 있는 줄도 모르고! 구 팀장은 붉게 표시된 구역에 속해 있는 건물들을 하나하나 훑었다. 초등학교, 중학교, 고등학교, 아파트, 경찰서, 주민센터와 공원, 운동장, 각종 빌딩과 병원…….

구 팀장의 지시로 뉴스 기사를 뒤지던 효령이 다가와 고개를 저었다. 최 팀장이 짚어 준 동을 배경으로 하는 기사는 지난 몇 달 동안 하나도 없었다. 평화롭고 조용한 동네다. 앞으로도 아무 일이 생기지 않았으면 좋으련만. 구 팀장은 지도 곳곳에 올려 둔 자석의 위치를 살폈다. 윤 경위가 알려 준 돌연사 사고가 발생한 지점들이었다. 여우 누이는 한곳에 머무르지 않고 자주 이동했으며 같은 동네에서 살인을 두 번 저지르지도 않았다. 이번에 잡지 못하면 또 살인을 저지른 뒤 다른 곳으로 이동하겠지. 최 팀장을 통해 꾸준히 위치를 파악할 순 있겠지만 그러면 여우 누이한테 끌려다니는 꼴밖에 되지 않을 터였다. 신중한 눈으로 지도를 바라보는 효령에게 구 팀장이 말을 걸었다.

"일단 윤 경위한테 이 동네를 중심으로 뭔가 터진 게 없는지 살펴봐 달라고 했으니까 소식이 생기면 바로 알 수 있을 거야. 내일부터는 최 팀장까지 해서 셋이서 한번 동네를 순찰해 보…… 보늬 씨 거기서 뭐 해?"

어느새 다가와 화이트보드 앞에 찰싹 달라붙어 있는 보늬를 향해 구 팀장이 꽥 소리를 질렀다. 그의 역정에는 면역이 된 듯, 보늬는 아랑곳하지 않고 붉은 마커가 칠해진 구역을 꼼꼼히 살폈다. 보늬를 발견하자마자 효령이 얼굴을 구겼다. 이 사람은 대체 왜 아직 여기 있는 걸까? 그렇

246

게 묻고 싶은 것 같았다.

"여우 누이?"

등 뒤에서 불쑥 튀어나온 목소리에 구 팀장은 억, 소리를 내며 또다시 가슴을 부여잡았다. 이거 분명 어디서 본 것 같은 장면인데, 생각하며 이번에도 멀뚱히 눈을 뜨고 있는 지운을 향해 소리쳤다. 지운 씨, 소리 좀 내고 다니라니까! 지운 역시 굴하지 않고 보늬의 시선을 따라 화이트보드를 훑더니, 보늬의 의문을 대신 전하기라도 하는 것처럼 끊임없이 물었다.

"전래 동화 괴물인가요?"

"그래."

"돌연사 사건과 관련이 있는 겁니까?"

"그래."

"여기 이 구역 안에 있는 걸로 추정되는 거고요?"

"그래."

"죽기 전에 극한의 공포에 시달린다?"

"그렇다니까…… 이제 좀,"

그만하고 저리 가는게 어떻겠냐고 문장을 완성하기도 전에, 보늬가 선수를 쳤다.

"여우 누이가 어디 있는지 알 수 있을지도 모릅니다."

"……보늬 씨가요?"

효령이 헛웃음을 지었다. 그러거나 말거나 보늬는 굴하지 않고 고개를 끄덕였다.

"아무래도…… 제가 여우 누이를 만났던 것 같아요."

얼빠진 얼굴로 고개를 갸웃대는 구 팀장의 뒤에서, 지운이 결연한 표정으로 후드를 뒤집어썼다.

밤과 어둠, 그리고 병원의 조합은 공포 영화에나 등장할 법한 배경 그 자체였다. 보늬와 지운, 구 팀장과 효령, 한밤중의 병원에 도착한 그들은 어둠이 짙게 깔린 병원 복도를 바라보며 제각기 다른 생각을 했다. 물론 효령은 어떤 생각을 하는지 투명하게 드러나는 얼굴을 하고 오들오들 떨고 있었지만 말이다. 선천적인 싸움꾼으로 태어난 사람이 귀신을 무서워하다니, 사람은 정말 입체적이야. 이 병원에는 귀신이 거의 없으니 걱정하지 말라고 해야 하나. 옹고집 사건을 통해 효령이 무엇을 두려워하는지 알고 있는 보늬는 잠시 고민했으나, 귀신의 귀 자만 꺼내도 효령이 기절할 것 같아 그만두기로 했다. 그리고 무엇보다, 겁에 질려 사방을 흘긋대는 와중에도 보늬를 노려보는 효령의 표정이 심상치 않았다.

병원으로 오는 내내 효령은 구 팀장에게 끊임없이 '왜' 보늬와 함께 가야 하는 건지를 돌려 물었다. 위험할지도 모르는 파견에 쓸모없는 인력이 추가되어 봤자 문제가 생길 확률만 높아진다는 결론이었는데, 구 팀장은 끝끝내 확실한 답을 주지 않고 운전에 집중하는 척했다. 무슨 반응이라도 보여 봐, 보늬는 그런 심정으로 옆자리의 지운을 돌아보았지만 지운은 창문에 머리를 기댄 채 말이 없었다. 꾸벅대는 걸 보니 조는 모양이어서, 보늬는 포기한 채로 의자에 등을 깊숙이 기대고 목적지에 도착하기 전까지 침묵을 유지했다.

구 팀장의 이야기를 들은 복덕이 퇴원하자마자 병원장과 접촉해 준 덕분에, 네 사람은 한밤중의 병원을 마음껏 돌아다닐 수 있었다. 복덕이란 배경이 모든 걸 해결할 수 있는 어마어마한 힘을 갖고 있는 건 맞지만 괜히 소동을 벌여 불필요한 주목을 받는 건 딱 질색이었다. 여우 누이를 발견해도 절대, 섣불리 혼자 덤빌 생각은 하지 말라고 구 팀장은 모두에게 신신당부했다. 그건 병원에 있는 환자들과 직원들을 위한 일이기도 했다. 네 사람은 최대한 조용히 발소리를 죽이고 걸었고 본관 1층에서 헤어져 병원 곳곳으로 흩어졌다.

본관 15층, 보늬는 병실 복도를 조심스레 걸어갔다. 휴게실에서 TV를 켜 놓고 잠든 사람, 카운터를 지키는 간호사와 느릿하게 복도를 산책하는 환자. 수상해 보이는 사람은 없었고 사방이 민망할 정도로 고요했다. 본관 16층, 본관 17층, 본관 18층…… 비상구를 이용해 한 층 한 층을 오르며 신중하게 살폈으나, 모두 마찬가지였다. 본관 20층. 수상한 것이라고는 코빼기도 보이지 않는다. 보늬는 한숨과 함께 20층의 비상구 계단 문을 열었다. 내려가면서 다시 한번 한 층씩 살펴볼 셈이었다.

눈앞에 펼쳐진 계단에 심청이 있었다.

본관 7층, 마찬가지로 아무도 없는 복도를 걷던 구 팀장은 휴게실을 지나치다 말고 걸음을 멈추고, 휴게실 안을 들여다보았다. 아무도 없는 휴게실 안, 홀로 작동하는 TV 화면에 익숙한 얼굴이 보였다. 섬뜩할 정도로 익숙한 얼굴. 익숙한 얼굴이 피를 뱉으며 구 팀장의 이름을 불렀다. 석주야. 오래도록 불린 적 없는 이름에 구 팀장의 얼굴이 서서히 하얗게 질렸다.

본관 1층, 방사선 검사실 앞을 지나던 효령은 목 끝까지 차오른 비명을 삼켰다. 아무도 없는 홀에서 시작된 발소리가 효령의 뒤를 따라오듯, 타닥타닥 소리를 내며 이어졌다. 효령은 가쁜 숨을 몰아쉬었다. 목덜미에서 느껴지는 숨결. 효령의 등 뒤에…… 분명히.

별관 8층 휴게실 안, 1층부터 8층까지 모두 훑어본 지운은 휴대폰으로 다른 세 명에게 메시지를 보냈다. 별관은 모두 확인했으니 약속한 대로 본관 1층으로 돌아가겠다는 메시지였다. 소파에 몸을 기대고 앉아 답이 오기를 기다리며 하품을 했다. 몇 분이 흘러도 답장은 오지 않았다. 수시로 휴대폰을 확인하기로 약속해 놓고, 이 사람들 다 뭐 하고 있는 거야? 일단 휴게실을 떠나 엘리베이터를 탔다. 1층에서 내려 본관으로 이어지는 통로의 문을 열었다. 양옆에 유리 벽이 달려 밖을 내다볼 수 있는 긴 통로가 나타났다. 별관 쪽으로 통하는 문을 닫는데, 갑자기 누군가 지운을 불렀다.

'정지운.'

지운은 걸음을 내딛다 말고 고개를 돌렸다. 문 너머에서, 또 한 번.

'정지운!'

지운은 문을 다시 열고 틈으로 머리를 내밀었다. 아무도 없는 홀을 향해, 그럴 리 없다는 걸 알면서도 답해 보았다.

"······엄마?"

'정지운!'

상대는 대답하듯 한층 더 큰 소리로 지운을 불렀다.

지운은 어둠을 바라보며 얼굴을 잠시 찌푸리고는, 망설임 없이 문을 닫았다. 그리고 본관을 향해 걷기 시작했다.

이건 진짜가 아니야.

보늬는 스스로를 향해 쉴 새 없이 중얼거리며 비상구 계단을 내달렸다. 귀순의 백발이 저 아래에서 희끗하게 스쳐 지나가고, 등 뒤에서는 심청의 괴로운 비명이 계단을 타고 보늬의 가슴을 조이듯 점점 가까이 다가왔다.

이건 진짜가 아니다. 여우 누이가 내게 보여 주는 환영일 뿐이다. 영원히 끝나지 않을 것 같은 무시무시한 환상. 그렇지만 세상에 끝이 없는 것이란 존재하지 않는 법이다. 실제로 보늬는 이 끔찍한 환상의 끝을 맞이한 적이 있지 않은가. 끝은 분명히 있다. 그러니 보늬가 할 수 있는 건, 끝을 맞이하기 위해 한없이 이어질 것 같은 비상구 계단을 무서운 속도로 내려가는 것뿐.

마침내 1층에 도착했다. 귀순은 그때처럼 일정한 속도로 벽에 머리를 부딪치고 있었다. 곧 귀순의 피로 벽이 홍

건하게 물들고 귀순은 눈동자가 없는 새하얀 눈으로 보늬를 질책할 것이다. 보늬는 숨을 죽이고 귀순을 바라보았다. 심장이 목구멍 밖으로 튀어나오기라도 할 것처럼 울렁거렸다. 구역질이 나고 식은땀이 비 오듯 흘렀다. 할머니, 부르고 싶었지만 불러선 안 된다. 보늬는 귀순의 곁을 지나쳤고, 눈을 질끈 감은 채로 밖으로 나가는 문을 열었다. 제발 문 너머에 희미한 빛이 존재하기를 간절히 바랐다.

문 너머에는 지운이 있었다.

"여기 계셨네요."

비상구 문 옆에 등을 기대고 있던 지운이 몸을 일으켰다. 혼자 기다리고 있었습니다. 정중한 말투였지만 표정은 그렇지 않았다. 왜 이렇게 늦었냐는 불만을 온몸으로 드러내는 것이다. 보늬는 그제야 정신을 차리고 휴대폰을 확인했다. 식은땀으로 흠뻑 젖은 등이 차가운 공기에 빠르게 식으면서 오소소 소름이 돋아났다. 지운이 보낸 메시지가 45분 전에 도착했지만 아무도 답을 하지 않은 상태였다.

"무슨 일 있었습니까?"

지운이 물었지만 보늬는 대답하지 않았다. 은은한 조명이 깔린 본관 1층 홀에는 사람이 아무도 없었다. 여기서 한 시간 가까이 혼자 팀원들을 기다리다니, 지운의 배짱도 정말 대단했다. 세차게 뛰던 심장이 천천히 본래의 속도를 되찾았다.

그 뒤로도 지운과 보늬는 30분이 넘도록 나머지 두 사람을 기다렸다. 결국 참다못한 보늬가 찾으러 가야겠다고 자리를 박차고 일어설 즈음에야, 구 팀장이 휘청이며 본관 1층으로 돌아왔다.

평소와 다르게 헝클어진 머리를 애써 쓸어 넘기는 구 팀장의 얼굴은 하얗게 질린 채였다. 보늬는 안경을 고쳐 쓰는 그의 손가락이 희미하게 떨리고 있는 걸 놓치지 않았다. 자신만 겪은 게 아니었다. 구 팀장 역시 그를 극한의 공포에 몰아넣은 환영과 마주친 것이다. 그렇다면 효령은?

보늬는 가만히 있을 수 없었다. 효령이 맡은 곳은 본관 1층부터 5층. 옹고집의 공격을 받은 걸로도 놀라 기절하는 효령이라면, 귀신들이 득시글거리는 환영을 보았을 때 제정신으로 견디지 못할 것이다. 어쩌면……. 보늬는 최악의 상상을 하지 않기 위해 고개를 저었다. 효령이 그렇게 쉽게 죽을 리 없다. 분명 건물 어딘가에서 귀신들에게 쫓겨 헤매고 있을 것이다. 죽지 않기 위해 최선을 다해 버티고 또 버티면서.

세 사람은 본관 1층을 뒤지기 시작했다. 보늬의 제안을 군말하지 않고 따르는 것으로 보아 구 팀장도 보늬가 환영을 겪었음을 눈치챈 듯했다. 깨달을 수밖에 없는 일이다. 환영을 겪은 이들의 얼굴에 새겨진, 절대 감출 수 없는 두려움과 공포의 흔적. 구 팀장과 보늬는 본능처럼 서로가 같은 공포에 시달렸음을 알았고 효령에게 무슨 일이 벌어지고 있는지도 알았다. 딱 한 사람, 지운만이 의문이 가득한 얼굴을 하고도 굳이 묻지 않고 보늬의 뒤를 따라오는 중이었다. 그는 환영을 겪지 않은 모양이었다.

왜지? 빠르게 1층 곳곳을 살피는 와중에도 보늬는 속으로 끊임없이 물었다. 왜 지운은 환영을 겪지 않았을까? 해답은 아마도 여우 누이가 환영을 거는 방식에 있을 것이다. 지운은 네 사람 중 유일하게 별관을 조사한 사람이었으므로, 여우 누이의 주술에는 거리라는 조건이 붙는 걸지도 몰랐다. 그렇다면 또 하나의 의문은······. 보늬는 기억을 되짚었다. 자세히 들여다보진 못했지만, 15층부터 20층까지를 살피는 동안 보늬처럼 끔찍한 환영에 시달리는 듯한 사람은 발견하지 못했다. 병원은 문제없이 평화로웠고 거기에 해가 되는 존재는 갑자기 나타난 보늬뿐이었다. 모든 게 제자리에서 굴러가고 있는 병원, 본관에 있어서 환영을 겪은 보늬와 구 팀장. 당연하지만, 여우 누이는 사람을 지정해 주술을 걸 수 있다. 당연하지 않은 건……. 보늬는 입술을 깨물었다. 여우 누이는 그들의 존재를 알고 있다. 보늬, 지운, 구 팀장, 효령. 네 사람이 자신을 쫓고 있다는 것을 본능적으로 감지하고 그들에게만 주술을 건 것이다. 공격, 혹은 경고? 의도가 어찌 되었든 여우 누이가 위험한 존재라는 사실은 변하지 않았다.

다행히 효령은 외래 약국 근처의 대기 의자 위에서 발견되었다. 그는 보늬와 구 팀장처럼 식은땀으로 온몸이 젖어 있었고, 자신을 부르는 목소리를 듣고 곧 깨어났다.

"효령 씨도 봤지?"

구 팀장이 낮게 가라앉은 목소리로 물었다. 효령이 겨우 고개를 끄덕였다.

"……보늬 씨도?"

"네."

"대체 뭘 말씀하시는 건가요?"

지운이 어리둥절한 얼굴로 끼어들었다. 후드 아래에서 깜빡이는 커다란 두 눈을 잠시 바라보던 구 팀장이 대답을 하려는 순간, 자지러지는 비명이 들렸다.

256

비명의 주인공은 간호사였다. 정문으로 이어지는 홀에서 주저앉아 비명을 지르는 그의 앞에 누군가 누워 있었다. 잠에 들기라도 한 것처럼 가지런한 자세로 누워 있는 여자. 달려가던 보늬는 비명을 지르는 간호사와 마찬가지로, 비틀거리며 그 자리에 주저앉았다. 목구멍에 무언가 턱 하고 걸리기라도 한 것처럼 숨이 쉬어지지 않았다.

공포로 새파랗게 질린 얼굴. 찢어진 복부. 흐르는 피. 그리고 비명. 여자는 죽어 있었다.

"말했잖아요. 그 여우는…… 그 여우는 우리랑 다르다고요. 사람을 죽여요. 이유는 없어요. 그냥 죽이기 위해 존재하는 괴물인 거죠."

"여우 누이에게 희생자를 고르는 기준이나 조건이 있지는 않나요?"

"예를 들어?"

"어떤…… 글쎄요, 음…… 외모나 성격에서 공통점이 있다거나, 우리가 모르는 어떤 죄를 지은 사람들이라거나……."

"전혀요. 희생자들에게 죄가 있다면, 그저 불운한 죄였을 텐데요."

사건은 단순 돌연사로 마무리되었다. 윤 경위뿐만 아니라 복덕과 연줄이 닿아 있는 경찰들이 힘을 써 준 덕분이었다. 복덕이라는 든든한 배경이 있다는 게 이토록 다행인 적이 없었다.

우리 잘못이 아니야, 구 팀장은 분명 그렇게 말했으나 보늬는 구 팀장이 그들을 위로하기 위해 거짓말을 하고 있다는 걸 알았다. 우리 잘못이 아니야. 보늬 씨 말대로 여우 누이는 우리의 존재를 느끼고 있었어. 그래서 우리 앞에서 사람을 죽이려 한 거야. 우리를 환영에 몰아넣고, 우리가 정신없는 틈을 타 희생자를 노렸겠지, 보란 듯이. 우리가 덤벼도 막지 못했을지도 몰라. 아니, 생각해 봐. 여우 누이는 얼마든지 우리를 죽일 수도 있었어. 모르겠어? 살려 둔 거야. 일부러 살려 둔 거라고. 우리를 대놓고 가지고 논 거지. 그러니까 너무 죄책감 가질 필요 없어. 그렇게 말하는 구 팀장의 두 눈은 잠을 충분히 자지 못했는지 붉게 충혈되어 있었다. 그는 어떤 환영에 시달렸을까, 보늬는 문득 궁금해졌다. 고민이라고는 없어 보이는, 불평과 짜증을 온몸에 갑옷처럼 두르고 지내는, 우리 편일 때는 좋지만 남의 편일 때는 짜증 나는 상사. 그를 극한의 공포에 시달리게 만든 건 과연 무엇이었을까.

장례식장에 울려 퍼지는 통곡 소리는 아무리 들어도 적
응되지 않는 것이었다. 검은 정장을 차려입은 보늬와 지
운은 상주를 향해 허리를 숙였다. 죽은 피해자의 직장 동
료라는 내용을 대충 둘러대고 자리에 앉아 수육을 썹었
다. 어금니로 고기를 질겅거려도 아무런 맛을 느낄 수가
없었다. 상복을 입은 여자가 다가와 보늬와 지운의 테이
블에 음식을 내려놓고 사라졌다. 언뜻 바라본 그는 죽은
피해자와 놀라울 정도로 닮은 얼굴이었다. 선명하게 남은
눈물 자국에 보늬는 서둘러 시선을 돌렸다.

죽음은 떠난 사람이 아니라 남은 사람이 견뎌야 하는
몫이었기에 고통스러웠다. 어쩌면 진짜 죽음을 겪는 건
죽은 사람이 아니라 산 사람들일지도 몰랐다. 상복을 입
은 여자가 벽에 몸을 기대고 주저앉자 사람들이 하나둘
다가가 그를 위로했다.

내가 그 자리에 있지 않았다면, 다른 사람이 있었다면
달랐을까? 보늬는 솟구치는 질문을 어금니로 강하게 썹
었다. 조각난 물음이 고기와 함께 목구멍을 타고 넘어갔
다. 자신을 괴롭히는 질문을 꿀꺽 삼켜 버렸지만 씁쓸한
뒷맛이 남았다. 옆자리의 지운은 보늬의 마음을 아는지
모르는지, 묵묵히 시래깃국을 삼키고 있었다.

아이고, 아이고. 사람들이 모인 자리에서 또 한 번의 통곡이 터졌다. 유일한 혈육이었던 언니를 잃고 홀로 남은 동생은 결국 울음을 터트리고 말았다. 나 혼자서 대체 어떡하라고……. 눈물로 젖은 원망을 가만히 듣던 보늬는 결국 젓가락을 내려놓고 일어섰다. 지운이 후다닥 보늬를 따라왔다.

찢어진 복부에서 흐르던 피. 여우 누이에게 인간을 죽이는 이유나 조건 따위는 존재하지 않는다. 단지 본능에서 기인한 행동 때문에 누군가가 죽었고, 또 누군가는 영원한 고통 속에 남았다. 여우 누이를 소멸시키지 않는다면 이 굴레는 영원히 이어질 것이다. 그렇지만 또다시, 보늬는 고뇌했다.

괴상하고 끔찍한 것은 일반 사람들이 지닌 미적 기준을 전혀 충족하지 못한다. 괴상하고 끔찍한 것이 아름답다고 느끼는 건 보늬뿐이다. 괴상하고 끔찍한 것은 가끔 사람을 괴롭히고, 다치게 하고, 또 죽인다. 괴상하고 끔찍하고 사람을 죽이는 여우 누이. 사람을 죽이는 것이 여우 누이의 변할 수 없는 본질이라면, 그 본질의 옳고 그름을 판단하는 건 누구인가. 나에게 그럴 자격이 있나? 나에게 여우 누이를 죽일 자격이 있나, 그 전에, 내게 여우 누이를 죽일 힘이 있기나 한가? 민폐만 끼치다가 돌아오지 않으면 다행이겠지. 내가 아니라 다른 사람이 있었다면 막을 수 있었을지도 모른다. 내가 아니라 다른 사람이 있었다면.

협회로 돌아오자마자 보늬는 회장실에 틀어박혔다. 새로 산 건지, 못 보던 하와이안 셔츠를 걸친 무두괴가 보늬의 눈치를 살피며 커피를 끓여 왔다. 보늬는 머그잔을 붙들고 온 힘을 다해 커피 향을 들이켰다. 그렇게 하지 않으면 당장이라도 무슨 일이 벌어질 것만 같았다.

노크 소리와 함께 문이 벌컥 열렸다. 세심하지 못한 침입은 지운의 짓이 분명했다. 아니나 다를까, 그가 문틈으로 고개를 쑥 내밀었다.

"들어가도 될까요?"

지운을 거부할 힘조차 없었으므로, 보늬는 고개를 끄덕였다.

침묵이 회장실 안에 내려앉았다. 어느새 정장에서 다시 후드티 차림으로 돌아온 지운은, 후드를 뒤집어쓰고 결연한 표정으로 두 손을 가지런히 무릎에 올리고 있었다. 보늬를 곧게 바라보는 커다란 두 눈에서는 어떤 의지가 느껴졌다. 드디어 할 말을 하려는 걸까. 대귀협 사람이 찾아왔다는 소식을 들은 이후로 이상하게 묵비권을 행사하던 지운이다. 보늬는 지운이 무슨 말을 할지 잠자코 기다렸다. 객관적으로 대귀협의 말이 맞습니다! 구 팀장님도 동의하셨으니, 이제 그만 가셔야죠! 아직도 여기 계셨습니까? 참 뻔뻔하시네요. 들어 본 적도 없는 말들이 귓가에 웅웅거리는가 싶더니, 지운이 보늬를 빤히 응시하며 정확한 발음으로 중얼댔다. 너는 할머니의 영원한 수치.

"여우 누이가 아직 그 병원에 있는 것 같습니다."

지운이 꺼낸 말에 보늬는 겨우 현실로 돌아왔다. 아, 뭐라고요? 물었다가 대답을 듣기도 전에 그 의미를 깨달았다.

"최 팀장님을 통해 여우 누이의 위치를 다시 한번 확인했다고 구 팀장님이 그러셨어요. 이유는 모르겠지만, 아직 기운이 이동하지 않았습니다. 다시 병원에 가야 합니다. 구 팀장님도 효령 씨도 동의한 일이고요. 인력을 더 꾸릴 수 있다면 좋겠지만……."

"지운 씨."

"구 팀장님이 보늬 씨도 함께 갈 거라고 하셨습니다. 여우 누이가 언제 이동할지 모르니, 그 전에 최대한 빨리……."

"지운 씨."

"네."

"이번에는 안 가요. 지운 씨 혼자 다녀와요."

"네?"

"위험하잖아요. 지금까지 우리가 상대하던 괴물이랑은 차원이 달라요. 진짜 죽을지도 모르는 일인데, 괜히 거기 끼어들었다가 다 망쳐 버리고 싶지 않아요."

"……."

"이해하죠?"

"……."

이해는 무슨 이해, 라고 말하고 있는 듯한 표정이다. 못마땅한 기색이 역력한 얼굴을 보며 보늬는 어울리지 않게 튀어나오려는 웃음을 또 삼켰다. 다시 한번 느끼는 거지만, 의외로 참 투명한 사람이다.

"직접 가서 확인하셔야 할 거 아닙니까."

"뭘 확인해요?"

"여우 누이의 등급요."

"……설마 황 등급이 아닐 거라고 생각하는 거예요?"

"진짜 목적을 확인하지 않는 이상, 섣부르게 등급을 판단할 수는 없다고 하셨습니다."

"그건…… 그때랑 상황이 많이 다르잖아요?"

"인간이 어떻게 하느냐에 따라 등급이 달라질 수 있다

고 말씀하셨는데요."

"그래, 간다고 쳐요. 나도 따라간다고 칩시다. 내가 거기서 뭘 할 수 있어요? 뒤에 숨어 있다가 누구 한 명 죽으면 그때 경찰이라도 부를까요?"

원망스러운 마음에 뾰족한 목소리가 튀어 나갔다. 보늬는 지운이 이런 것쯤이야 전혀 상관하지 않는다는 걸 안다. 도대체 무슨 말이 하고 싶은 건지, 골똘히 생각에 잠겨 있던 지운이 불쑥 몸을 앞으로 기울이며 심각한 어조로 중얼거렸다. 기세에 눌린 보늬가 언제 그랬냐는 듯 기죽은 채로 소파에 등을 기댔다.

"오랫동안 생각을 해 봤습니다."

"……무슨 생각이요?"

"옹고집 때 말입니다. 보늬 씨가 발견했죠. 옹고집의 목덜미에 꽂힌 사직서."

갑자기 웬 옹고집? 혼란스러운 와중에도 보늬는 고개를 끄덕였다.

"그랬죠."

"나중에 보늬 씨가 당시 상황을 설명하면서, 분명히 이렇게 말했습니다. 목덜미에 박힌 무언가가 푸른색으로 빛났다고. 그래서 눈에 띄었다고."

"그런데요?"

"그때 보늬 씨 말을 듣고 저도 사직서가 박혀 있는 걸 뒤늦게 발견했는데…… 그거, 전혀 빛나고 있지 않았어요. 애초에 보늬 씨가 사직서를 발견하지 않았다면, 저는 사직서가 거기 있는지도 몰랐을 겁니다. 진흙 속에 깊게 파묻혀서 잘 안 보였잖아요."

이 사람 대체 무슨 소리를 하는 걸까. 간신히 지운의 이야기를 따라가던 보늬가 뒤늦게 반응을 보였다.

"……그게 나한테만 보였다는 말을 하고 싶은 거예요?"

"그렇습니다."

지운은 단호했다. 상대를 절로 믿고 싶어지게 만드는 단호함이었다. 그렇지만 그건 분명히 푸른색으로 반짝였는데, 갑자기 눈에 띄어서 무시할 수 없을 정도였고. 보늬는 우두커니 앉아서 지운이 건넨 말을 곱씹었다. 나름대로 정리를 해 보려 했지만 아무런 생각도 들지 않았다. 그렇다고 해서 아무것도 달라지지 않는다고 말하고 싶었다.

"어쩌면, 보늬 씨의 눈은 '이쪽'으로도 발달한 걸지도 몰라요. 괴물을 한 번에 끝장내 버릴 수 있는 무언가를 볼 수 있는 거죠."

후드 밑에서 깜빡이는 두 눈이 어떠한 믿음으로 반짝이는 낯선 순간이다. 보늬는 그 믿음을 좀처럼 이해할 수도, 받아들일 수도 없었다.

"그래서 나보고 이번에도 보라는 거예요?"

"볼 수 있을지도 모릅니다. 저는 믿어요."

저는 믿어요, 문장이 끝나기 무섭게 쌕쌕거리는 숨소리가 들렸다. 상처 입고 죽어 가는 심청이 펄떡대며 내는 소리였다. 질척한 지느러미가 보늬의 발목에 닿았다. 보늬는 아래를 내려다보았다. 심청이 마지막 숨을 뱉는다. 눈을 질끈 감았다 뜨는 동시에 지운이 자리에서 일어났다.

"그럼 사무실에서 기다리겠습니다."

지운이 회장실을 나간 후에도, 보늬는 머그잔을 쥔 채로 우두커니 굳어 있었다. 보늬와 지운의 대화를 들은 모양인지 옆으로 다가온 무두괴가 보늬의 어깨를 감쌌다. 투박하고 거친 손길로 보늬의 어깨를 토닥이며 위로를 건넨다. 보늬는 무두괴의 손 위로 자신의 손을 겹쳤다. 문득 어떤 희미한 아이디어가 떠올랐다. 아이디어는 무두괴의 새 하와이안 셔츠 색처럼, 선명한 푸른빛으로 점점 짙어지기 시작했다. 무두괴의 손을 덥석 잡아 가슴 쪽으로 끌어당긴 보늬는 동아줄을 잡는 심정으로 외쳤다.

"부탁하고 싶은 게 있어."

무두괴가 고개를, 정확히 말하면 잘린 목을 갸웃거렸다.

본관 1층은 오늘도 스산한 어둠에 둘러싸여 있었다. 보늬가 초조하게 휴대폰을 두드리는 동안, 지운은 목검을 뽑아 들고 사방을 향해 신중하게 눈을 부라렸다. 구 팀장과 효령은 20층으로 향한 지 오래였다. 한 팀은 위에서 아래로, 다른 한 팀은 아래에서 위로 움직이며 여우 누이를 몰아세울 계획이었다.

"환자들과 직원들의 안전을 지키는 게 최우선이야. 상대를 하게 되면 무조건 내가 손을 쓸 수 있도록 틈을 만들어 줘. 최대한 오래 멈춰 놓을 테니까 곧바로 생포하자고."

흩어지기 전, 구 팀장은 오늘을 위해 기운을 갈고닦아 났다며 짐짓 허세를 부렸다. 그 옆에서 효령은 여전히 보늬가 함께하는 것이 마음에 들지 않는 듯 얼굴을 사정없이 구기고 두 손에 붉은 실을 칭칭 동여매는 중이었다. 민폐만 끼치지 마요. 흩어지기 직전, 효령은 보늬의 앞에 멈춰 서서 그렇게 중얼거렸다.

사실 구 팀장과 효령은 말이 필요 없는 최상의 조합이다. 괴물을 멈추게 할 수 있는 구 팀장과 괴물을 파괴할 수 있는 효령. 괴물에게 닿는 순간 효령의 손은 일종의 진동을 불러일으키고 괴물을 내부에서부터 부서트린다. 거기에 꾸준한 체력 단련으로 웬만한 일로는 쉽게 지치지도 않으니, 효령이 괜히 파견팀의 에이스라 불리는 게 아니었다. 평소였다면 구 팀장과 효령의 조합만으로도 마음이 편안해 아무런 걱정이 들지 않았을 터였다. 오늘 그들이 상대해야 하는 괴물이 여우 누이가 아니었더라면.

이제 슬슬 올라가기 시작할까, 본관 1층을 가볍게 훑은 보늬와 지운은 엘리베이터 버튼을 눌렀다. 한 층 정도야 계단을 이용해도 당연히 문제가 없지만, 비상구만큼은 최대한 피하고 싶었다. 비상구 문을 열었을 때 또다시 심청을 맞닥뜨릴까 두려웠기 때문이다.

"잠깐만요."

엘리베이터 문이 열리고 안으로 몸을 집어넣으려는 지운을 보늬가 막아 세웠다. 저거, 사람 아닌가요? 지운은 보늬의 손끝을 따라 저 멀리를 향해 시선을 던졌다. 환자복을 입고 수액걸이를 들고 있는 누군가가 홀의 중앙 계단을 통해 지하로 내려가고 있었다.

"……지하는 11시부터 출입 금지 아니었어요?"

지하에는 편의점과 구내식당, 작은 서점과 안경점 등이

있었다. 지하의 가게들은 밤이 깊으면 모두 문을 닫았고, 경비원이 지하로 통하는 문을 잠갔다. 지난번에 지하를 수색 구역으로 삼지 않은 이유도, 밤이 깊으면 지하는 출입이 불가능하기 때문이었는데.

"저기요!"

문득 몸을 감싸는 어떤 불안감에 보늬는 서둘러 환자를 부르며 그 뒤를 따라갔다. 그러거나 말거나, 그는 어느새 계단 아래로 사라져 버린 뒤였다. 보늬와 지운은 그를 쫓아 달렸다. 계단을 끝까지 내려가자 지하로 통하는 거대한 철문이 닫혀 있는 게 보였다. 분명 계단을 내려갔는데 어디로 사라진 건지, 환자는 보이지 않았다. 혹시나 하는 마음에 문손잡이를 돌려 보았다. 손잡이는 잠긴 적이 없었던 것처럼 부드럽게 회전했고, 철문이 안으로 열렸다. 보늬는 지운과 허공에서 시선을 마주쳤다.

모든 가게가 불을 끄고 문을 닫은 지하에는 본관 1층과 마찬가지로 을씨년스러운 기운이 감돌았다. 한기가 몸을 훑고 지나가, 보늬는 몸을 부르르 떨었다. 어두컴컴한 서점과 안경점을 지나 구내식당이 있는 곳으로 통하는 거대한 홀, 작동을 멈춘 작은 분수대 옆에 그들이 쫓던 사람이 있었다. 긴 머리카락이 허리까지 내려왔고 힘없이 수액걸

이를 밀며 걷는다. 끽끽거리는 소리가 기분 나쁘게 들려
왔다.

"저기요, 잠시만요!"

가까스로 거리를 좁힌 보늬가 상대를 불렀다. 수액걸이
가 끼익대는 소리가 멈췄다. 뭐지? 지운은 땀에 젖은 손
으로 목검을 고쳐 쥐었다. 이상했다. 한 번도 느껴 본 적
없는 공포. 두려움으로 숨이 틀어막히는 감각. 주저앉아
울렁대는 속을 잠재우고 싶었으나 간신히 견뎠다. 돌아보
지 마. 저도 모르게 상대에게 들리지도 않을 말을 웅얼거
렸다. 돌아보지 마, 돌아보면 안 돼.

상대는 두 사람을 향해 몸을 돌렸다. 살짝 끝이 올라간
날카로운 눈매와 큰 입. 보늬는 저 사람을 본 적이 있었다.

복덕의 병문안을 왔을 때, 돌아가던 길에 복도에서. 그
는 지금처럼 수액걸이를 밀며 산책을 하고 있었고 보늬는
그 곁을 지나쳤다. 엘리베이터 문이 열렸고 그 안에서 심
청을 만났다. 보늬를 알아본 여우 누이가 미소를 짓는다.

커다란 입이 죽 찢어지더니 빼곡하게 자리 잡은 이가
드러났다. 상대에게 영원한 공포를 선물하는 미소, 이유
도 조건도 없는 자비로운 미소. 보늬는 침을 꿀꺽 삼켰다.
여우 누이를 향해 목검을 겨눈 지운이 보늬를 제치고 앞

으로 나섰다. 천이 뜯어지는 소리가 나는가 싶더니, 찢어진 환자복 사이로 거대한 손이 튀어나왔다. 창고 내부를 미친 듯이 긁어 댔을 게 분명한 날카로운 손톱이 천을 가르며 나타났다.

여우 누이는 더 이상 인간 행세를 하지 않기로 결심한 게 분명했다.

흰 털로 뒤덮인 거대한 여우가 사납게 발을 구른다. 하얀 몸뚱어리에 달린 팔과 다리가 끝도 없이 죽죽 늘어나기 시작했다. 중간중간 관절을 따라 괴상한 각도로 꺾이는 팔과 다리에는 흰 털이 아닌 붉은 살이 훤히 드러났다. 채도가 낮은 붉은색의 미끈거리는 살덩이는 내장을 연상케 했다. 거대한 몸에 이리저리 뒤틀린 네 개의 팔과 다리가 붙어 있는 모습은 말라비틀어진 거대한 고목 같기도 했다.

보늬가 잽싸게 분수대 뒤를 향해 달리기 시작하자, 여우 누이는 긴 팔을 뻗어 지운에게 덤벼들었다. 몸을 던져 뾰족한 손톱을 간신히 피한 지운이 목검으로 여우 누이의 손을 내리쳤다. 여우 누이가 짧게 포효했다. 지운은 목검으로 여우 누이의 손등을 한 번 더 내려찍고, 재빨리 몸을 돌려 가까운 관절을 노렸다. 무언가 부서지는 소리가 났다. 또 한 번, 두 번, 세 번. 지운은 여우 누이의 모든 관절을 끊어 버릴 기세로 매섭게 몰아붙였다.

고통에 몸부림치던 여우 누이가 멀쩡한 팔을 크게 휘둘렀다. 팔에 부딪힌 지운이 꽤 먼 곳으로 나가떨어졌다. 지운 씨! 보늬가 외침과 동시에 보늬의 연락을 받은 구 팀장과 효령이 계단을 구르다시피 달리며 나타났다. 뼈가 있는 뱀처럼 구불구불 길게 이어지는 팔과 다리, 그중에서도 완전히 박살이 나 버린 한쪽 팔. 붉은 눈으로 고통스러워하는 여우 누이와 간신히 몸을 일으키고 있는 지운. 구 팀장과 효령이 재빠르게 움직였다.

너클을 낀 효령의 주먹이 여우 누이의 팔을 강타했다. 동시에 틈을 놓치지 않고 손바닥으로 여우 누이의 다리를 짚었다. 곧 쾅, 하는 소리와 함께 관절이 내부에서 부서졌다. 여우 누이가 구슬프게 울며, 끊어진 다리를 질질 끌고 구내식당 쪽을 향해 필사적으로 도망치려 했다. 효령이 틈을 주지 않고 다른 다리의 관절을 끊었다. 지운이 간신히 몸을 일으켰고, 구 팀장이 붉은 실을 들고 천천히 여우 누이를 향해 다가갔다. 흥분한 효령이 다시 한번 주먹을 들어 올렸다. 그만! 구 팀장이 소리쳤다.

"아직은 안 돼, 최대한 빨리 병원을 벗어나서 협회로

데려가는 게……."

"저 덩치를 차에 태울 순 없잖아요! 일단 팔다리는 다 끊어 놓고 인간으로 둔갑하게 만들어야……."

구 팀장이 손바닥을 들었다. 여전히 고통에 꿈틀거리며 비명을 꽥꽥 지르는 여우 누이를 멈추기 위해, 그는 허공에서 손가락을 튕기려 했다.

구 팀장의 손이 멈추더니, 붉은 실이 바닥으로 힘없이 떨어졌다. 새하얗게 질린 얼굴로 식은땀을 흘리기 시작한 그는 갑자기 주저앉아 심장 부근을 움켜쥐었다. 목적지를 잃고 방황하는 두 눈은 피처럼 붉은색이었다. 팀장님! 다가가던 효령이 구 팀장과 마찬가지로 미끄러지며 무릎을 꿇었다. 너클이 바닥에 나뒹굴었다. 귀를 틀어막은 효령이 비명을 질렀다. 효령의 눈에서 흐른 붉은 눈물이 너클 위로 떨어져 내렸다.

언제 그랬냐는 듯 여우 누이의 비명이 멈추었다. 그는 바닥을 헤매는 두 사람을 앞에 두고 여유롭게 팔다리를 휘적거렸다. 뚜둑거리는 소리와 함께 부서진 관절이 붙기 시작했고, 곧 한쪽 팔이 원래 모습을 되찾았다.

분수대 뒤, 주저앉은 보늬는 이 모든 광경을 지켜보고 있었다.

끝없는 공포. 구 팀장과 효령은 그들을 갉아먹는 무시무시한 환영에 사로잡혔다. 여우 누이는 그들이 겁에 질려 비명을 지르도록 내버려두고, 천천히 부서진 관절을 재생시켜 몸을 회복하고 있다. 여우 누이는 진심을 다해 그들을 상대하고 있던 게 아니었다. 우리를 대놓고 가지고 논 거지, 그러니까 너무 죄책감 가질 필요 없어. 보늬는 얼마 전 구 팀장이 건넸던 위로를 떠올렸다. 어쩌면 여우 누이는 그들을 기다렸던 게 아닐까? 오늘에야말로 자신을 방해하는 네 사람을 죽이기 위해서.

여우 누이의 멀쩡한 팔이 분수를 향해 덤벼들었고, 보늬를 숨겨 주고 있던 분수대 일부가 와르르 무너졌다. 파편을 피해 몸을 돌린 보늬의 손끝에 물컹한 살덩이가 닿았다. 길게 늘어진 여우 누이의 팔이었다. 매섭게 찢어진 여우 누이의 눈과 보늬의 눈이 허공에서 마주쳤다. 보늬는 앉은 채로 조금씩 뒤로 물러났다. 여우 누이는 사냥을 느긋하게 즐기고 싶은 듯, 보늬의 속도를 따라 느리게 다가왔다. 다리의 관절을 조금씩 회복하면서.

아직 할 수 있는 일이 남아 있다. 보아야 한다. 이번에도 찾을 수 있다.

죽음의 공포가 보늬를 점령했다. 여우 누이는 자신을

뚫어지게 바라보는 보늬를 무시하지 않겠다는 듯 붉은 눈
으로 시선을 맞춰 왔다. 흰 털이 덮인 거대한 몸뚱이, 탁
한 붉은색을 띤 팔과 다리, 아홉 갈래로 갈라진 꼬리. 보
늬는 저도 모르게 탄성을 삼켰다. 괴이하고 끔찍한 존재
가 무시무시한 본능을 드러내며 자신을 죽이려고 하는 광
경은 우습게도 소름이 끼칠 정도로 아름답고 장엄해서 이
대로 영원히 바라볼 수도 있을 것 같았다. 인간은 결코 따
라 할 수 없는 우아함과 무자비함. 이게 여우 누이의 본능
이라면, 보늬를 죽이고 뱃가죽을 뜯은 다음 간을 찾기 위
해 근육 조직과 내장 덩어리가 너덜너덜해질 때까지 파헤
칠 게 분명했다.

기나긴 눈싸움이 지겨워졌는지 여우 누이가 한쪽 팔을
가볍게 들었다. 보늬가 아무런 반응도 보이지 않자 싱겁
다는 듯 바람 빠진 소리를 냈다. 날카로운 손톱이 가볍게
허공을 베었다. 그 짧은 순간 보늬는 모든 힘을 다해 필사
적으로 살폈으나, 어디에도 푸르게 빛나는 부분 같은 건
보이지 않았다. 지운도, 그 커다란 두 눈도 가끔 틀릴 때
가 있는 게 분명했다. 보늬는 눈을 질끈 감은 채로 숨을
골랐다. 뜨끈한 피가 얼굴에 튀었다.

초조하게 기다렸지만 살갗이 찢어지는 고통은 느껴지

275

지 않았다. 간신히 열린 시야로 어깨를 붙들고 쓰러진 지운이 들어왔다. 지운 씨. 뒤늦게 외쳤다고 생각했는데 목소리가 들리지 않았다.

날카로운 손톱에 찢겨 벌어진 상처에서 검붉은 피가 꿀럭꿀럭 흘러내렸다. 보늬는 지운의 상처를 두 손으로 꾹눌렀다. 깊이 생각하지 않고 본능적으로 저지른 일이었는데, 보늬의 노력이 무색하게도 상처를 누르는 손가락 사이로 붉은 피는 쉬지 않고 새어 나왔다. 어디서 많이 본광경 같았다. 엘리베이터. 죽어 가던 심청. 쓸모도 없는보늬의 손. 괜찮냐는 말조차도 나오지 않았다. 상처가 너무 깊었다. 지운에게 무슨 일이 생긴다면 자신을 용서할수 없을 것 같았다. 어쩔 줄을 모르고 상처를 지혈하는 보늬를 향해 지운이 가쁜 숨소리를 내며 물어 왔다.

"……안 보였어요?"

우습게도 원망 같은 건 담겨 있지 않은 물음이었다. 보늬는 고개를 저으며 몸으로 지운을 감쌌다. 다가오던 여우 누이가 그 광경을 발견하고는 인간의 웃음과 비슷한 소리를 냈다. 커다란 입을 벌리고 꺽꺽대던 여우 누이의 시선이 갑자기 어느 한곳에 고정되었다. 보늬는 그를 따라 시선을 돌렸다. 멀리 떨어지지 않은 곳에 누군가 서 있었다.

댕강 잘린 목, 선명한 푸른색 하와이안 셔츠.

정신없이 달려왔는지 무두괴의 다리가 사정없이 떨렸다. 여우 누이가 회복한 팔로 그를 향해 덤비려는 순간, 무두괴는 손바닥을 펼쳐 보였다가 엄지와 중지를 붙였고 가볍게 손가락을 튕겼다. 정면의 여우 누이를 향해. 일순간 불어올 리가 없는 바람이 느껴지는 것 같아 보늬는 눈을 깜빡였다. 곧 여우 누이의 끔찍한 비명이 병원 지하를 뒤덮었다.

비명은 바닥과 벽을 타고 사방에 생생하게 울려 퍼졌다. 보늬는 여우 누이가 무너지는 모습을 지켜보는 무두괴를 향해 간신히 미소 지었다. 저주를 거는 무두괴의 능력. 평생 애매한 불운에 시달리게 만드는 저주부터, 곧바로 죽을 수 있을 정도의 저주를 거는 것까지도 가능하다.

여우 누이는 괴상하게 꺾인 팔을 허공에 휘두르며 비명을 질러 댔다. 관절이 회복되지 않는 게 분명했다. 세상의 모든 불운이 한순간에 찾아오는 저주가 여우 누이의 머리부터 발끝까지 빈틈없이 달라붙었다. 어긋난 채로 굳어 버린 다리를 흔들며 여우 누이는 몸부림쳤다. 보늬와 함께 무두괴의 저주를 바라보던 지운이 간신히 몸을 일으켰다. 보늬의 부축을 받아 일어선 지운은 바닥에 떨어져 있던 목검을 쥐고 여우 누이에게 다가갔다. 높게 치켜든 목검이 망설임 없이 여우 누이의 머리를 내려친다. 한 번, 두 번, 세 번, 공격은 끝도 없이 이어졌다. 보늬는 그 광경을 바라보고 있을 수 없어 손바닥에 얼굴을 묻었다. 밀가루 반죽처럼 끈적이는 피가 곳곳에 웅덩이를 이루었고 여우 누이는 단말마의 비명을 지르며 소멸했다. 동시에 지운이 중심을 잃고 바닥으로 쓰러졌다. 그걸로 모든 게 끝이 났다.

* * *

'보늬 씨 때문에 다친 거 아닙니다.'

'알아요.'

'정말이에요.'

'안다니까요.'

'근데 왜 안 오시는 건가요?'

지운과의 메시지는 거기에서 끊겼다. 보늬가 더 이상 답장을 하지 않은 탓이었다.

구 팀장과 효령은 가벼운 두통과 충혈된 눈이 남는 정도로 끝났지만 지운은 한동안 입원 치료를 받아야 했다.

아무렇지 않게 병문안을 갈 정도로 보늬는 뻔뻔하지 못했다. 여우 누이와 싸운 네 사람 중에 멀쩡한 건 보늬뿐이었으니까.

그날, 여우 누이는 병원 지하에서 지운의 목검에 머리를 맞아 죽었다. 그가 소멸하면서 남긴 검붉은 점액 덩어리는 괴고목의 거름이 될 터였다. 여우 누이가 남긴 흔적을 훑던 서 팀장이 어떤 얼굴을 하고 있었더라. 보늬는 제대로 기억하지 못했다. 보늬 씨, 우리는 어차피 모두를 구할 수 없어, 서 팀장이 위로하듯 중얼거렸지만 보늬는 그 뜻을 제대로 이해하지 못하고 힘이 들어가지 않는 다리로 몇 번이고 휘청였다.

모든 게 정리되고, 사무실에서 보늬와 마주친 효령은 더 이상 일차원적인 감정을 드러내지 않았다. 대신 차갑게 식은 눈으로 보늬에게 무언의 비난을 건넸다. 제자리로 돌아간 그는 옆자리의 동료에게 의미심장한 말을 했다. 혹시나 했는데, 제가 너무 너그러웠던 거였어요. 보늬의 보고서를 받아 든 구 팀장은 대충 종이를 넘기며 확인하는가 싶더니, 무언가를 말하고 싶은 듯 입술을 달싹였다. 보늬는 더 기다리지 않고 돌아섰다. 순간 구 팀장의 위로를 망연히 기다렸던 자신이 끔찍하게 느껴졌다.

익숙한 커피 향, 익숙한 장소, 익숙한 친구. 보늬가 감
사의 의미로 선물한 새 하와이안 셔츠를 입은 무두괴는
신이 나서 커피를 내렸다. 괴물은 원칙적으로 본사 건물
을 벗어나는 게 불가능하므로, 병원에서의 일은 무두괴에
게도 몇 년, 아니 몇십 년 만의 외출이었을 것이다. 바깥
공기를 쐰 뒤로 무두괴는 부쩍 기분이 좋아 보였다. 아무
도 모르게 무두괴를 데려왔다는 사실에 구 팀장에게 혼이
나긴 했지만, 구 팀장 역시 무두괴가 여우 누이를 수습하
는 데 지대한 공헌을 했다는 사실을 알고 있었으므로 보
늬를 크게 나무라진 않았다. 오히려 보늬는 이렇게 능력
이 좋은 친구를 회장실에 꽁꽁 숨겨 두어야 한다는 게 조
금 답답할 지경이었다. 인간으로 위장할 수도 있지 않을
까, 그렇다면 정말 훌륭한 파트너가 될 수 있을 텐데. 아
무것도 할 수 없는 나 같은 인간보다야 훨씬 낫겠지…….
결론은 항상 그런 식으로 흘러갔다.

　보늬는 무두괴가 내려 준 커피 잔을 강하게 붙들었다.
그렇게 하지 않으면 당장이라도 무슨 일이 벌어질 것 같
았다.

　"고생 많았어, 고마워."

　보늬의 인사에 무두괴는 뭘 그렇게까지 하냐는 듯 능청

스럽게 어깨를 으쓱거렸다. 입이 떡 벌어질 정도로 경이로웠던 그의 저주를 곱씹으며, 보늬는 자신에게 내려진 저주가 무엇일지 고민해 보았다.

피 흘리는 심청, 피 흘리는 지운, 보늬의 눈과 손. 지키려고 했다. 지키려고 했는데 그럴 수가 없었다. 나는 할머니랑 달라. 나는 할머니 같은 사람이 될 수 없어. 나는 할머니의 영원한 수치니까. 보늬는 무두괴의 어깨에 얼굴을 묻었다. 그저 지운이 괜찮기를 바랐다. 무두괴가 다정하게 보늬의 어깨를 토닥거렸다. 투박한 손가락이 오늘처럼 애처롭게 느껴진 적이 없었다.

* * *

최 팀장은 수상한 문 앞에 서 있었다.

얽히지 않으려 해도, 더 이상은 귀찮다고 발버둥을 쳐도 본능이 자꾸만 그를 이끌었다. 붉은 녹이 잔뜩 묻은, 오래된 문. 이 너머에 무엇이 있을까.

최 팀장은 습관처럼 바람막이 주머니에 손을 찔러 넣었다. 딸려 나온 작은 비닐 봉투 안에는 정체를 알 수 없는 작은 파편들이 들어 있었다. 구 팀장과 함께 여우 누이가 간혀 있었던 창고를 살필 때, 바닥에서 몰래 챙긴 것이었다.

크기가 매우 작은 유리 부스러기와 검은색의 알갱이들.

이건 대체 무슨 의미일까?

최 팀장은 입술을 오므렸다. 기이하고 우울한 멜로디의
휘파람이 그의 입술 사이로 흘러나왔다.

개체 이름: 여우 누이

일련번호: KMMA-4342

등급: 황(黃) 등급

종류: 인간형(둔갑) / 짐승형 괴물

활동 지역: 서울시 강남구 역삼동(추정)

탄생(일부《월야괴담》발췌): 옛날 옛적에 세 명의 아들을 둔 부부가 있었다. 부부는 딸을 갖고 싶은 마음에 여우가 나타난다는 여웃골 근처 절에서 치성을 드렸고, 마침내 소중한 막내딸을 갖게 되었다. 막내딸은 부모님과 오빠들의 사랑을 받으며 무럭무럭 자랐는데, 어느 날부터 집에서 키우던 동물들이 아무 이유도 없이 죽어 나가기 시작했다.

사건을 조사하던 장남은 한밤중 막내딸이 여우로 변신해 소를 죽이고 간을 빼 먹는 장면을 목격했다. 그는 부모님에게 자신이 목격한 광경을 보고했지만, 막내딸을 모함한다며 오히려 추방당하고 말았다.

세월이 흘러 다른 곳에서 가정을 꾸린 장남은 오랜만에 고향 집을 방문하기로 결심했다. 마침 처가는 도술과 관련이 있는 집안이었고, 그는 아내에게 사실을 털어놓았다. 아내는 혹시 모를 상황을 대비해 남편과 함께 가겠다고 나섰다.

고향 근처에 도착한 부부는 사람들에게서 고향 마을에 대한 소식을 들었다. 언젠가부터 그곳 사람들이 하나둘 이유도 없이 죽어 나갔는데, 모두 공포에 질린 얼굴을 하고 복부가 찢겨 나간 끔찍한 모습을 하고 있었다는 거였다.

부부는 마을에 도착해 고향집을 찾았다. 집은 이미 폐가가 된 지 오래였는데, 거기에는 막내딸이 홀로 지내고 있었다. 동생의 수상함을 눈치챈 부부가 곧바로 도망치자, 동생은 거대한 여우가 되어 그들을 뒤쫓았다. 부부를 쫓는 와중에도 여우는 막내의 목소리로 끊임없이 장남을 회유하려 했다. 붙잡히기 직전의 순간, 아내는 주머니에서 노란 호리병을 꺼내 던졌다. 그러자 여우 누이가 머뭇거렸고, 그사이 두 사람은 무사히 빠져나갔다. 붉은 호리병, 푸른 호리병까지 사용한 부부는 겨우 여우 누이에게서 벗어나 집으로 돌아왔다.

괴물 전문가들은 논의 끝에 여우 누이의 이야기가 원형을 대부분 유지한 채 전해지도록 두었는데, 일반인들이 여우 누이에게 경각심을 가질 수 있도록 하기 위함이었다.

설명:

– 끔찍한 환영으로 목표 대상을 극심한 공포에 시달리게 만들어 죽인다. 목표 대상을 고르는 조건은 없는 것으로 추정되며, 목표 대상을 괴롭히는 환영은 대개 목표 대상의 트라우마 혹은 과거와 관련된 내용을 기반으로 구성된다.

- 환영을 거는 주술에는 거리에 따른 제약이 있는 것으로 보인다.

- 죽은 목표 대상의 시체에서 간을 빼 먹는다. 1000개의 간을 먹으려 한다는 추측이 있지만, 확인되지 않았다.

- 본체는 거대한 여우이지만 상황에 따라 언제든 인간으로 둔갑할 수 있다. 인간으로 둔갑했을 경우 인간과 여우 누이를 구분하는 것은 사실상 불가능하다.

- 1900년대 초부터 2000년대 초까지, 충남 보령 ███에 봉인되어 있었다. 봉인이 어떻게 풀리게 되었는지에 대해서는 추가적인 조사가 필요하다.

- 본체의 모습으로 돌아올 경우, 긴 팔다리를 이용해서 상대를 공격한다. 팔다리의 관절을 노리면 일시적으로 제압할 수 있지만, 재생 능력 또한 갖추고 있으므로 주의해야 한다.

- 《월야괴담》에 기록된 장남의 아내는 당시의 괴방사로 추정된다. 그가 사용한 호리병이 무엇인지는 밝혀지지 않았다.

- 《월야괴담》에 남은 기록을 조사한 결과, 여우 누이가 머무르던 고향집은 서울시 강남구 역삼동에 위치했던 것으로 짐작된다. 현재 그 부지에는 부성병원이 들어서 있는데, 여우 누이가 부성병원에 오래 머무른 것은 집이 있었던 장소에 대한 집착으로 해석 가능하다.

✉

[시설팀] 금주 공사 안내드립니다

보낸 사람: 본사 시설팀 문상수 팀장(moon@kmma.net)

받는 사람: 본사 파견팀 전원

2025년 4월 2일(수) 오전 9:22

안녕하세요, 본사 시설팀 문상수 팀장입니다.

작년부터 본사 건물 내에서 발생한 잦은 단수의 원인을 파악하기 위한 공사가 금주 목−금 이틀간 진행될 예정입니다.

4월 4일 금요일 오전 9시부터 11시까지 1층 남녀 화장실 사용이 어려우므로, 사원 여러분의 너른 양해 부탁드립니다.

감사합니다.

시설팀 드림

6.
도근천의
비밀

"떠나요…… 둘이서…… 모든 걸…… 홀홀 버리고……."

우울하기 짝이 없는 목소리가 사무실 구석에서 노래를 흥얼거린다. 축축 처지는 멜로디는 안 그래도 무기력한 사무실에 한층 더 찬물을 끼얹었다.

구 팀장님 또 왜 저래요. 몰라요, 야근을 하도 하더니 돌아 버렸나. 아무래도 뭔가 잘못됐어, 저렇게 바쁜데도 일이 줄지를 않잖아요. 기본적으로 우리는 뭔가 문제가 있다니까. 대귀협 봐요, 사람이 넘쳐나서 문제라며. 지부 규모부터 다르다는데. 우리는 어제도 또 단수나 되고, 어떻게 공사를 했는데도 달라지는 게 없어. 이게 도대체 어떻게 생겨 먹은 건물이야. 퇴사할까요. 퇴사하면 뭐 먹고 살려고요. 그건 그래요.

사람들의 속닥거리는 목소리를 배경 음악 삼아 책상을 정리하던 지운은 구석에 뭉쳐 있는 수상한 먼지 덩어리를 발견했다. 입원한 몇 주 동안 자리를 비우긴 했지만 그렇다고 이렇게까지 먼지가 쌓일 수 있나? 의심스러운 얼굴로 먼지 덩어리를 툭 건드려 보았다. 덩어리가 모래성처럼 우르르 무너지며 곧 그 안에 숨겨진 본모습이 드러났다. 먼지 덩어리의 진실을 깨달은 지운이 제자리에서 펄쩍 뛰었다. 옆자리에 앉아 있던 효령이 이상하다는 얼굴로 지운의 책상을 훔쳐보다 비명을 꽥 질렀다.

먼지 덩어리 안에 파묻힌 건 크기도 모습도 제각각인 다양한 벌레였다. 바퀴벌레, 돈벌레, 꼽등이, 이름조차도 모르겠는 녀석들이 먼지 속에서 득시글거렸다.

"지운 씨…… 책상에 왜 저런 거 키워요?"

"제가 키운 거 아닙니다…….."

지운은 질겁하며 작은 빗자루로 먼지 덩어리와 벌레를 쓸어 담았다. 효령이 도와준답시고 자리에서 일어났지만 똑같이 기겁하느라 큰 도움은 되지 않았다. 무사히 쓰레기통 깊숙이 벌레를 밀어 넣고 보이지 않게 휴지 몇 장을 덮어 두는데 문득 보늬 생각이 났다. 괴상하고 끔찍하게 생긴 것들일수록 충만한 애정을 느끼는 보늬는 벌레에 대한 두려움도 없어서, 벌레를 발견한 지운이 깜짝 놀라 물러설 때면 당당히 앞으로 뛰어나가 벌레를 잡아 주곤 했다. 물론 죽이는 게 아니라 생포한 다음 굳이 밖에 풀어 주려고 해 가끔 문제가 되긴 했지만. 벌레가 대체 왜 내 책상 위에 있었지, 나를 이 정도로 싫어하는 사람이 있나? 신종 괴롭힘? 의아한 지운이 멀뚱히 서 있자 효령이 대신 답을 알려 주었다.

"지운 씨 없는 동안 목요가 자주 왔다 갔다 하던데, 아마 걔가 그랬나 보다. 목요가 지운 씨 좋아하잖아요. 아프단 이야기 듣고 빨리 나으라고 선물했네."

이런 게…… 선물? 복슬복슬한 갈색 털 뭉치에 눈이 하나 박힌 고양이를 떠올리며 지운은 몸을 부르르 떨었다.

"좋아해서 그러는 건데 좀 봐줘요. 지운 씨는 목요한테 너무 박하다니까."

지운은 대답하지 않고 쓰레기통을 제자리에 돌려 두며 고작 한 번 구해 준 것뿐이라고 속으로 중얼거렸다.

"지운 씨, 고향 내려간다면서요?"

지운의 자리에서 벌어진 소란에 구 팀장과 이야기를 나누던 서 팀장이 다가왔다. 예에, 지운은 대답하며 저도 모르게 고개를 숙였다. 자주 만날 일이 없는 보안팀 사람들이 어색한 건 당연했지만, 지운은 그중에서도 서 팀장이 왠지 모르게 어려웠다. 해사하게 미소 짓는 둥근 얼굴에서 설명할 수 없는 위압감이 느껴질 때가 종종 있었고, 그럴 때마다 지운은 무게감이라곤 찾아 볼 수 없는 구 팀장을 떠올리며 서 팀장이 파견팀 팀장인 모습을 상상하곤 했다.

"시간 되면 한라산 한번 가 봐요. 요즘 거기에 뭐가 있다고 소문이 좀 났더라고."

서 팀장의 눈이 무언가를 향한 열망으로 반짝였다. 어째 끔찍한 괴물을 마주쳤을 때의 보늬의 눈을 떠오르게 하는 얼굴이라, 지운은 어색하게 차렷 자세를 취했다.

"한라산 괴물 하면 달구(수달 혹은 족제비를 닮은 괴물. 제주도의 도근천에 있다는 이야기가 《탐라지》에 나온다)인데."

구 팀장이 끼어들었고 효령이 궁금한 얼굴로 달구요? 하고 물었다.

"제주도 도근천에서 발견된 기록이 있는 괴물이야. 90년대 초까지만 해도 목격담도 많고 사진도 남아 있었는데, 언젠가부터 사라져서 소식이 끊겼지. 사진을 본 적 있는데, 작은 수달처럼 생겨서 귀엽더라고. 반짝이는 걸 좋아하는 습성이 있대."

"평소엔 관심도 없으면서…… 구 팀장은 귀엽고 착하게 생긴 애들만 좋아한다니까."

"그게 죄는 아니잖아?"

서 팀장의 기세에 눌린 구 팀장이 소심하게 항의했다. 어느새 효령까지 끼어 제법 도란도란 이야기를 나누고 있는 세 사람을 바라보다가, 지운은 습관적으로 휴대폰을 찾아 주머니를 더듬거렸다. 아무런 알림도 오지 않았지만 기어코 휴대폰을 꺼내 메시지 창을 확인했다. 역시나 도착한 건 없었다.

　"푹 쉬다 와. 돌아오면 할 일 많으니까."

　구 팀장은 검게 변한 눈 밑을 보란 듯이 내보이며 손을 흔들었다. 효령은 초콜릿을 사 오라며 농담했고 서 팀장은 지운을 건물 입구까지 배웅했다. 사방에서 잘 갔다 오라는 인사가 쏟아졌다. 지운은 로봇처럼 기계적으로 고개를 숙였다. 돌아올 것을 확신하고 건네는 인사가 오늘따라 어딘가 다르게 들린다고 생각했다. 이상한 기분이 들어 목요가 주고 간 벌레 무덤을 발견했을 때처럼 몸을 떨었다.

　잘 다녀와요! 손을 흔들며 사라지는 서 팀장에게 예의 바르게 꾸벅 인사를 하고 돌아선 지운은 여전히 울릴 기세가 없는 휴대폰을 노려보았다. 보늬와의 대화창에는 지운이 마지막으로 보낸 메시지가 처량하게 남아 있을 뿐이었다. 저 퇴원했습니다. 물론 답장은 오지 않았다.

생각보다 오랜 시간이 걸렸지만, 상처는 결국 깨끗하게 아물었다. 깊은 상처였기에 흉터가 남을 수밖에 없었지만 지운은 남들의 시선을 크게 신경 쓰는 편이 아니었다. 어차피 잘 보이는 부위도 아닌데 뭐. 사실 강렬한 흉터는 그 소유주를 멋있어 보이게 만드는 효과를 가지고 있는 법이어서, 지운은 거미줄처럼 뻗은 흉터를 문지르며 어린아이처럼 뿌듯함을 느끼기까지 했다. 물론, 지운의 퇴원 시기에 맞춰 기나긴 연차를 내고 잠적해 버린 보늬에게는 그 무엇도 위로가 되지 않겠지만. 지운은 후드를 뒤집어썼다.

냉랭한 봄바람이 얼굴을 스치고 지나갔다. 기분이 나쁘지 않은 적당한 온도였다. 발밑에서 나뭇잎들이 바삭거리며 부서졌고 물이 흐르는 소리가 희미하게 들렸다. 지운은 등에 멘 등산용 가방을 내려놓으며 바위 위에 주저앉았다. 사람들이 자주 휴식을 취하는 장소인 듯, 푸른 이끼가 아랫부분에만 잔뜩 끼어 있었다.

탐방로는 울창한 숲에 둘러싸인 사찰에서 시작되었다. 화려한 풍경 사이에 자연스레 녹아드는 사찰은 절로 넋을 잃게 될 정도로 아름다웠다. 갖가지 꽃들이 사방을 수놓은 와중에 몇 없는 관광객이 기왓장에 소원을 써넣는 중이었고 스님은 싸리 빗자루로 조용히 바닥을 쓸었다. 울 긋불긋하지만 묘하게 쓸쓸한 기운을 풍기는 광경을 뒤로 하고 걸으면 물줄기를 따라 이어지는 탐방로를 발견할 수 있었다. 거기서 출발해 한 시간 동안 바쁘게 걸어온 지금, 슬슬 땀이 흐르고 발바닥이 욱신거리기 시작했다. 지운은 걸음을 멈추었다. 첫날이라 무리하지 않을 계획이었다.

운동을 즐기는 편이 아니었기에 제주도에 살았으면서도 한라산 등반은 어릴 적에 한 번 해 본 게 전부인 지운이었다. 운동에 관심을 가지게 된 건 오히려 협회에 들어간 후였지만 꾸준한 단련으로 제법 체력도 붙었으니, 집에 돌아온 김에 한라산을 천천히 걸어 보는 것도 나쁘지 않겠다고 판단했다. 물론 서 팀장과 구 팀장의 말에 흥미를 느낀 것도 없지 않았다. 제주도에서 태어나 그곳에서 20년을 살았지만 지운은 제주도에서 괴물의 코빼기도 본 적이 없었다. 눈을 감고도 생생히 그릴 수 있는 곳에 알고 보면 괴물이 우글거린다니. 지운은 바위를 짚은 손을 바지에 문질렀다. 이 탐방로를 따라 흐르는 물줄기가 구 팀장이 말한 도근천이다. 조금 더 가면 폭포도 있다고 하는데 출입은 금지된 모양이었다. 지운은 잠시 바위에 앉아 바람을 만끽했다. 어디선가 타다닥, 하는 발소리가 들렸다.

지운이 선택한 탐방로는 등산객들에게 인기가 없는 루트였다. 소수의 사람들만 알고 있다는 게 사실인 듯, 한 시간 동안 걷는 내내 사람의 그림자조차 보지 못했다. 그런데 난데없이 들리는 발소리라니, 게다가 지친 등산객의 발소리라고 하기엔 지나치게 빨랐다. 소리를 따라 풀숲을 헤치고 걷다가 길을 살짝 벗어나고 말았다. 사람의 발길이 닿지 않는 길목에, 수상한 쓰레기 더미가 수북이 쌓여 있었다. 누군가 여기에 일부러 모아 두었다고 생각할 수밖에 없는 상황이었다. 지나가던 사람들이 여기로 쓰레기를 던졌나? 그렇다고 하기에는 너무 가지런히 쌓여 있는 게 설명되지 않는데.

 툭, 꼭대기에 있던 페트병 하나가 쓰레기 산에서 데구르르 굴러떨어져 지운의 발치에 닿았다. 페트병을 주워 드는 순간 쓰레기 더미 뒤에서 작고 동글동글한 머리가 고개를 쑥 내밀었다.

 달구다. 의심할 여지 없이 달구였다.

 작고 귀여운 수달처럼 생긴 그는 입에 빈 과자 봉지를 물고 있었다. 쓰레기 무덤에 과자 봉지를 살포시 내려놓은 달구는 지운을 빤히 바라보더니, 종종걸음으로 이어지는 길을 따라 재빠르게 사라졌다. 지운은 저도 모르게 달구를 따라 달렸다. 달구는 무서울 정도로 빨랐다.

달구가 사라진 길을 따라 몇 분 정도 달리자, 수풀이 우거진 공터가 나타났다. 한 노인이 벤치에 앉아 쉬고 있었다. 그의 옆에는 쓰레기가 가득 담긴 커다란 봉지가 여러 개 놓여 있었다. 지운은 달구의 발자국을 찾아 바닥을 신중하게 살피기 시작했다. 노인이 그를 흘긋거렸으나 아랑곳하지 않았다. 희미하게 남은 발자국을 따라 걷자 낡은 명패가 걸려 있는 길의 초입이 나타났다. 지운은 명패에 쓰인 글씨를 읽었다. '선녀 폭포'.

"거기로 가면 안 돼. 선녀 폭포로는 못 들어가."

잠자코 있던 노인은 지운이 명패 앞을 기웃거리자 지팡이를 흔들며 외쳤다. 지운은 혹시 그가 달구를 보지 않았을까 하는 마음에 물었다.

"혹시 강아지 같은 동물 못 보셨나요?"

"뭐라고?"

"동물이요. 강아지처럼 생겼는데 엄청 빠릅니다."

"뭐라고?!"

귀가 어두운 모양이었다. 지운은 더 이상 묻지 않기로 마음먹고 아쉬운 눈으로 선녀 폭포로 이어지는 길을 바라보았다. 내일도 모레도 있으니까. 지운이 공터를 빠져나가는 동안 노인은 조금도 움직이지 않고 그 자리를 지키고 있었다.

세월이 진득하게 새겨진 오래된 빌라로 돌아온 지운은 신발을 벗다 말고 머뭇거렸다. 현관에 엄마의 구두가 놓여 있었다. 흙이 잔뜩 묻어 더러워진 지운의 등산화와는 다르게 먼지 하나 없이 깨끗하고 윤기가 흐르는 구두였다. 분명히 방에 둔 짐이 어느새 식탁에 올라가 잔뜩 풀어 헤쳐진 광경을 보고 지운은 이를 악물었다. 또 시작이었다. 이래서 집에 오기 싫었던 건데.

"도대체 어디를 갔다 온 거야?"

지운이 들어오는 소리를 들었는지, 방에서 나온 엄마는 인사도 없이 다짜고짜 물었다. 지운은 무시하고 그 곁을 지나쳤다. 식탁에 놓인 짐을 들고 방으로 들어가려 하자 엄마가 뒤를 졸졸 따라오며 꼬치꼬치 캐물었다.

"대체 뭐 하고 사는 거야? 실뜨기협회는 또 뭐고?"

가방에 들어 있던 명함까지 벌써 발견한 모양이었다. 지운은 짜증이 섞인 한숨을 쉬었다.

"나 너 때문에 쪽팔려서 고개도 못 들고 다니겠어. 제대로 된 일을 하는 게 맞긴 해?"

어우, 한심해라. 대체 누굴 닮았는지. 나는 어렸을 때 저러지 않았는데. 이건 다 네가 좀 더 나은 인생을 살길 바라는 마음에서 그러는 거란다. 네 잘못이 커. 너는 한 번도 너 자신을 제대로 증명한 적이 없잖니.

이제 곧 그런 말들이 쏟아지겠지. 엄마의 레퍼토리는 변하지 않았다. 뻔하고 지겨워 가볍게 귓등으로 넘길 수 있을 만큼. 지운은 굳이 설명하지 않고 엄마의 손에 들려 있는 명함을 빼앗았다. 그건 지운의 명함이 아니라, 귀순의 이름이 적힌 명함이었다. 길을 가다가 어떤 노인이 놓친 강아지 두 마리를 잡아 주었고 그 대가로 명함을 받았던 오래전의 사건이 결국은 '실뜨기협회'에 취직하는 결말로 끝날 거라고 누가 상상이나 했겠는가. 그 순간을 괜히 오래 붙들어 두고 싶어서 명함을 버리지 못한 걸지도 모른다. 어쨌거나 엄마는 귀순의 명함을 팔랑대며 협회를 조롱할 자격이 없는 사람이었다. 자신을 어디서 어떻게 증명하게 되었는지 설명하고 싶지 않았다. 엄마는 그럴 가치가 없으니까.

"알아서 할게요."

마법 같은 한마디면 모든 게 끝이 난다. 엄마는 한숨을 쉬며 돌아서고, 쾅 소리와 함께 방에 틀어박히고, 온 집안이 조용해진다. 지운은 이 한마디가 아직 잘 먹힌다는 사실에 감사하며, 귀순의 명함을 가방 깊숙이, 원래 있던 자리로 되돌려 놓았다.

다음 날, 또다시 만난 달구는 앙증맞은 두 눈을 깜빡이며 지운을 향해 조심스레 다가왔다.

한번 본 기억이 있다고 친근감이 생기기라도 한 걸까? 검은콩처럼 박힌 두 눈이 지운을 훑었고, 지운은 저도 모르게 쭈그려 앉아 달구를 들여다보았다. 귀엽고 사랑스러운 것 앞에서는 어떤 인간이라도 이렇게 되는 법이다. 오늘 달구는 반짝이는 천 같은 것을 입에 물고 있었다. 찢긴 조각은 아니고 원래부터 그렇게 작은 천이었던 모양인데, 나무 사이로 햇빛이 비치자 신기하게도 번쩍거리며 오색빛을 냈다. 쉽게 볼 수 없는 독특한 재질로 만들어진 것 같았다.

달구는 천을 물고 몸을 이리저리 돌리며 잔뜩 뽐내는가 싶더니, 따라오라는 듯 종종걸음으로 길목을 따라 지운을 안내했다. 어제만큼 빠르지 않은 걸 보니 지운의 속도를 깨닫고 맞춰 주는 모양이었다. 둘은 어제 노인이 앉아 있던 공터를 지나 명패를 스치고 안쪽 깊숙이 들어갔다. 출입이 금지된 구역에 몰래 침입한다는 죄책감이 잠깐 찾아왔으나, 곧 모습을 드러낸 선녀 폭포를 보자 까맣게 잊어버리고 말았다.

세찬 물줄기가 수면 위로 쏟아진다. 폭포는 아래가 훤히 들여다보일 정도로 맑고 깊었다. 사람의 손길이 닿지 않아 온통 초록색으로 물든 바위들이 곳곳에 자리 잡았고, 물줄기가 떨어지는 소리는 달구의 발소리가 묻힐 정도로 컸다. 탐방로가 시작되었던 사찰과 마찬가지로 한 폭의 수채화 같은 풍경이었다.

달구는 천을 물고 어디론가 달려갔다. 달구가 향한 곳은 매끈하고 작은 돌들이 가득 쌓여 있는 돌무더기였는데, 달구는 거기에 천을 살며시 올려 두었다. 달구의 보물 창고인가? 달구의 몸짓에 정신이 팔린 와중에 물살을 가르는 소리가 났다. 폭포 안에서 헤엄치던 거대한 무언가가 고개를 내밀었다.

거대한 물고기는 몸 전체가 은빛으로 빛났다. 지느러미 사이에 마찬가지로 은빛으로 번쩍이는 팔다리가 붙어 있어 그는 땅과 물속을 자유롭게 오갔다. 그가 수면 위로 완전히 올라와 미끄러지는 바위를 능숙하게 지나쳐 다가오자, 달구는 그를 기다린 듯이 쪼르르 달려갔다. 지운을 발견한 괴물이 사납게 울며 몸을 뒤틀었다. 지운은 저도 모르게 본능적으로 등 뒤를 더듬거렸다. 이럴 줄 알았으면 힘들더라도 목검을 가져왔어야 했는데. 이가 없으면 잇몸으로라도 덤벼야지. 지운은 바닥에서 커다란 돌 하나를 주워 들었다. 괴물에게는 미안한 일이지만 여차할 때 제 몸이라도 건사할 작정이었다.

"그만, 그만! 그거 내려놔, 얼른."

등 뒤에서 누군가 사납게 외쳤다. 어제 공터에서 만났던 노인이 지운을 향해 지팡이를 위협적으로 흔들었다.

노인은 곁으로 다가와 지운을 뒤로 물러서게 했다. 여전히 사납게 몸을 흔들던 괴물의 몸에서 커다란 비늘 하나가 떨어졌다. 비늘은 오묘하게 빛나는 천이 되어 바닥에 내려앉았고, 신이 난 듯 달려간 달구가 천을 물어 자신의 보물 창고에 가져다 놓았다. 익숙하고 자연스러워 보이는 광경이었다. 괴물이 몸을 떨기를 멈추고 바위 사이에 자리를 잡고 앉자, 노인은 지팡이에 의지해 돌 위를 걸어갔다. 걸음걸이가 위태로웠지만 그는 용케 넘어지지 않고 무사히 괴물에게 다가갔고, 주머니에서 무언가를 꺼냈다.

"오래 기다렸지. 할아버지가 약 가져왔다, 선녀야."

노인은 주머니에서 꺼낸 연고의 뚜껑을 열더니, 선녀의

번쩍이는 몸 뒤쪽에 있는 상처 위에 연고를 발랐다. 날카로운 무언가에 베인 것처럼 얇고 긴 상처였다. 상처를 치료받는 동안 선녀는 몇 번이고 더 비늘을 떨어트렸고, 천이 된 비늘은 달구의 보물 창고로 옮겨졌다.

치료가 끝나자 잠시 노인과 장난을 치는 듯 입을 뻐끔거리던 선녀는 곧 폭포로 돌아갔다. 우아하게 헤엄치는 그의 몸은 물속에서 아름답게 반짝거렸다.

괴물의 이름은 선녀. 아주 오래전부터 여기, 선녀 폭포에 살았다. 폭포와 땅을 자유롭게 오가며 움직이고 종종 비늘을 떨어트리는데, 비늘은 선녀를 닮은 색과 광채를 뽐냈다. 선녀의 천은 보통 반짝이는 것을 좋아하는 달구의 차지가 되었다. 노인의 집은 사찰 근처였다. 그는 지운보다 더 어린 나이였을 때 선녀와 달구를 처음 만났고, 그때부터 지금까지 둘을 지키고 돌보는 선녀 폭포의 수호자였다.

"예전에는 달구가 선녀의 천만 모았는데, 요즘은 자꾸 쓰레기를 모으더군. 사람들이 산에 버리는 걸 반짝인답시고 챙겨 두는 거야. 쓰레기는 내가 가지고 내려가서 버리고 있지."

어제 벤치에 앉아 있던 노인의 곁에 쓰레기봉투가 여럿 있었던 게 생각났다. 지운은 고개를 끄덕이며 유유히 헤엄치는 선녀에게 잠시 시선을 두었다. 근처에서 뛰어다니며 두 사람의 대화를 훔쳐 듣던 달구는 자기 이야기를 한다는 걸 알아차렸는지, 쪼르르 달려와 노인에게 애교 있게 머리를 들이밀었다. 그는 노인이 동그란 얼굴을 쓰다듬어 줄 때까지 꼼짝 않고 얌전히 기다렸다.

"선녀와 달구의 존재에 대해 다른 곳에 이야기할 생각은 없으십니까?"

"내가 왜? 이 녀석들은 여기 있을 때 가장 행복한 놈들이야. 내가 죽으면 누가 지켜 줄지가 좀 걱정이 되긴 하지만…… 그때는 또 다른 누군가가 나타나겠지. 내가 없어도 녀석들이 자기 몸은 잘 지킬 테고. 요즘 여기까지 걸어오는 게 힘들어져서 안 그래도 고민이긴 해. 탐방로 길이 잘 닦여 있긴 한데 그것도 점점 힘들어져서…… 평소에 이렇게 자주 오지는 않는데, 왠지 찝찝하다는 생각이 들어서 오늘도 왔더니 학생을 만났군."

"무섭다는 생각은 안 해 보셨나요?"

"무섭다고?"

"달구야 괜찮지만, 선녀 쪽은…… 사실 호감이 가는 외모는 아니지 않습니까."

팔과 다리가 달린 거대한 물고기. 뻐끔대는 입안에 작은 이빨이 촘촘하게 박혀 있고 커다란 눈은 뽀득뽀득 닦인 유리알 같다. 이리 보고 저리 보아도 귀여운 달구와는 다르게 객관적으로 괜찮다고는 할 수 없는 외모다. 물론 보느야 물에 젖으면 유독 더 번쩍이는 비늘이 아름답다며 한바탕 호들갑을 떨었겠지만.

"이 나이 정도 먹으면 생긴 건 그렇게 중요하지 않은 법이야."

"그건 나이랑은 상관없는 문제 같은데요."

"학생은 다른 눈으로 바라보는 법을 아직 배우지 못해서 그래. 그걸 깨닫는다면 알게 되겠지. 저 녀석이 얼마나 아름다운지."

깊은 곳으로 잠수하던 선녀가 수면 위로 물을 뿜었다. 그 장면을 구경하던 달구가 즐거운 소리를 내며 지운의 옆구리를 파고들었다. 당황한 지운이 굳어 버린 것을 아는지 모르는지, 달구는 지운의 옆구리에 머리를 비비며 애교를 부리고 난리였다.

"학생을 좋아하는 것 같은데, 한번 쓰다듬어 줘."

지운은 어정쩡하게 손을 들어 달구의 머리를 문질렀다.

부드러운 감촉이 기분 좋았지만 몇 번 문지르지 못하고 손을 내려놓았다. 이런 건 아무리 해도 어색했다. 문득 몇 번을 거절당해도 굴하지 않고 머리를 들이미는, 바퀴벌레와 돈벌레를 사냥하는 눈이 하나 달린 무언가가 떠올랐다.

"세상에는 제자리에 있어야만 빛나는 것들이 있어. 나는 내 목숨이 다할 때까지 저 친구들이 제자리에 있을 수 있도록 지킬 생각이네."

노인의 말을 듣기라도 한 것처럼, 선녀는 다시 한번 물을 뿜었다. 달구가 두 사람 사이를 빙빙 돌며 좋아했다. 노인의 곁에 있는 선녀와 달구는 더 이상 괴물처럼 느껴지지 않았다. 그들은 친구, 어쩌면 가족이었다. 단지 조금 독특하게 생겼을 뿐인.

그날, 지운은 노인과 함께 오래오래 폭포를 바라보며 시간을 보냈다.

가방에서 우도 땅콩 초콜릿을 꺼내자마자 사람들이 몰려들었다. 아이처럼 좋아하는 사람들 사이에서 지운은 익숙하게 초콜릿을 배분했다. 좋아하는 거라며 신이 난 효령이 초콜릿을 흔들었다.

"농담이었는데."

"제주도 갔으면 이 정도는 사 와야 하니까요."

"어쨌든 잘 먹을게요."

기계처럼 양손에 초콜릿을 쥐고 사무실을 돌아다니는 지운을 향해 사람들은 저마다 한마디씩 건넸다. 잘 다녀왔어요? 진짜 한라산 다녀왔어? 나도 다음에 제주도 데려가 줘요. 별 의미도 진심도 담겨 있지 않지만 악의 또한 없다. 악의가 아니라 가벼운 애정과 관심이 담겨 있다는 걸, 이제는 지운도 알았다.

"단 건 싫은데……"

"사 와도 난리야, 그냥 먹어."

서 팀장의 구박에 구 팀장은 내키지 않는다는 얼굴로 초콜릿을 집어 들었다. 땅콩의 고소함을 음미하던 서 팀장이 갑자기 물었다.

"그래서 진짜로 한라산은 다녀왔어요?"

"네."

"어땠어? 달구는 만났고?"

구 팀장이 장난스레 묻자 지운은 고개를 저었다. 농담으로 물은 게 분명했는데도 구 팀장은 못내 아쉬운 기색을 감추지 못했다.

초콜릿은 하루 만에 동이 났고 돌아온 첫날부터 지운에

게 떨어진 업무의 양은 어마어마했다. 지운은 남들 모르게 조용히 자료실에 들러 '선녀'를 검색해 보았다. 선녀는 《월야괴담》에 탄생이 기록되어 있는 전래 동화 괴물이었다. 지운은 잠시 생각에 빠졌다. 노인은 괴물을 선녀라고 불렀다. 선녀 폭포라는 배경 때문에 자연스럽게 선녀라는 이름을 붙여 준 걸 수도 있다. 그게 아니라면, 전래 동화 괴물의 존재를 아는 누군가가 노인에게 괴물의 이름을 알려 준 걸까? 어느 쪽이든 크게 달라지는 건 없었지만.

늦은 시간까지 사무실에 남아 있던 지운은 알림이 오지 않았음에도 버릇처럼 휴대폰을 확인했다. 보늬에게 보낸 마지막 메시지를 화면에 띄웠다. 휴가차 제주도를 다녀오려고 합니다. 답장은 오지 않은 상태였다. 무의미하게 화면을 톡톡 두드리는데 진동이 울렸다. 기다린 적이 없는 사람에게서 온 메시지다. 엄마였다. 인사도 없이 떠나는 건 너무한 거 아니니. 지운은 답장하지 않고, 대신 보늬에게 메시지를 보냈다. 다녀왔습니다. 보늬는 여전히 반응이 없었다.

발목에 푹신한 무언가가 닿았다. 몸을 숙여 들여다본 책상 아래에는 언제 온 건지 목요가 몸을 웅크리고 있었다. 자신을 찾지 않은 지운을 책망하듯 하악질을 하는 목요를 조심스레 들어 책상에 올려놓았다. 예상치 못한 반응에 놀랐는지 목요는 하나밖에 없는 눈을 크게 뜨고 지운을 빤히 올려다봤다.

지운은 목요의 머리 위에 손을 올렸다. 부드러운 갈색 털이 지운의 손가락 사이로 빠져나갔다.

다른 눈으로 바라보는 법이 대체 무엇인지 아직은 알지 못하지만, 이 정도라면 괜찮겠다고 지운은 생각했다.

개체 이름: 선녀

일련번호: KMMA-6527

등급: 백(白) 등급

종류: 짐승형 괴물

활동 지역: 제주도 한라산 선녀 폭포 외 5곳

탄생(일부 《월야괴담》 발췌): 옛날 옛적에 어느 가난한 나무꾼이 숲에서 나무를 하다가 도망치는 사슴을 만났다. 사슴은 사냥꾼이 자신을 쫓고 있으니 숨겨 달라고 부탁했고, 나무꾼은 말하는 사슴을 신기하고 불쌍하게 여겨 그를 도와주었다. 사슴은 살려 준 은혜를 갚겠다며 나무꾼에게 큰돈을 벌 기회를 알려 주겠다고 했다. 이 숲속에 '선녀 폭포'라 불리는 폭포가 있는데, 거기에 진짜 '선녀'가 살고 있다는 거였다. 선녀는 아름다운 비늘을 가진 거대한 물고기로, 일정한 시간에 땅으로 올라와 허물을 벗듯 비늘을 떨어트린다고 했다. 그 비늘은 선녀의 몸에서 떨어지는 순간 아름답게 반짝이는 천이 되는데, 그 천을 가져다 팔면 돈을 벌 수 있을 거라는 얘기였다.

나무꾼은 사슴의 말대로 선녀 폭포로 향했고, 정말로 선녀가 남겨 둔 비늘을 발견하고 시장에 천을 팔아 많은 돈을 벌었다. 선녀는 일주일에 한 번 비늘을 벗었는데, 아무도 선녀의 정체를 몰랐으므로 욕심을 부리지 않는다면 부자가 될 수 있었다.

하지만 나무꾼은 더 많은 돈을 빠르게 벌고 싶은 마음에 욕심을 부렸고, 결국 비늘을 벗기 위해 올라온 선녀를 붙잡아 강제로 더 많은 양의 비늘을 뜯어내려 했다.

나무꾼이 칼을 들고 덤벼들자 선녀는 놀라울 정도로 강한 힘으로 나무꾼의 손을 붙들더니, 날카로운 이로 나무꾼의 손을 물어뜯어 버렸다.

손을 잃은 나무꾼은 숲속을 헤매다가 간신히 구조되었다. 그가 시장에 내다 판 천이 갑작스레 재로 변하자 화가 난 상인들이 나무꾼을 사기꾼이라 몰아붙였고, 나무꾼은 선녀 폭포와 선녀에 대한 이야기를 털어놓았다. 하지만 상인들이 무리지어 선녀 폭포로 향했을 때, 폭포는 아무도 없이 텅 비어 있었다고 한다.

괴물 전문가들은 이 이야기를 인간의 모습을 한 선녀와 나무꾼의 이야기로 완전히 변형해 퍼트렸다.

설명:

- 주로 폭포 안에서 지낸다. 비늘을 벗을 때만 땅으로 올라오는 듯하다. 비늘을 벗는 주기는 개체마다 다르다.

- 위협받지 않으면 인간을 공격하지 않는다.

개체 이름: 달구

일련번호: KMMA-1043

등급: 청(靑) 등급

종류: 짐승형 괴물

활동 지역: 제주도 도근천

설명:

– 수달과 족제비를 닮은 괴물로, 제주도 도근천에서 발견된 기록이 많다.

– 반짝이는 것을 좋아한다. 반짝이는 것을 주워 한자리에 모아 두는 습성이 있다.

– 인간에게 호의적이다. 가까운 인간과 교감도 가능한 것으로 보인다.

7.
나랑
같이
먹지

더 깊이 들어가면 위험하다.

퀴퀴한 곰팡이 냄새가 가득한 지하실 안, 물기가 찰박거리는 곳을 향해 한 걸음을 더 옮기려는 순간이었다. 더 깊이 들어가면 위험하다니까. 뇌가 만들어 낸 게 분명한 목소리가 고막과 외이도의 중간 어디쯤에서 재잘거렸다. 아마 지금쯤 서울에서 소주와 맥주가 어느 비율로 섞여야 환상적인지 토론하느라 여념이 없을 딸의 목소리와 비슷한 것 같기도 했다. 지하실에 들어오기 몇 시간 전 마지막으로 딸과 통화를 했던 게 어떤 영향을 끼치기라도 한 걸까. 최 팀장은 목소리를 무시하며 용감하게 한 걸음을 옮겼다. 발밑에서 물웅덩이가 흐트러졌고 어디선가 끽끽거리는 소리가 났다. 감히 정체를 추측할 수 없을 정도로 이상한 소리였다.

받은 만큼만 일해 엄마, 감당할 수 있는 정도만 책임지라고, 그게 요즘 유행이야. 통화 중에 딸이 남긴 명언이었

다. 최 팀장의 목소리만 듣고도 최 팀장이 어디서 뭘 하는
지 알아채는 귀신같은 딸이다. 낮은 천장과 더러운 벽이
온통 물기로 축축한 지하실에서 최 팀장이 더 나아가지 못
하고 망설이는 이유도 그 때문이었다. 이런저런 방향으로
생각해 보아도 딸의 말이 맞고 목소리의 말이 맞다. 받은
만큼만, 감당할 수 있는 정도만, 더 들어가면 위험할지도
모르니까. 그래도…… 그래도 이건 좀 아니지 않나? 최 팀
장은 바람막이 주머니에 찔러 넣은 오른손을 꺼내 쥐었다
폈다. 지하실 근처를 맴돌 때부터 스멀스멀 퍼지기 시작한
통증은 이제 손가락 관절이 저릿할 정도로 강하게 번졌다.
이 정도로 묵직한 통증이 느껴지는 걸로 보아 다른 건 몰
라도 하나는 확실했다. 이 지하실 깊숙한 곳에 있는 게 무
엇이든 간에, 그건 단단히 화가 났거나, 폭발적인 에너지
를 주체하지 못하고 날뛰는 상태다. 그리고 그걸 느껴 버
린 이상 최 팀장은 도저히 모른 척할 수 없었다.

　'어느 사건을 계기로 더 이상 모른 척하지 않기로 결심
했다' 같은, 소심하지만 정의로운 영웅이 지니고 있을 법
한 이유 때문은 아니었고, 솔직히 말하면 그냥 무서워서
였다. 순간의 회피가 큰 사고로 이어지는 경우를 심심찮
게 봐 왔던 경험에서 우러나온 두려움. 그는 침착하게 휴

대폰 플래시를 켜고 사방을 살폈다.

코를 찌르는 곰팡이 냄새. 천장에서 떨어지는 물방울이 머리며 어깨에 내려앉는다. 주변을 꼼꼼히 관찰한 결과, 더 깊은 아래로 내려가는 길이 정면에 보이는 문 너머에 있을 것 같았다. 지하실 입구를 지키고 있던 것과 마찬가지로 붉은 녹으로 가득한 문은 습기에 점령당해 있었다. 둥근 문손잡이를 향해 손을 뻗으려다 말고 최 팀장은 주머니에 넣어 둔 봉투를 꺼냈다. 봉투 안에는 유리 부스러기와 검은 파편이 들어 있다. 최 팀장은 천천히 휘파람을 불었다. 그는 이제 이게 무엇을 의미하는지 알았다. 검은 뿔테 안경의 파편.

협회 본사 건물에 숨겨진 지하실, 아래로 향하는 문, 붉은 녹과 물기, 누군가의 흔적으로 보이는 유리 조각과 검은 알갱이, 손이 저릴 정도로 강하게 느껴지는 무언가의 기운.

"……아닐 거라 생각했는데……."

문을 열기 전, 마지막으로 휴대폰을 확인했지만 연락할 수 있는 사람은 눈에 띄지 않았다. 그럴 수밖에 없었다. 두 사람은 협회의 기둥과도 같은 존재였으니 협회에서 그 둘과 관련이 없는 사람을 찾기란 사실상 불가능에 가까웠다. 둘 중에 어느 쪽인지 확인만 할 수 있다면, 그렇다면 이렇게 혼자 고민하지는 않았을 텐데……. 무의미하게 연락처 화면을 넘기던 최 팀장의 손가락이 어느 이름에서 멈추었다. 본사 사원 강보늬.

여우 누이 사건으로 본사에 올라온 뒤 건물에서 한두 번 정도 마주친 사람이다. 서 팀장의 소개로 번호를 교환했고, 가볍게 인사를 나누기도 했다. 그 유명한 회장님의 손녀. 든든한 혈연과는 별개로 보늬에 대한 각종 소문과 농담은 어디서든 들끓었고 그건 경상도 지부에서도 마찬가지였다. 딱히 끼어들고 싶지는 않았기에 최 팀장은 언제나 그런 험담을 적당히 흘려보내며 살았다. 실제로 그 주인공을 만났을 때는 좀 죄책감이 들기도 했지만, 보늬와의 짧은 만남이 최 팀장이 가진 선입견을 더 강화하는 계기가 되었음을 부정할 순 없었다.

위대한 할머니가 남긴 위대한 궤적에서 한참을 빗나가 버린 손녀는 믿음직스럽다는 표현과는 상당한 거리가 있는 사람이었다. 가만히 서서 사람을 바라보는 것만으로도 위압감을 주는 귀순과는 달라도 너무 달랐다. 더군다나 할머니로부터 카리스마뿐만 아니라 손도 물려받지 못했다고 하니, 강보늬는 사단법인 한국괴물관리협회의 회장직을 이어받을 만한 재목은 아닌 것이다. 큰 자리를 차지하려면 기본적으로 능력과 아우라를 갖출 필요가 있으니까. 강보늬에게 적당한 역할은 최 팀장과 같은 조연, 혹은 그마저도 못한 엑스트라 정도. 가혹한 평가였지만 최 팀장은 이런 부분에서는 한없이 냉정했다. 그런데도 똑똑 떨어지는 물방울 소리만 가득한 지하실에서 하필 강보늬의 이름을 두고 고민하게 되는 이유는 무엇일까. 최 팀장은 통화 버튼을 두고 오래도록 근심했다.

협회의 안위를 흔들 정도로 엄슬한 일이 이곳에서 벌어지고 있다. 협회를 지탱하는 두 기둥조차 믿을 수 없는 상황에서 유일하게 올바른 선택을 내릴 수 있는 사람이 있다면 아이러니하게도 강보늬일 것이다. 이토록 단단한 확신을 갖는 이유는 최 팀장 스스로도 알지 못했지만, 직감이 들었다면 무시할 수는 없었다. 최 팀장은 둥근 문손잡이를 돌리며 보늬에게 전화를 걸었다. 휴대폰 너머로 통화 연결음이 이어지는 동안 문은 소리 한번 내지 않고 부드럽게 열렸다. 최 팀장은 본능적으로 위험을 감지하고 멈춰 섰다. 누군가 최근에 이 문을 통해 아래를 자주 드나들었다는 뜻일지도 몰랐다.

보늬는 끝내 전화를 받지 않았다. 친하지도 않은데 냅

319

다 전화를 걸어서 당황했으려나? 짧은 계단을 내려오는 최 팀장의 발아래에서 물컹한 무언가가 밟혔다. 최 팀장은 휴대폰 플래시로 발밑을 비추었다. 붉은 점액 덩어리가 발밑에 그득하게 달라붙어 떨어질 줄을 몰랐다. 계단 끝에서 시작되는 바닥에는 얕은 물이 깔려 있어 발이 젖지 않고 조사하는 건 어려워 보였다. 최 팀장은 바지를 접어 올리고 물속으로 두 발을 내디뎠다. 낡은 운동화 속으로 스며든 물이 양말을 적셨다.

두 번의 계단을 거쳐 도착한 공간은 생각했던 것보다 더 넓었고, 그 어느 곳보다 축축하고 습했다. 천장에 조명으로 보이는 무언가가 설치되어 있었으나 조명을 켜는 스위치는 찾을 수가 없었다. 어둠 속에서 물이 졸졸 흐르는 소리가 희미하게 들렸다. 사방에 커다란 바위 같은 구조물들이 널려 있었는데, 가까이 놓인 구조물을 들여다보던 최 팀장은 구조물이 진짜 바위라는 것을 깨달았다. 붉은색으로 보이는 바위는 자세히 살피니 붉은 이끼에 뒤덮인 상태였다. 손가락에 묻은 붉은 이끼를 들여다보던 최 팀장은 서둘러 보늬에게 다시 전화를 걸었다. 지루한 신호음을 들으며 바위를 살피는 그의 뒤로 다가온 무언가가 찰박거리는 소리를 냈다. 최 팀장이 재빠르게 몸을 돌리기 전에, 무언가가 최 팀장의 발을 낚아챘다.

최 팀장은 휴대폰을 쥔 채로 바닥에 엎어졌다. 예고도 없이 바닥에 정통으로 부딪친 탓에 절로 신음이 흘렀다. 최 팀장의 발목을 낚아챈 무언가는 촘촘한 빨판으로 최 팀장의 발과 발목을 훑었고, 최 팀장이 통증에 정신을 못 차리는 사이에 두 발을 쑤욱 삼켰다. 미끈하고 말캉한 어딘가에 박힌 발이 도저히 움직일 생각을 안 했다. 죽을지도 모른다는 원초적인 공포가 최 팀장을 집어삼키는 순간, 생명 줄처럼 붙들고 있던 휴대폰에서 보늬의 목소리가 들렸다. 여보세요?

최 팀장이 보늬를 향해 최후의 경고를 남겼다. 무언가는 최 팀장의 몸을 허벅지까지 빨아들였고, 저항할 수 없는 힘에 끌려가느라 놓친 휴대폰은 물속으로 가라앉았다. 잠시 거센 물소리가 계속되었으나 곧 잠잠해졌다. 지하실은 이전의 고요한 침묵을 되찾았다.

……팀장들이 뭐 어쨌다고? 사직서를 손에 쥔 보늬는 다른 한 손으로 휴대폰을 들고 최 팀장의 외침을 곱씹었다.

대화도 몇 번 나누어 본 적이 없는 사이였다. 협회에서 오다가다 만나서 소개를 받고, 급하게 번호를 교환한, 딱

그 정도 사이. 연거푸 전화를 걸어 갑자기 소리를 지르고
끊어 버리기에는 어색한 사이인데. 보늬는 대수롭지 않게
휴대폰을 주머니에 쑤셔 넣었다. 지금은 의문의 전화보다
는 눈앞의 사직서를 처리하는 게 더 급했다. 최 팀장의 고
함 정도야 나중에 해석해도 되겠지. 안 그래도 산란한 마
음에 최 팀장이 끼어들 자리는 없었다.

고민할 시간은 충분했고 보늬는 결정을 내렸다. 협회로
돌아가지 않는다.

고작 이 정도의 사건도 견디지 못할 거면서 무슨 배짱
으로 협회에 들어왔느냐고 물어도 할 말이 없다. 아니, 사
실 할 말은 있었다. 보늬에게는 끔찍하고 괴이한 존재만
큼이나 인간도 소중했다. 그리고 보늬가 생각하기에 양쪽
모두를 지킬 방법은 아직 존재하지 않았다.

양쪽의 경중을 따지지 못하고 평생을 오락가락하다가
모두에게 상처를 입힐 바에야 차라리 그만두는 게 나았
다. 보늬는 여우 누이의 죽음을 막지 못했으며 마찬가지
로 지운이 다치는 것도 막지 못했다. 인간과 괴물이 공존
하는 이상, 누군가는 죽고 누군가는 다치며 누군가는 상
처를 입는다. 끈적끈적하고, 검붉고, 커다란 입안에 수많
은 이빨이 자리 잡고 있고…… 그런 것들의 품에 안겨 삶

으로부터 도망친다는 게 얼마나 헛된 꿈이었는지 보늬는
이제 알았다. 귀순의 말이 맞았다. 소중한 것을 지키려면
힘이 필요했다. 좋아하는 마음만으로 소중한 존재를 지키
는 건 불가능하다.

구겨진 명함 위에서 금박으로 인쇄된 이름이 반짝거렸
다. 대귀협의 김 부장이 주고 간 명함이었다.

지운의 기대와는 다르게 보늬의 눈은 아무것도 아니었
다. 괴물의 약점이고 뭐고, 보늬가 두 눈으로 볼 수 있는
건 귀신뿐이었다. 눈을 가진 보늬가 무엇을 선택해야 할
지는 피할 수 없을 정도로 분명했다. 이렇게 간단하고 가
벼운 사실을 왜 지금까지 깨닫지 못했던 걸까. 보늬는 손
에 쥔 명함을 열심히 펴려고 애썼지만 명함이 원래의 구
김 없는 모습으로 돌아갈 순 없었다. 주머니에 든 휴대폰
이 짧게 진동했다. 지운이 보낸 메시지였다.

'언제까지 유치하게 굴 수 있는지 보겠습니다.'

보늬는 저도 모르게 뒤로 돌아 복도를 살폈다. 복도 저
끝에서 후드 아래로 커다란 두 눈을 형형하게 빛내며 지
운이 달려오는 것은 아닐까, 불안감이 든 탓이었다. 몇 주
간의 잠적 끝에 지운으로부터 도착한 메시지는 그야말로
무시무시했다. 못 본 사이에 더 살벌해진 것 같단 말이지.

보늬는 옅게 웃었다.

출근 시간보다 일찍 도착한 덕분에 사무실은 고요했다. 유일한 조기 출근자인 구 팀장은 홀로 책상에 앉아 심각한 얼굴로 휴대폰을 두드리고 있었다. 보늬는 자신을 발견한 구 팀장이 인사를 건네기도 전에 사직서를 내밀었다. 옅은 진흙 자국이 희미하게 남아 있는 것만 빼면 흠잡을 것 없이 완벽한 사직서. 이 사직서 때문에 구 팀장이 죽을 뻔했던 적도 있었는데, 아주 오래전의 일을 떠올리는 것처럼 아득했다.

구 팀장은 보늬의 사직서를 거절하지 않았다. 그렇다고 선뜻 받아들이는 것도 아니었다.

"……지운 씨랑 연락해 봤어? 보늬 씨 엄청 찾던데."

"아니요."

"서 팀장은? 그냥 가면 서운해할 거야."

"따로 연락 남기려고요. 얼굴 보고 인사하면 마음이 또 달라질까 싶어서요."

단호한 어조에 구 팀장은 할 말을 잃고 관자놀이를 긁적거렸다. 어쩔 줄 모르는 얼굴로 전전긍긍하던 그는 결국 봉투를 열어 내용물을 확인하고, 한숨을 쉬었다. 보늬 씨, 그가 무거운 목소리로 불러서 보늬는 잠자코 예, 하고 대답했다. 구 팀장은 보늬를 막지 않을 것이다. 그는 어찌 되었든 제법 괜찮은 상사였고 보늬의 선택을 존중할 테니까.

"그동안 수고 많았고, 종종 들러. 회장실에 있는 친구가 기다릴지도 몰라."

"알겠습니다."

그렇게 대답했지만 종종 들를 일은 없다고 생각하며, 보늬는 웃었다. 구 팀장이 손을 내밀었고 마지막 악수가 이루어졌다. 사무실 문을 열고 복도로 나가는 길에 보늬는 이제 막 출근하는 효령과 마주쳤다. 효령은 긴 잠적 끝에 갑자기 나타난 보늬의 존재에 깜짝 놀란 표정을 지었다. 사무실을 뒤덮은 울적한 분위기만으로도 보늬가 왜 사무실에 왔는지 알아차린 듯했다. 그의 얼굴을 언뜻 스쳐 지나간 무언가가 통쾌함인지 찝찝함인지 그것도 아니면 다른 무언가인지, 보늬는 알 수 없었다.

마지막으로 복도를 걸으며 보늬는 탕비실 안을 슬쩍 살폈다. 냉장고 틈으로 검은 머리카락이 빠져나와 바닥에 흩어져 있었다. 익숙하고도 뭉클한 광경에 보늬는 걸음을 멈추고 말았다. 이럴까 봐 작별 인사를 하지 않으려 했는데, 도저히 지나칠 수가 없다. 저 장면을 보고도 매정하게 지나칠 수 있는 사람이 있기나 할까.

보늬는 탕비실 안으로 들어갔다. 곧바로 냉장고 문을 열자 여자와 눈이 마주쳤다. 여자는 붉은 입술을 죽 찢으며 히죽 웃었다. 보늬는 또 습관처럼 한숨을 내쉬었다.

"여기서 뭐 해요?"

'……재미없어?'

"설마 저 올 때까지 또 기다렸어요?"

'심심해서.'

"앞으로 계속 심심할 텐데 어쩌려고요."

'무슨 소리야?'

소복을 주섬주섬 걷어 올리며 냉장고 안에서 기어 나오던 여자가 물었다. 아무것도 모르고 환하게 웃는 얼굴에 침을 뱉고 싶진 않지만, 보늬보다 오랜 세월을 버텨 온 여자 귀신에게 이별은 생각보다 견디기 쉬운 사건일 것이다. 그래야만 했다.

"저 이제 안 와요."

'응? 왜?'

"그만뒀거든요. 아마 대귀협으로 갈 거 같……."

'그게 대체 무슨 말이야?'

여자가 꽥 소리를 지르자 탕비실에 놓인 물건들이 갑자기 들썩거렸다. 빈 머그잔과 과자 봉지 따위가 실로 잡아

당기기라도 한 것처럼 동시에 움직이는 광경은 보늬가 아닌 다른 누군가가 보았다면 비명을 지를 정도로 오싹한 모습이었다. 지운이 봤다면 그토록 염원하던 폴터가이스트 현상7을 눈앞에서 확인했다고 좋아했을 텐데. 보늬는 무의식적으로 지운을 떠올렸다.

'그만둔다고? 이렇게 갑자기 말도 없이?'

"미리 말 못 한 건 미안해요."

'왜 그만두려는 건데?'

길길이 날뛰지는 않았지만 여자는 충분히 혼란스러워 보였다. 여자의 심정을 대변하듯 냉장고에 붙어 있던 자석이 우수수 바닥으로 떨어졌고 수도꼭지에서 물이 쏟아지다가 멈추기를 반복했다. 깜빡이는 조명 아래에서 보늬는 평소보다 더 창백하게 질린 여자의 얼굴을 가만히 바라보았다.

"여기에선 어디를 가도 내 자리가 없어서요."

이미 죽은 지 한참이 되어 버린 여자는 보늬의 대답을 이해하기 어려운 듯했다. 생각에 잠긴 얼굴로 슬퍼하는 그의 눈이 금방이라도 눈물이 흐를 것처럼 붉었다. 그렇

---

7 정체불명의 소음이 들리거나 물건이 날아다니는 심령 현상.

지만 눈물은 흐르지 않을 것이다. 여자처럼 자신의 이름까지 잊을 정도로 오래된 귀신들은 대개 눈물이 메말라버린 경우가 많았다. 여자는 화를 가라앉히려는 듯, 탕비실을 빙빙 돌며 끝없는 생각에 파묻혔다.

오랜 침묵 끝에 다가온 여자는 마음의 정리를 끝냈는지 다소 결연해 보였다. 팔을 넓게 벌린 여자가 안아 줘도 돼? 하고 물었다. 보늬는 허락했다. 여자의 품은 서늘한 동시에 기묘하게 따뜻했다.

작별 인사를 마치고 탕비실을 나가려는 보늬를 여자가 붙잡았다. 영문을 모르는 얼굴을 향해 쉿, 하고 속삭인 여자가 보늬를 밀쳐 내고 밖을 살폈다. 보늬가 밀려나자마자 누군가가 빠른 걸음으로 탕비실 앞을 스쳐 지나갔다. 보늬는 문틈으로 고개를 내밀고 투박한 걸음의 주인공이 누구인지 확인했다. 거칠 게 없고 보폭이 넓은 걸음걸이, 굳이 얼굴을 확인하지 않아도 뻔했다. 지운이었다. 여자는 보늬가 지운과 마주치지 않도록 도와준 것이다.

'쟤가 너 없는 동안 탕비실에서 엄청 떠들어 댔단 말이야. 거기 있는 거 다 안다면서, 너한테 원격으로 연락할 수 있는 방법은 없냐고, 귀신은 텔레파시 뭐 그런 거 못하냐고 계속 갈궜다니까.'

"……허공에 대고요?"

'어, 누가 보면 미친 사람인 줄 알았을걸. 하여튼 이상한 애야.'

탕비실 테이블에 홀로 앉아 아무도 없는 허공을 향해 조잘거리는 지운과 탕비실 구석에서 귀를 막고 끙끙거리는 여자를 상상하자 순식간에 기분이 나아졌다. 보늬는 저도 모르게 소리 내어 웃었다. 덕분에 마지막 인사는 발랄하고 씩씩하게 건넬 수 있었다. 안녕. 여자는 차분하게 손을 흔들어 주었다.

보늬는 안내 데스크에 협회 회원증을 반납했다. 정문을 빠져나와 쏟아지는 햇살에 부딪히자 그제야 조금 울컥했다. 다행히 눈물은 나지 않았는데, 여자처럼 보늬의 눈물 역시 말라 버린 걸지도 몰랐다.

지운은 천천히 심호흡을 하고 목검을 허공을 향해 겨누었다. 재빠르게 내려치고 뒤로 물러나기를 반복하며 어지러운 머릿속을 가라앉혔다. 본사 뒤뜰은 개미 새끼 하나 볼 수 없을 정도로 고요했다. 지운이 군이 여기까지 나와 목검을 휘두르는 이유도 그 때문이었다. 여우 누이 사건 이후로 신체 단련의 소중함을 새삼스레 깨달았는지,

구 팀장은 어느 순간부터 할 일이 없는 팀원들이 업무 시간 중에 체력 단련실에서 시간을 보내는 것을 허락하기 시작했다. 덕분에 체력 단련실은 항상 사람들로 바글거렸고 결국 지운은 뒤뜰에 도달하고야 말았다. 바람에 휩쓸려 들어온 쓰레기가 곳곳에 나뒹굴고 은은한 담배 냄새가 흐르는 것만 빼면 나쁘지 않은 공간이었다. 목검을 쥔 손에서 어느새 땀이 흠뻑 배어 나왔다.

잠적은 그러려니 했는데, 말도 없이 이렇게 그만둔다고?

지운은 당황스러웠다. 사람과 깊은 유대 관계를 맺어 본 적이 없는 지운이었지만 그동안 보고 들으며 배운 게 있으니 이 정도는 안다. 보늬와 지운은 나쁘지 않은 팀이었고 꽤 많은 파견을 함께했으며 가끔 퇴근 후에도 시간을 같이 보내곤 했으니, 동료 혹은 친구라고 부를 만한 사이가 되었다는 것. 그런 관계를 유지하다가 한 사람이 사라지면서 그 어떤 연락도 인사도 하지 않는 건 예의에 어긋나는 일이라는 것. 물론 학습해서 깨우치는 것과 실제로 그런 상황을 맞닥뜨리는 것에는 아주 큰 차이가 있었다. 보늬가 말도 없이 사라져 버린 지금, 지운은 속된 말로 열받았다.

열받을 만하지, 그렇고말고…… 열받아도 되는 거겠지?

혼란한 와중에도 신중하게 목검을 쥐고 호흡을 가다듬었다. 들이켠 숨이 온몸 구석구석, 손가락과 발가락 끝까지 퍼지도록 애썼다. 가만히 숨을 고르는 지운의 발목에 푹신한 무언가가 닿았다. 검은 무늬가 드문드문 새겨진 갈색 털 뭉치가 햇빛 아래에서 부드럽게 빛났다. 목요는 하나뿐인 초록색 눈을 크게 뜨고 지운을 올려다보았다. 최근 지운의 책상 근처를 맴돌면서 이것저것을 많이 주워 먹은 탓인지 예전에 비하면 덩치가 1.5배 정도 커진 상태였다. 이러나저러나 귀여운 건 마찬가지였지만. 지운은 목검을 내려놓고 목요의 얼굴 위로 손을 올렸다.

"너 살쪘다."

지운의 말을 알아들었는지, 목요는 장난스럽게 지운의 손바닥에 머리를 들이밀었다. 가만가만 보드라운 얼굴을 쓰다듬던 지운이 불쑥 물었다.

"너도 화나지, 그렇지?"

아무에게나 애교를 부리는 것처럼 보여도 목요는 은근히 깐깐한 새침데기다. 목요가 유일하게 새침을 떨지 않는 사람이 있다면 그건 보늬와 지운이었는데, 지금 그중

한 명이 사라져 나타날 생각을 하지 않으니 목요도 침울
하긴 마찬가지일 것이다.

다른 눈으로 세상을 바라보는 법을 아직 깨우치지는 못
했지만 다른 눈으로 세상을 바라보고자 하는 마음은 이해
할 수 있을 것 같다고, 그러니 나도 조금은 달라지고 있는
게 아니냐고 물어보려 했는데. 자랑이나 뽐내기 위한 질문
이 아니라 정말로 확인받고자 하는 마음에서 우러나온 질
문이었다. 그런데 물어볼 틈조차 주지 않고 사라져 버리다
니. 사라지는 타이밍마저 기가 막히게 고르는 사람이다.

지운의 마음을 아는지 모르는지, 무아지경으로 얼굴을
부비던 목요가 갑자기 고개를 돌렸다. 보이지 않는 무언
가를 감지한 듯 허공을 빤히 바라보는가 싶더니, 재빠르
게 어딘가를 향해 종종걸음으로 걷기 시작했다.

"야. 왜 그래, 어디 가?"

지운이 재빠르게 쫓으며 물어도 목요는 멈추지 않았다.
지운은 목요를 따라 뒤뜰을 한 바퀴 빙 돌았다. 잡초를 파
헤치던 목요가 다시 한번 고개를 돌리고는 이번엔 본사
건물을 향해 똑바로 직진했다. 목요처럼 모퉁이를 돌자
통제구역이라는 표지판이 붙은 낡은 문이 나타났다. 더러
운 얼룩으로 뒤덮인, 언뜻 보아도 만지기 싫은 문이었다.

목요는 바짝 세운 발톱으로 맹렬하게 문을 긁어 댔다.

"너 진짜 왜 그……."

목요를 향해 투덜거리던 지운이 말을 멈추었다. 낡은 문이지만 문손잡이만큼은 얼룩 하나, 먼지 한 톨 없이 깨 끗하다. 최근에 드나든 사람이 많은 모양이다. 지운은 사 방을 살폈다. 목요는 여전히 문을 긁으며 사납게 으르렁 거렸다. 지운은 목요를 들어 품에 안고 통제구역으로 들 어갔다.

안은 버려진 경비실처럼 보였다. 직사각형의 책상 위에 여러 모니터와 간단한 사무용품이 놓여 있었다. 컴퓨터는 오래전에 고장 나 버린 듯 화면에서는 아무것도 확인할 수 가 없었고 텅 빈 철제 캐비닛이 구석에서 나뒹굴었다. 반 대쪽 구석에는 종이 박스들이 차곡차곡 쌓여 있어 발 디딜 틈도 보이지 않았다. 지운은 목요를 땅에 내려놓고 방 안 을 잠시 살폈다. 특별히 목요를 흥분하게 할 만한 무언가 는 보이지 않았다. 목요는 어느새 종이 박스 옆으로 다가 가 강아지처럼 코를 들이대며 냄새를 맡는 중이었다.

"아무것도 없는데?"

지운이 목요에게 중얼거림과 동시에 목요가 종이 박스 에 몸을 부딪쳤다. 내용물이 없었는지 종이 박스들은 힘

없이 바닥으로 떨어졌다. 몸을 날려 박스를 받아 낸 지운이 목요에게 화를 내려는 순간, 박스 뒤에 숨겨져 있던 부적이 드러났다.

벽에 붙어 있는 부적은 붉은 바탕에 노란색 문양이 그려진 물건이었다. 색이 뒤바뀌었을 뿐, 부적 하면 흔히 떠올리는 모습 그대로였다. 지나치게 새것 같다는 점을 빼면 이상한 건 없었다. 누군가 최근에 새로 붙여 놓기라도 한 걸까? 대체 왜, 어떤 이유로? 지운은 수상한 부적을 노려보다가, 손끝으로 거침없이 부적을 뜯어 버렸다. 그리고 깜짝 놀라 뒤로 물러섰다.

부적이 벽에서 떨어져 나가는 동시에, 붉은 녹이 잔뜩 묻은 문이 나타났다. 짙은 안개에 파묻혀 있던 무언가가 제 형체를 드러내는 것처럼, 분명 아무것도 없던 자리에 난데없이 등장한 낯선 문. 부적의 결계가 풀리며 드러난 문을 목요가 신나게 긁어 댔다. 지운은 수상하기 그지없는 그것을 가만히 노려보았다. 문고리를 조심스레 돌렸다. 다행히 아무 일도 벌어지지 않는다, 지금까지는.

"따라오지 마, 안 돼."

문 너머는 계단이었다. 지운은 문틈으로 고개를 내밀고 따라오려고 애쓰는 목요를 경비실 밖으로 내보냈다. 다른 곳도 아니고 본사 건물인데 위험한 게 있을 리는 없지만, 부적으로 숨겨 둔 문은 꽤나 음산한 분위기를 풍겼으니까. 목요는 못내 아쉬운 얼굴로 지운을 원망하듯 올려다보고 있었다.

물기로 축축한 계단을 지나 지운은 마침내 지하실에 도착했다. 짙은 곰팡이 냄새와 괴상한 썩은 내에 절로 얼굴이 찌푸려졌다. 은은한 조명이 비추고 있는 지하실 안은 온통 물기에 젖어 흥건했고 정면에 또 다른 문이 보였다. 지운은 깊이 생각하지 않고 성큼성큼 다가가 문을 열어젖혔다. 걸음을 옮길 때마다 발밑에서 물웅덩이가 몇 번이고 흩어졌다. 문 너머로는 또 계단이 이어졌지만 이전 것만큼 길지는 않아 보였다. 지운은 아래로 내려갔다.

두 번째 지하실에도 조명이 설치되어 있는 것 같았지만 스위치를 찾을 수 없었다. 지운은 휴대폰 플래시를 켜고 찬찬히 사방을 살피기 시작했다. 멀리서 물이 콸콸 흐르는 소리가 났다. 차오른 물이 발목을 간질였다. 부서진 파이프가 벽과 천장에 달라붙어 있었는데, 깨진 틈으로 물이 쉬지 않고 새어 나왔다. 어쩌면 본사 건물에 하루가 멀다 하고 단수가 발생하던 이유가 여기 때문인 걸까? 지운은 소득 없는 추측을 해 보았다. 어두운 지하실 곳곳에 붉은 이끼가 낀 바위가 보였다. 바위에 무언가 오돌토돌한 것들이 잔뜩 달라붙어 있어 지운은 고개를 숙였다.

단단하고 자그마한 껍데기 아래로 더듬이를 뽐내는 그 것들은, 다시 볼 것도 없이 우렁이였다. 다양한 크기를 자 랑하는 수많은 우렁이. 우렁이들은 빨판같이 생긴 입으로 바위에 묻은 붉은 이끼를 바쁘게 훑었다. 어딘가 평화로 우면서도 왠지 모르게 소름이 끼치는 광경이었다. 지운은 작은 우렁이 하나를 들어 손바닥에 올렸다. 껍데기 안으 로 몸을 감춘 우렁이는 붉은 이끼를 먹는다는 점만 빼면 보통 우렁이와 다를 것이 없었다.

어디선가 앓는 소리가 들려 지운은 날쌔게 몸을 돌렸 다. 어둠에 잠긴 지하실은 그 크기를 가늠하기가 어려워 소리가 어디에서 들려오는 건지 쉽게 알 수 없었다. 한참 동안 찰박거리며 거대한 지하실 안을 돌아다닌 끝에 지운 은 소리의 근원지를 찾아냈다. 소리를 향해 가까이 다가 갈수록 지하실에 은은하게 퍼져 있던 썩은 내가 점점 심 해졌다. 목표물을 확인한 지운이 믿을 수 없다는 듯 걸음 을 멈췄다. 벽에 등을 기대고 누워 있는 사람은 틀림없이 최 팀장이었다.

"⋯⋯팀장님?"

인사를 한 적은 없지만 최 팀장이 두 팀장과 이야기를 나누는 모습을 분명 본 적이 있었다. 어제 오후, 서 팀장이 최 팀장과 연락이 되지 않는다며 걱정하던 것도 기억났다. 본사 근처 숙소에 머무르고 있는 최 팀장의 차가 주차장에 남아 있으니 숙소로 돌아간 건 아니라는 건데, 도대체 어디서 뭘 하는지 전화도 받지 않는다며 서 팀장은 이상하다는 얼굴을 했고, 구 팀장은 어디서 술 거하게 마시고 자고 있을 거라며 대수롭지 않게 대답했다.

"팀장님, 정신 차리세요!"

온몸이 물에 흠뻑 젖은 최 팀장은 눈을 꾹 감은 채로 고개를 떨구었다. 심장이 철렁 내려앉은 지운이 최 팀장의 어깨를 열심히 흔들다 말고 코 아래로 손가락을 가져갔다. 다행히 숨은 쉬고 있었으나 최 팀장이 여기서 의식을 잃고 쓰러져 있던 게 어제부터라면 시간이 많이 남지 않았을지도 몰랐다. 최대한 빨리 지상으로 올라가야 했다.

아무에게라도 연락을 취하려 했으나 너무 아래로 들어온 탓인지 휴대폰은 통화권 이탈이었으며 인터넷도 터지지 않았다. 지운은 코를 찌르는 악취를 무시하며 최 팀장을 업으려고 몸을 숙였다. 입에 물고 있던 휴대폰의 플래시가 최 팀장 아래에 쌓여 있는 하얀 무언가를 비췄다. 섬세하게 갈라진 손가락, 그 끝에 달라붙은 손톱. 이어지던 팔목은 더 이상 계속되지 못하고 뚝 끊겼으며 살점이 너덜너덜하게 뜯겨 나간 곳에는 붉은 실 같은 것들이 나풀거렸다. 지운은 비명도 지르지 못했다. 최 팀장은 지금, 조각조각 뜯긴 시체 더미 위에 앉아 있었다.

욕지기가 치밀어 올라 벽을 붙들고 몇 번이고 속을 게워 냈다. 간신히 정신을 가다듬고 최 팀장의 몸을 붙드는데 두 손이 덜덜 떨렸다. 침착해야 했다. 지운은 목검을 내려칠 때처럼 호흡을 가다듬었다. 다시 지상으로 올라간 다음 사람들을 부르자. 아무래도 그게 현명한 판단일 듯했다. 시선을 돌린 지운은 계단 중간에 서 있는 누군가를 발견했다. 익숙한 검은 뿔테 안경을 확인한 지운의 얼굴이 반가움으로 물들었다.

"팀장님, 여기 큰일 났습니다! 최 팀장님이……."

문제의 '팀장'은 별다른 반응을 보이지 않고 지운을 빤히 바라보았다. 곧 그는 얼마 남지 않은 계단을 오르더니, 문 너머의 지하실로 사라졌다. 철컹, 하고 잠금장치가 걸리는 소리가 났다.

당황한 지운이 물속을 휘저으며 계단을 올랐다. 단단히 잠긴 문을 두드리며 몇 번이고 외쳤다. 팀장님, 팀장님?!

돌아오는 답은 없었다.

익숙한 얼굴이 보이던 차가운 시선, 그는 지운을 최 팀장과 함께 이 지하실에 내버려두었다. 내버려두었을 뿐만 아니라 나오지 못하도록 문을 잠그기까지 했다. 왼쪽 가슴 근처에서 시작된 열기가 온몸을 야금야금 집어삼켰다. 뒷목이 욱신거리고 손끝이 저렸다. 더 이상 문을 두드려 봤자 소용이 없다는 것을 깨달은 지운이 터덜터덜 계단을 내려오는데, 이번에는 악의를 품은 소리가 들려왔다.

깊은 물속 어딘가에서 짐승이 그르렁대는 소리.

오랜 원망을 품은 듯한 울음소리는 몇 달 전 해피랜드에서 들었던 토끼의 울음을 떠올리게 했다. 지운은 본능적으로 숨을 멈추고 재빠르게 구석으로 몸을 피했다. 지운이 몸을 숨긴 곳에는 거대한 책상과 의자 하나가 놓여 있었으며 물에 젖은 사무용품이 나뒹굴었다. 책상 아래로 숨을까, 고민하는데 또 한 번 울음소리가 들렸다. 지운은 초조하게 플래시를 비추며 사방을 노려보았다.

몇 분 동안 이어지던 울음소리는 서서히 사라졌다. 조심스레 발을 내딛는데 천장에 달린 조명이 깜빡거렸다. 점멸하는 조명 덕에 순간 지하실의 전체 광경이 눈에 들어왔고, 지운은 숨을 들이켰다. 무언가 있다. 거대하고 붉고 괴상하게 생긴 무언가가, 지하실을 천천히 돌아다니고 있었다. 지운은 초조하게 침을 삼켰다.

정체 모를 무언가는 다행히 사나워 보이지는 않았다. 그렇지만 지운을 발견한다면? 만약 배가 고파진다면? 최 팀장의 밑에 깔려 있던 수많은 조각이 저것의 먹이가 아니라고 단정할 수 있을까?

침착하자, 침착해…… 끊임없이 되뇌는 지운의 옆으로, 책상에 놓여 있던 A4 용지 하나가 스르르 떨어져 물 밑으로 잠겼다. 지운은 영문을 모르고 고개를 흔들었다. 지금 자신은 정체 모를 무언가에게 몸을 숨기느라 숨소리조차 내지 않으려고 애쓰는 중이었다. 굳이 책상을 건드려 종이가 떨어지게 만들 이유는 당연히 없었다. 고개를 갸웃거리는 지운의 눈앞에서, 책상 끝에 아슬아슬하게 걸쳐 있던 붉은 펜 하나가 저 혼자 움직이더니 또르르 굴러 지운의 앞으로 다가왔다. 우와, 지운은 저도 모르게 튀어나온 탄성을 목구멍으로 삼켰다. 평소 같았으면 폴터가이스트 현상을 직접 보았다고 기뻐서 팔짝팔짝 뛰었을 텐데, 아쉽게도 지금 상황에서는 온몸으로 기쁨을 표현할 수가 없었다.

잠깐, 폴터가이스트 현상?

폴터가이스트 현상을 두 눈으로 보는 게 오랜 꿈이라며 떠들어 대는 지운에게 언젠가 보늬가 설명한 적이 있었다. 폴터가이스트 현상은 사실 그렇게 대단한 게 아니다. 어떤 자리에 머무는 영혼이 특정 감정을 강하게 쏟아 내면 조명이 깜빡이거나 가구들이 움직이는 등, 물리 법칙을 위반하는 현상이 일어난다. 그 정도로 흥분 상태인 귀신은 종종 인간의 물건을 마음껏 움직일 수 있는 힘을 일시적으로 갖게 되기도 한다. 그러니까 지운이 폴터가이스트 현상이라고 보여 주는 모든 유튜브 영상은, 다 그저 무슨 이유에선가 화가 났거나 슬픈 귀신들이 폭주하고 있을 뿐이라는 것이었다. 그런 거라면 더더욱 멋진 일이 아닌가? 보늬의 설명을 들은 지운은 그렇게 생각했었지만, 지금 중요한 건 그게 아니었다.

눈앞에서 폴터가이스트 현상이 벌어진다는 건, 지금 여기에 지운과 저 정체 모를 괴물과 최 팀장 말고도 누군가 있다는 뜻이다.

붉은 펜이 허공에서 몸을 곧추세웠다. 뚜껑이 가벼운 소리와 함께 열리더니 펜이 허공에서 춤을 추듯 종이에 글을 남기기 시작했다. 지운은 숨소리 한번 내지 않고 보이지 않는 누군가가 자신에게 전하는 메시지를 지켜보았다.

복덕이 고른 카페는 언제나 그랬듯이 고급스럽고 멋졌다. 알록달록한 컵에 담긴 커피와 먹음직스러워 보이는 케이크 조각이 보늬의 앞에 놓였다. 복덕은 최근에 이사회에서 있었던, 보늬는 도통 이해할 수 없는 일에 대해 열변을 토하고 있었으나 좀처럼 집중할 수가 없었다. 보늬야, 복덕이 그런 보늬를 질책하듯 가만히 불러서 보늬는 서둘러 답했다.

"네?"

"그만뒀다며?"

"네? 어떻게 아셨어요?"

"내가 설마 들리는 귀가 없겠니."

"두 사람 중 하나인 거 뻔한데 잘난 척하시기는."

"이번엔 서 팀장이었어. 너 인사 안 하고 갔다고 엄청 서운해하더라."

"거봐요, 두 사람 중 한 명이네."

"지금 그게 중요한 게 아니잖아."

짐짓 으름장을 놓듯 복덕은 포크로 접시를 살짝 두드렸다. 애써 아무렇지 않은 척 조잘대려 했던 보늬는 잠자코 침묵을 지켰다.

"지금까지 잘해 왔잖니. 할머니 돌아올 때까지 버텨야

한다고 그러던 게 누군데. 왜 갑자기 그만두려고?"

"아시잖아요. 왜 자꾸 물어보려고 그래요."

"난 네가 왜 이러는지 잘 모르겠는데."

복덕이 이렇게 심술궂게 나오면 말릴 수 있는 사람이 없다. 보늬는 치밀어 오르는 짜증을 억누르며 상냥하게 답하려고 노력했다.

"처음부터 잘못된 거였어요. 여기 들어온 것 자체가 실수였다고요. 눈이 있는데 손이 필요한 곳에 들어가는 바보가 어딨어요? 지금이라도 실수를 바로잡으려고 하는 거예요. 당연하잖아요."

"……."

"……애썼어요. 애썼다고 생각했어요. 내가 원하는 곳에서 내 몫을 하기 위해 애써 왔다고 생각했는데, 그런데…… 애초에 성립하지 않았던 거예요. 재능이 없는 곳에서 애쓴다, 라는 말 같은 건."

"……."

"너무 그렇게 슬퍼하진 마세요. 다른 길도 있잖아요. 대귀협에서 온 사람이 저보고 엄청난 인재라고 그랬다고요. 혹시 아세요? 거기서 최연소 팀장 타이틀을 달지. 그러니까……."

"보늬야."

횡설수설하던 보늬는 복덕의 진중한 눈빛에 입을 다물었다. 점잖은 손놀림으로 커피 잔을 젓던 복덕이 물었다.

"내가 왜 협회 일을 그만뒀는지 아니?"

"네?"

보늬는 당황한 얼굴로 되물었다. 할머니 말로는 사고 때문에 손을 다쳐서 능력을 잃으셨다고…… 중얼거리는데 복덕이 의미심장한 표정을 지었다.

"아니었어요?"

복덕이 가만히 두 손을 내밀기에 보늬는 주름진 손을 꼼꼼히 살폈다. 손 어디에도 흉터처럼 보이는 건 없었다. 손의 힘을 잃을 정도의 사고였으면 상처 정도는 남아 있어야 할 텐데, 보늬는 의문이 담긴 눈으로 복덕을 바라보았다.

"사고 같은 건 없었어. 난 애초에 손을 가진 사람이 아니거든."

"네?!"

저도 모르게 튀어나온 물음이 너무 컸다. 보늬는 목소리를 죽이고 다시 물었다. 손이 없다고요? 금방 튀어 나가기라도 할 것처럼 몸을 앞으로 쏟은 보늬를 바라보며 복덕이 넉넉한 웃음을 지었다.

손을 가진 박귀순과 손이 없는 이복덕은 둘도 없는 친구였다. 그러던 어느 날, 박귀순은 친구 이복덕에게 '괴방사'라는, 신선하지만 한편으론 전망이 흐리고 독특하지만 동시에 위험한 업종에 뛰어들겠노라 당당히 선언했다. 괴방사가 뭔지도 몰랐던 복덕은 귀순이 소개한 무두괴, 귀목, 두 마리의 귀구(붉은색과 검은색의 알록달록한 무늬가 있는, 개를 닮은 짐승이다. 두 마리가 쌍으로 다닌다)에 빠르게 익숙해졌다. 복덕은 괴물이란 존재의 매력에 급속도로 빠져들었고, 그런 복덕을 향해 귀순은 시답잖은 질문을 하듯 물었다. 너도 같이 할래? 그게 전부였다.

"……그게 끝이었어요?"

"응, 그렇게 묻길래 나는 그러겠다고 했지. 안 그래도 뭘 해서 먹고살아야 할지 고민 중이기도 했고, 또 귀순이랑 같이 일하면 재밌을 것 같았으니까."

손을 가진 박귀순과 손이 없는 이복덕은 둘도 없는 괴방사 콤비가 되었다. 두 사람은 전국을 쏘다니며 괴현상을 조사했고, 수많은 괴물을 맞닥뜨렸고, 의뢰를 해결했다. 비싼 정장을 쫙 빼입고 산이며 들을 뛰어다니던 두 사람의 이름이 서서히 알려지자 두 사람처럼 알게 모르게 활동하던 괴물 전문가들이 하나둘 모습을 드러냈고, 마침내 협회가 만들어졌다. 협회의 초석을 쌓는 일에는 귀순뿐만 아니라 복덕도 함께했던 셈이다. 손이 없는 괴물 전문가인 복덕이.

"그럼 왜 그만두셨는데요?"

"……귀순이가 나 때문에 다쳤거든."

전라남도 화순이었다. 귀순과 복덕은 삼구일두귀(입은 셋이고 머리는 하나이며 사람과 비슷하게 생긴 괴물이다)라는 괴물을 쫓고 있었다. 둘뿐만 아니라 다른 괴물 전문가들도 함께였기에 수월한 작업이었다. 포박했다는 생각에 모두가 안심한 순간, 삼구일두귀가 복덕을 향해 덤볐고 귀순이 그 사이를 막아섰다. 다행히 귀순이 짧게 입원하는 것으로 사건은 마무리되었지만 자칫 잘못했다간 삼구일두귀가 귀순의 팔을 씹어 먹는 사태로 발전할 수 있었던 사고였다. 그 일 이후로 복덕은 현장에서 뛰는 것을 그만두고 협회를 위한 든든한 후원자로 남겠노라 결심했다. 부회장 자리에서 내려온 복덕은 이사회 소속이 되었고, 귀순은 할 말이 많아 보였지만 딱히 말리지는 않았다.

"몇 번이고 그만두려 했던 적이 있었어. 그럴 때마다 귀순이가 나한테 그랬지. 중요한 건 손이 아니라 마음이라고. 괴물 전문가가 되는 데 그보다 중요한 건 없다고."

보늬는 가만가만 눈을 깜빡였다. 귀순이 말했다고는 믿어지지 않을 정도로 낯선 문장이었다.

"이제 와서 가끔…… 상상할 때가 있어. 내가 그때 그만두지 않고 남았다면 어땠을까, 어쩌면 내가 도울 수도 있지 않았을까, 어쩌면…… 걔가 사라지지 않도록 막을 수 있지 않았을까."

보늬는 무심코 지운의 얼굴을 떠올렸다. 후드 아래로 사람을 빤히 바라보는 기묘할 정도로 큰 두 눈. 보늬의 눈을 좋아하며 폴터가이스트 현상을 두 눈으로 직접 보는 게 오랜 꿈인, 목검을 주 무기로 사용하는 희한한 사람.

"나는 네가 나처럼 후회하지 않았으면 좋겠다."

복덕은 조심스레 커피 잔을 기울여 한 모금을 삼켰다. 보늬는 그 이상을 묻지 않았다.

어둠이 스르르 내려앉은 저녁, 보늬는 집으로 향하는 골목길을 걸었다. 너덜너덜해진 마음이 무너지지 않도록 꼭 붙들었다. 자꾸만 튀어나오는 수많은 얼굴들이 부실 공사를 한 것처럼 삐걱대는 틈을 자꾸만 메웠다. 수많은 얼굴에는 지운과 서 팀장의 얼굴이 많았고 가끔 구 팀장의 얼굴도 끼어 있었으며 여자 귀신과 무두괴, 목요가 드문드문 보이기도 했다. 그들과 함께라면 보늬는 너덜너덜한 마음으로도 지치지 않고 나아갈 수 있었다.

하지만 정말 그래도 괜찮은지 판단하는 건, 그건 다른 이야기였다. 홀로 고민하고 결정할 사안이 아니었다. 빗나간 재능 때문에 제 몫을 하지 못하고 소중한 사람들을 다치게 한다면, 그건 그 누구도 아닌 자기 자신이 문제라는 뜻이었다.

그렇지만 지운이라면 이렇게 말하지 않았을까. 문제여도 괜찮습니다, 같이 해결하면 되잖아요. 회장님도 그러셨다면서요. 손이 중요한 게 아니라 마음이 중요한 거라고요. 그 딱딱하고 괴상하게 기계적인 음성으로 로봇처럼 읊었겠지. 위로하려는 건지 책망하려는 건지 사람을 헷갈리게 만드는 어색한 표정으로.

때맞춰 휴대폰이 세차게 진동했다. 화면을 확인한 보늬의 두 눈이 놀라움으로 동그래졌다. 효령이었다. 생전 연락을 해 본 적이 없는 인물이라 괜히 목소리를 가다듬으며 전화를 받았다. 여보세요? 휴대폰 너머로 효령이 다급하게 외쳤다. 지운 씨가 없어졌어요. 보늬가 걸음을 멈추었다. 영롱한 달빛이 보늬의 정수리 위로 사납게 쏟아지고 있었다.

* * *

어두컴컴한 지하실 안, 두 팀장 사이에 낀 효령은 눈을
데굴데굴 굴렸다. 아무리 생각해도, 어제부터 구 팀장은
유독 이상했다.

다른 곳도 아니고 본사 건물에서 최 팀장과 지운이 흔
적도 없이 사라져 버렸다는 사실에 예민해진 것일 수도
있었다. 최 팀장이 마지막으로 연락이 닿은 게 사흘 전이
었고 지운은 어제 사라진 것으로 추정되므로, 두 사람의
신변에 문제가 생겼다면 한시바삐 움직여야 하는 게 당연
했다. 그렇다고 해서 경찰을 부르기에는 이곳에 일반인에
게 보여 줄 수 없는 것들이 득실거리므로, 일단 그들만의
힘으로 사라진 사람을 찾아야 했고 말이다. 나 같아도 이
런 상황이면 예민해질 거야. 그렇게 스스로를 속여 보려
고 해도, 구 팀장이 이상하게 어딘가 달라 보인다는 생각
을 멈출 수 없었다.

최 팀장과 지운의 실종 소식을 듣자마자 서 팀장은 한
시라도 빨리 수색을 나서야 한다고 주장했다. 가능하다면

직원들을 총동원해서라도 협회 건물을 샅샅이 뒤져야 한다는 것이었다. 효령도 동의하는 바였으나, 구 팀장은 구체적인 상황을 알기 전에는 그럴 수 없다고 못을 박았다. 상상하기도 싫었지만, 만약 정말로 사라진 두 사람의 생명에 지장이 생겼을 경우 사람들이 어떤 반응을 보일지가 두려워서 그런 걸까? 그렇지만 본사로 출근하는 사람들 모두 그들이 어떤 위험 부담을 안고 있는지 알고 있었다. 보안팀 사람들이 철통같이 방어한다고 해도 어떤 변수가 벌어질지 모르는 게 협회의 일이다. 사람이 많으면 더 빨리 끝날지도 모르는 일을 왜 굳이 이렇게 처리하려고 하는 걸까? 효령은 의문에 잠겼다.

본사에 있는 모든 공간을 샅샅이 훑은 뒤에 찾아낸 지하실은 잠시 바라보는 것만으로도 소름이 잔뜩 돋을 정도로 음산했다. 금방이라도 어둠 속에서 무언가 튀어나올 것 같아 효령은 얼굴을 구겼다. 귀신이 나올 것 같아⋯⋯. 구 팀장과 서 팀장이 초조한 얼굴로 지하실을 살폈다. 저 너머에 아래로 통하는 것 같은 문이 하나 있었다. 본사 건물에 이런 지하실이 있다니, 믿어지지 않았다.

"열까?"

구 팀장이 문 앞에서 주저했고 서 팀장이 고개를 끄덕

였다. 효령은 너클을 낀 손에 힘을 주었다.

문을 열자 또 다른 계단이 이어졌다. 끔찍한 악취가 훅 끼쳐 왔다.

"지운 씨? ……최 팀장님?"

구 팀장이 계단을 내려가며 두 사람을 불렀고 효령은 그를 뒤따라 내려가며 스스로에게 물었다. 보늬를 부른 게 잘한 일이었을까? 보늬는 과연, 올까?

어딘가 모르게 수상한 구 팀장의 태도를 감지한 순간부터 효령의 불안함은 커져만 갔다. 지하실에서 뭐가 튀어나오든 맞서 싸울 수는 있다. 너클을 낀 주먹으로 마음껏 때려죽이면 그만이고 상대가 무엇이 되었든 간에 이길 자신도 있었다. 하지만 만약에 괴물이 아니라 인간 때문에 문제가 생긴다면, 그때는 어떻게 해야 하지? 효령은 그 질문에 대한 답을 찾지 못했으므로 보늬를 부른 것이었다. 정답을 찾기 어렵고 귀찮은 문제가 생겼을 경우에는 생각하는 것만으로도 열이 받는 사람에게 그 문제를 떠넘기는 게 옳았다. 효령은 자신이 보늬를 부른 이유를 그렇게 합리화했다.

구 팀장이 손전등으로 곳곳을 비추었다. 사방에 놓인 붉은 바위 위에 거대한 우렁이들이 다닥다닥 붙어 있는 광경을 확인한 효령이 경악했다. 손바닥만 한 크기의 우렁이들은 침입자들을 눈치채지 못한 채 무아지경으로 붉은 이끼를 빨아 먹었다. 어디선가 물이 콸콸콸 쏟아지는 소리가 났다.

"이게 대체……."

두 사람과 마찬가지로 경악을 숨기지 못하는 서 팀장이 우렁이들을 들여다보며 중얼거렸다. 넘실거리는 물이 발목을 간질였다. 효령은 불안을 감추지 못하고 그들이 들어온 입구를 수없이 곁눈질했다. 얕은 수면 위를 끊임없이 찰박대는 소리가 들리는가 싶더니, 소리가 점점 가까워졌다. 세 사람이 동시에 뒤로 돌았고, 손전등 불빛이 정확히 그것을 비추었다.

천장에 껍데기가 닿을 듯이 커다란, 검붉은 우렁이가 어둠 속에서 몸을 내밀었다.

수많은 촉수로 물에 젖은 바닥 위를 재빠르게 움직이는 그 괴물의 껍데기에는 사람의 팔같이 생긴 것이 콕콕콕 박혀 있었는데, 적어도 수십 개는 되어 보였다. 괴물은 끈적한 머리를 쳐들고 더듬이를 빳빳하게 세웠다.

그 끔찍하고 괴이한 광경에 효령이 짧게 비명을 지르는 동시에 반사적으로 주먹을 그러쥐었다. 우렁각시? 두 팀장 중 누군가가 그렇게 중얼거린 것 같기도 했다. 어둠 속에서 나타난 괴물은 옹기종기 모인 세 사람을 향해 빠른 속도로 달려와 몸을 부딪쳤다. 효령은 괴물을 피해 허공으로 몸을 날렸다. 바닥을 구르다시피 한 덕분에 온몸이 흠뻑 젖었다.

탁, 구 팀장이 공중에서 손가락을 튕기는 소리가 들렸다. 괴물이 짧은 비명과 함께 제자리에 멈추었다. 그 틈을 타 괴물에게 깔리기 일보 직전이었던 서 팀장이 기어 나왔고, 효령은 괴물의 껍데기에 붙어 있는 새하얀 팔 하나를 부러트렸다. 가늘고 기다란 팔은 기분 나쁠 정도로 사람의 팔과 닮아 있었는데, 주먹으로 세게 내려치자 우두둑하는 소리와 함께 나뭇가지가 꺾이듯 쪼개졌다.

괴물이 다시 그으으윽, 하고 힘찬 울음소리를 냈다. 예상보다 빠르게 구 팀장의 능력에서 벗어난 괴물이 힘차게 몸을 흔들자 껍데기에 붙은 수많은 팔들이 기지개를 켜듯 꼬물거렸다. 기다란 팔 하나가 구 팀장의 목을 낚아채 허공으로 들어 올렸다. 서 팀장, 손, 손! 구 팀장이 바삐 외치자 틈을 비집고 달려간 서 팀장이 손바닥을 괴물의 매끈한 껍데기 위에 차분하게 펼쳤다.

"……잠깐만……."

무언가 잘못되었음을 감지한 서 팀장이 중얼거리는 순간, 구 팀장이 멀리 나동그라졌다. 서 팀장의 손이 먹히지 않는다. 효령은 곧바로 몸을 날려 껍데기에 붙은 팔 하나에 매달렸다. 수많은 팔을 지지대 삼아 껍데기 위를 기어오르며 손바닥으로 몇 번이고 괴물을 내려쳤다. 효령의 손바닥이 닿을 때마다 쾅, 하는 소리와 함께 괴물에 내부에서 충격이 발생한 듯, 껍데기에 금이 가며 그 틈으로 붉은 피가 줄줄 새어 나왔다. 괴물이 몸을 힘차게 떨었다. 지지대 삼아 붙들고 있던 팔 중 하나가 제 목을 노리기에, 효령은 일단 껍데기에서 내려와 서 팀장을 대피시켰다. 괴물을 잠들게 만드는 서 팀장의 능력이 통하지 않는 이상 서 팀장을 굳이 위험에 빠트릴 이유는 없었다. 괴물이 극극거리는 소리를 내며 숨을 가다듬는가 싶더니, 효령을 향해 재빠르게 몸을 던졌다.

효령은 잽싸게 방향을 바꾸어 괴물을 피하는 와중에 발목을 접질렸다. 효령은 발목을 움켜쥐고 주저앉았다. 근처에서 쏟아지고 있는 물이 얼굴에 튀었다. 가까이 다가온 괴물이 고개를 쳐들자 매끈한 살덩이 속에서 촘촘한 이빨이 박힌 동그란 입이 보였다. 꼼짝없이 잡아먹히게 생겼군. 효령은 시큰거리는 발목을 붙들고 일어서려고 애썼다.

괴물에게 내던져진 구 팀장은 구석 어딘가에서 신음을 흘리며 몸을 뒤트는 중이었고, 발목의 통증은 생각보다 강했다. 대피한 서 팀장은 어딘가로 사라져 보이지 않았다. 지원군을 부르러 간 거라면 좋을 텐데, 효령은 죽음의 공포를 느끼면서도 태연하게 생각했다. 엄마 아빠 친구들아 미안해, 이럴 줄 알았으면 좀 더 친절하게 굴 걸 그랬지. 두 눈을 질끈 감는데 누군가 꽥 소리를 질렀다.

"야, 여기야, 여기!"

톡, 누군가가 던진 돌멩이 하나가 괴물의 껍데기에 부딪치더니 물속으로 퐁당 떨어진다. 볼품없는 공격이었다. 효령은 실소를 터트렸으나 다행히 괴물에게 공격의 정도는 중요하지 않은 듯했다. 그어어어어어억. 끙끙대며 울던 괴물이 미끈거리는 촉수를 쉴 새 없이 움직이며 불빛이 쏟아지고 있는 입구 계단을 향해 다가가자, 문제의 누군가는 용케도 괴물의 움직임을 피한 뒤 달려와 효령을 부축했다. 말도 안 되는 순간에 구원자처럼 등장한 사람은 다름 아닌 보늬였다.

"괜찮아요? 걸을 수 있겠어요?"

보늬가 묻기에 효령은 그저 열렬히 고개를 끄덕일 수밖에 없었다. 산발이 된 젖은 머리카락을 온 얼굴에 붙인 채로 보늬가 낯설고 희미한 미소를 지었다.

"효령 씨, 지금, 지금!"

어디선가 달려온 구 팀장이 손가락을 튕기며 소리쳤다. 나가떨어지며 제대로 부딪친 모양인지 찢어진 이마에서 피가 줄줄 흘렀다. 탁, 세 번의 시도 끝에 구 팀장의 손이 먹혔고 괴물이 효령과 보늬를 향해 미끄러지다 말고 제자리에 멈추었다. 효령은 보늬의 손을 놓고 절뚝이며 달렸다. 한쪽 손은 괴물의 머리 위에 올린 채, 너클을 낀 손으로 껍데기를 수차례 내려쳤다. 괴물의 내부에서 쾅, 하고 무언가 부서지는 소리가 났다.

괴물이 입에서 거대한 덩어리의 피를 쏟아 냈다. 비명을 지른 그의 더듬이가 아래로 축 처지는가 싶더니, 껍데기에 박혀 있던 수많은 팔 역시 기력을 잃고 늘어졌다. 캑캑거리며 핏덩이를 끊임없이 뱉어 내던 그는 곧 숨을 멈추었고, 육중한 몸이 옆으로 쓰러졌다. 묵직한 진동이 지하실을 흔들었다. 효령은 바닥에 주저앉아 숨을 골랐다.

"다들 괜찮으세요?!"

보늬가 어둠 속을 살피며 외쳤다. 곧 이마에서 흐르는 피를 꾹 누르고 있는 구 팀장과, 창백하게 질린 얼굴의 서 팀장이 나타났다. 미친, 본사 건물에 대체 이게 무슨……

구 팀장이 기겁한 얼굴로 중얼거리자 서 팀장이 괴물의 상태를 살폈다. 죽은 것 같아, 서 팀장의 속삭임에 구 팀장이 안도의 한숨을 내쉬었다.

"여긴 어떻게 알고 온 거야, 보늬 씨?"

"제가 연락했어요. 지운 씨까지 실종됐다는 소식을 듣고…… 왠지 보늬 씨한테는 알려야 할 것 같아서."

서 팀장이 묻자 효령이 변명하듯 대신 대답했다. 서 팀장은 묘하게 화가 난 얼굴이었다. 기이한 동요가 그의 얼굴 위에서 반짝거렸다. 효령은 무심코 생각했다. 서 팀장이 저런 얼굴도 할 줄 알았던가?

"멋대로 돌아와서 죄송합니다. 지운 씨가 사라졌다고 해서 어쩔 수가 없었어요. 그리고……."

자신을 향하는 여섯 개의 눈동자에 머쓱하게 주머니를 뒤적거리던 보늬가 지퍼백을 하나 꺼내 들었다. 지퍼백 안에는 쪼개진 검은 뿔테 안경이 들어 있었다. 무엇을 말하려는 건지, 보늬는 한참 동안 입을 열지 못하고 머뭇거렸다. 찾았습니다, 이거. 마침내 결연한 선언을 내어놓자 구 팀장이 어이가 없는지 고개를 흔들었다.

"보늬 씨, 타이밍 좋게 나타나서 도와준 건 고마운데, 지금 그럴 때가 아니거든. 본사에 숨겨진 지하실이 있고 거기에 웬 괴물이 살고 있었다고. 차라리 올라가서 사람을 좀 불러오……."

"부서진 안경입니다. 이 안경에서 떨어져 나온 유리 파편과 안경테 조각들이, 여우 누이가 봉인되어 있던 창고 안에 떨어져 있었어요. 최 팀장님께 전해 들었습니다. ……아마 여우 누이의 봉인을 푸는 과정에서 안경이 부서졌던 거겠죠."

"……뭐라고?"

상처를 지혈하는 것도 잊은 채로 되묻는 구 팀장을 무시하며, 보늬는 서 팀장을 똑바로 바라보았다. 어쩔 줄을 모르는 얼굴이었다. 지금 자신의 발견을 순순히 털어놓아도 되는 건지 확신하지 못하는 얼굴. 진실을 파헤치는 것이 과연 우리 모두에게 도움이 될까? 어쩌면 진실은 파묻힌 채로, 드러나지 않은 채로 존재할 때 그 가치를 지니는 것이 아닐까. 발밑에 진실이 묻혀 있다는 희미한 믿음을 품고, 그러나 굳이 진실을 파헤칠 결심을 하지 않으며 치열하게 앞으로 나아간다. 필사적으로 모른 척하는 것이다. 진실이 드러났을 때의 상처와 고통이 두려우니까. 보늬는 묵묵히 손에 든 안경을 노려보았다. 보늬는 도망칠 수 없었다. 도망치는 건 이제 지겨워 넌더리가 났다.

"서 팀장님 책상 서랍에서 발견했습니다."

"……."

"……서 팀장님 안경이 맞나요?"

서 팀장은 대답하지 않았다. 때맞춰 조명이 깜빡거리며, 평온하고 둥근 그의 얼굴 위로 그림자를 드리웠다.

협회 회원증이 없는 보늬는 안내 데스크에서 온갖 변명과 함께 사정한 끝에 건물 안으로 들어갈 수 있었다. 평소와 다름없는 날이었는데도 불구하고 본사 건물은 오늘따라 사람 하나 없이 조용했으며 사무실 구역은 음산한 분위기까지 풍겼다. 늦은 시간이긴 하지만 이렇게 사람이 없을 수가 있나? 정확하게 어디로 가야 하지? 효령의 연락을 받고 허겁지겁 달려오긴 했으나 막상 협회에 도착하자 효령의 연락은 거짓말처럼 뚝 끊겼다. 전화를 걸어도 의미 없는 통화 연결음만 지속될 뿐이었다. 하다못해 사무실에 누가 있으면 묻기라도 할 텐데, 모두 어디로 사라져 버린 거지? 사무실 철문 앞을 서성거리는 보늬의 손목을 누군가 낚아챘다. 싸늘하고 차가운 기운에 보늬는 꽥 소리를 질렀다.

여자 귀신은 보늬가 한 번도 본 적이 없는 표정을 하고 있었다. 큰일 났어. 조심스럽지만 분명하게 고백하는 여자의 몸에서는 그럴 리가 없는데도 이상하게 습기가 느껴졌다.

"깜짝이야, 안 그래도 연락받았어요. 대체 무슨 일이에요?"

'시간이 없어, 안경을 찾아야 해. 증거가 있어야 사람들이 믿을 테니까. 보안실로 가자, 최 팀장한테 다 들었으니까 가는 길에 설명할게.'

"최 팀장님한테 들었다고요? 최 팀장님도 실종됐다고 하던데, 그러면 지운 씨는? 둘이 같이 있어요?"

질질 끌려가면서도 보늬는 다급하게 물었다. 여자는 시간이 없다는 듯 발을 동동 굴렀다.

'그 애도 지하실에 갇혀 있어.'

"지하실? 무슨 지하실?"

'내가 꺼내 줄 수는 없으니까 이야기만 빠르게 나눴어. 걱정하지 마, 크게 다친 곳은 없으니까 괜찮을 거…….'

"지운 씨랑 이야기를 했다고요? 어떻게요?"

내가 모르는 사이에 지운 씨에게 눈이 생기기라도 했나, 혼란에 빠진 보늬를 향해 여자가 뭘 그런 걸 궁금해하냐는 듯 어깨를 으쓱였다.

'폴터가이스트.'

"네?"

'시간 없다니까! 일단 빨리 따라와.'

어둠에 잠긴 지하실은 고요했다. 간혹 조명이 점멸하며
틱틱거리는 소리와 물이 세차게 쏟아지는 소리만이 침묵
을 비집고 들어올 뿐이었다. 약속이라도 한 듯이 입을 다
물고 있는 사람들 사이에서, 보늬는 가늘게 떨면서도 말
을 이었다.

"지하실에서 괴물을 기르면서 사람의 시체를 먹이로
주고, 여우 누이의 봉인을 푼 다음 서울에 데려다 놓고,
의식을 치러 구 팀장님을 목표로 삼은 옹고집을 만들고."

서 팀장은 심드렁하게 물에 젖은 바짓단을 걷어 올렸
다. 보늬가 무슨 말을 하든 개의치 않겠다는 태도였다.

"다…… 서 팀장님이 하신 것 맞죠?"

"듣다 보니 어이가 없네. 말이 되는 소리를…… 야 서
팀장아, 말이라도 좀 해 봐. 계속 그러고 있을 거야?"

"서 팀장님 책상 서랍에서 부서진 안경뿐만 아니라 옹
고집을 만드는 데 사용되었을 짚 인형도 여러 개 발견했
습니다."

구 팀장이 길길이 날뛰었으나 서 팀장은 여전히 무표정했다. 보늬는 떨리는 손을 감추기 위해 주먹을 쥐었다. 여기까지 왔는데 물러서는 것은 그것대로 쪽팔린 일이다.

"서 팀장님이 최 팀장님과 지운 씨를 여기에 가두었다는 지운 씨의 증언이 있지만, 그것만으로 부족하다면 여우 누이가 봉인된 창고에서 발견한 파편을 안경과 대조해 보면 될 거예요. 최 팀장님이 그 파편을 가지고 있다고 하니, 여기, 지하실 어딘가에 있는 최 팀장님과 지운 씨를 찾기만 하면 확인해 볼 수 있습니다."

구 팀장이 떡 벌어진 입을 갈무리하지 못하고 뻐끔거렸다. 충격을 받은 건 효령도 마찬가지였다. 붕어처럼 뻐끔대는 두 사람을 사이에 두고, 보늬는 흔들리는 시선으로 서 팀장과 눈을 마주쳤다.

유일하게 보늬에게 부드러웠던 얼굴, 유리 벽 너머에 갇힌 친구들을 바라보며 함께 안타까워했던 순간, 깔끔하게 하나로 묶은 머리와 항상 쓰고 다니는 검은 뿔테 안경, 그런 것들이 보늬의 머릿속을 스치고 지나갔다. 기이한 동요가 사라지고 어느새 편안한 미소가 번지고 있는 서 팀장의 얼굴에서는 한 치의 사악한 기운도 포착할 수 없었다. 서 팀장은 여전히 그냥 서 팀장이었다. 상냥하고 친절하고, 인간보다 괴물을 더 사랑하는 보늬의 다정한 친구.

"최 팀장 아직 안 죽었구나."

서 팀장이 아쉽다는 듯 어깨를 으쓱이며 투덜댔다.

"……지운 씨랑 여기 어딘가에 숨어 있을 겁니다."

"아깝다, 이미 한참 전에 죽은 줄 알았지, 나는."

서 팀장의 목소리가 우리 회식 오늘 아니었나? 하고 묻는 것처럼 평소와 다름이 없어 보늬는 휘둘리지 않기 위해 애써야 했다. 담담한 어조로 이야기한다고 해서 말이 지닌 무게까지 사라지는 건 아니었으므로. 보늬는 상냥하고 친절하며 때론 누구보다 단단하고 그래서 믿음직스러웠던 얼굴이 자신의 안쪽, 정확한 위치를 찾을 수 없는 어딘가에서 산산이 부서지는 것을 느꼈다. 대체 왜…… 가장 묻고 싶었던 질문이 목구멍에서 넘실거리다 거짓말처럼 흘러나왔고, 보늬의 속삭임을 놓치지 않은 서 팀장이 웃었다.

"그 질문에 답하기에는 시간이 좀 없네, 장소도 마땅치 않고…… 그건 다음에 기회가 되면 이야기하는 걸로 해 줘."

빙긋 웃던 서 팀장이 뒷걸음질을 쳤다. 찰박거리며 물속을 걷던 그의 발이 괴물의 시체에 닿았다. 서 팀장은 핏덩이에 둘러싸인 괴물의 시체를 향해 몸을 숙였다. 축 늘어진 점액질의 몸을 쓰다듬는 손길이 따스했다. 다들 잘 모르는 게 하나, 아니 두 가지가 있는데. 서 팀장이 괴물의 몸을 부드럽게 문지르며 중얼댔다. 우렁각시는 그렇게 쉽게 죽지 않고, 그리고…… 불길한 기운을 감지한 보늬가 본능적으로 효령의 앞을 막아섰다. 서 팀장이 천진한 미소를 머금었다.

"내 손은 잠재우는 것뿐만 아니라 깨우는 것도 가능해."

그 말의 의미를 깨닫기도 전에, 그억거리는 괴상한 울음소리가 온 지하실에 쩌렁쩌렁하게 울려 퍼졌다. 순간 강한 돌풍 같은 것이 불며 모두가 사방으로 나가떨어졌다. 어질어질한 시야 너머로 보늬는 서 팀장이 오른손을 천천히 우렁각시의 입안으로 밀어 넣는 광경을 지켜보았다. 우두둑, 우렁각시의 이빨이 서 팀장의 팔을 잡아 뜯는 소리가 났다. 안 돼! 분명 소리쳤다고 생각했는데, 자신의 목소리가 마치 낯선 이의 것처럼 아득하게 들렸다. 귀에서 날카로운 경고음이 울렸다. 소리가 쉬이 사라지지 않아 보늬는 중심을 잡지 못하고 흔들렸다.

살점이 너덜거리는 어깨를 부여잡은 서 팀장이 비틀거렸다. 그는 비틀거리면서도 웃었다. 길고 붉은 실 같은 게 물어뜯긴 그의 어깨에서 나풀거리며 춤을 추었다. 서 팀장의 오른팔을 씹어 삼킨 우렁각시가 천천히 몸을 흔들었다. 껍데기에 붙은 팔들은 다시 한번 기지개를 켰고, 효령의 주먹질로 인해 남은 상처에 천천히 새살이 차올랐다. 한참을 비틀대던 서 팀장은 우렁각시의 근처에서 마침내 정신을 잃고 쓰러졌다. 우렁각시가 서 팀장의 팔을 씹고 빨고 소화하느라 정신이 없는 사이, 보늬는 비척대며 서 팀장을 향해 달렸다. 팀장님, 팀장님, 팀장님? 볼을 두들기며 다급하게 불러도 서 팀장은 대답이 없었다. 심장이 등을 뚫고 밖으로 튀어나오는 기분이었다. 뜨겁게 달아오른 손가락 끝, 끊임없이 이어지는 경고음, 욱신거리는 목덜미. 정신을 차릴 수가 없었다. 어떻게 해야 하지, 어떻게 해야 하지, 자꾸만 눈앞이 흐려지는 와중에 누군가 보늬를 연거푸 불렀다. 보늬 씨, 보늬 씨.

"보늬 씨!"

익숙한 목소리다. 보늬는 불쑥 나타난 지운의 얼굴에 흐려지는 시야를 겨우 다잡았다.

지운의 얼굴에는 자잘한 상처들이 많았지만 크게 다친 곳은 없어 보였다. 물에 푹 젖어 제 기능을 하지 못하는 후드티와 커다란 눈이 보늬를 깨우고 있었다. 보늬는 멍청하게 고개를 끄덕였다. 멀게만 느껴지던 것들이 가까이 돌아오고, 굳어 버린 감각이 하나둘 깨어나며 원래의 모습을 되찾기 시작했다.

"보늬 씨, 괜찮습니까?"

목구멍을 무언가 꽉 틀어막은 듯, 목소리가 나오지 않았다. 보늬는 잠시 헛기침을 했다.

"……최 팀장님은요?"

"괜찮습니다. 틈을 타서 몰래 지상으로 가셨어요. 기어서라도 다른 사람들을 데려오겠다고……."

우렁각시가 또 한 번 포효하며 지운의 목소리를 삼켰다. 서 팀장의 팔을 완벽하게 소화한 우렁각시는 또다시 움직일 준비가 된 듯, 하얀 팔들을 현란하게 움직이며 먹잇감을 찾았다. 멀리서 달려온 효령이 우렁각시를 향해 몸을 던졌다. 잠시 육탄전이 벌어졌으나 우렁각시는 효령이 접질린 발목으로 중심을 잃고 나동그라지는 순간을 놓치지 않았다. 곧 효령의 목을 틀어쥔 하얀 손이 효령을 저 멀리 벽을 향해 내던졌다. 벽에 머리를 부딪친 효령은 바닥에 쓰러져 움직이지 못했다. 달려간 구 팀장이 효령이 물에 질식하지 않도록 머리를 돌려 주었다. 그는 욕을 중얼대며 허공에서 끊임없이 손가락을 튕겼으나, 폭주하는 우렁각시의 기세가 너무 강렬한 탓인지 손이 도통 먹히지 않았다.

"······이상해요."

보늬는 재빨리 머릿속을 헤집었다. 자료실에서《월야괴
담》을 통해 토끼에 대한 기록을 읽던 와중에 그 아래에 위
치한 또 다른 전래 동화 괴물의 이야기를 읽었던 기억이
분명히 있었다. 우렁각시.《월야괴담》에 의하면 우렁각시
는 가정 폭력을 당하던 아내의 원망과 분노가 폭발해 탄
생한 괴물이었으며 여성을 보호하고 남성을 공격한다는
특징을 가졌다. 그러니까 지금 우렁각시는, 다른 이유로
인해 저렇게 폭주하는 상태일 것이다. 우렁각시의 괴성을
뚫고 지운에게 닿기 위해 보늬가 목소리를 높였다.

"뭔가 잘못됐어요! 우렁각시는 남자만 공격해요! 효령
씨를 저렇게 만들 이유가 없다고요!"

"확실한가요?"

"확실해요!《월야괴담》에서 분명히 읽었으니까!"

보늬의 외침에 지운은 당당하게 앞으로 나섰다.

"여기 계세요!"

"뭘 어쩌려고요?!"

얼굴이 하얗게 질려 필사적으로 매달리는 보늬를 내버
려 두고, 지운은 우렁각시를 향해 다가갔다.

우렁각시와 맞붙은 그는 조금 전의 효령처럼 껍데기에 붙은 수많은 팔을 지지대 삼아 껍데기 위로 기어올랐다. 그새 어디서 가져왔는지 벽돌 조각을 손에 든 지운은 집요하게 우렁각시의 껍데기를 내리쳤다. 금이 간 틈 사이로 붉은 액체가 뚝뚝 흘렀던 껍데기는 서 팀장의 팔을 먹고 새로운 힘을 얻기라도 한 듯 좀처럼 부서질 기미가 보이지 않았다. 제발 좀, 그만해라! 지운이 몇 번이고 벽돌을 내리치며 악을 썼다. 사방에서 하얀 팔이 다가와 지운의 몸을 붙들더니, 공중으로 들어 올린 다음 물속으로 처박았다. 하얀 팔에 박힌 손톱은 꽤나 길고 날카로워서, 온몸 곳곳에 생채기를 남겼다. 우렁각시는 지운을 비웃으며 물 위를 천천히 미끄러지고 있었다.

우렁각시의 온몸에서 뿜어져 나오는 무시무시한 위압감이 지운을 잠시 짓눌렀다. 우렁각시가 고개를 빳빳이 쳐들고 입을 벌렸다. 동그란 입안에 박힌 빼곡한 이빨들이 날카로움을 뽐냈다. 저기에 발이든 팔이든 일단 들어가면 뼈도 못 추리고 씹어 먹히겠군. 위급한 상황에서 지운은 우습게도 최 팀장이 살아 있다는 사실에 깊이 감사했다. 최 팀장을 조우했을 때 우렁각시는 천만다행히도 배가 불렀던 모양이었다. 그러니 최 팀장이라는 먹이를 씹지 않고 시체 더미 위에 던져 보관해 둔 것일 테다.

우렁각시가 지운의 발을 삼키기 직전, 지운은 마지막 힘을 다해 옆으로 굴러 우렁각시의 공격을 피했다. 그때 껍데기에 달린 팔 하나가 앞으로 쑤욱 길어지더니 지운의 목을 잡아 들어 올렸다. 다른 팔 하나가 날카로운 손톱을 자랑하며 지운의 목 부근을 배회했다. 이렇게 끝이구나, 지운은 온 힘을 다해 발버둥을 쳤다. 아직 해야 할 게 많았다. 보늬에게 정말 이대로 인사도 없이 그만둘 생각이었냐고 물어야 했고, 목요는 지금쯤 어디서 무엇을 하며 울고 있을지 확인해야 했고, 또…… 뜨끈한 피가 얼굴에 튀었다.

초조하게 기다렸지만 살갗이 찢어지는 고통 따윈 없었다. 질끈 감았던 눈을 떴다. 한쪽 얼굴을 붙든 보늬가 비척대며 지운의 앞을 지키고 있었다. 눈을 감싼 손가락 사이로 붉은 피가 주르륵 흘렀다. 보늬 씨! 버둥대던 지운이 제 목을 쥔 팔을 있는 힘껏 내려쳤다. 지운을 붙든 팔에서 서서히 힘이 빠지는가 싶더니, 지운은 곧 아래로 떨어졌다. 보늬는 대답을 하지 못하고 바닥에 주저앉아 끙끙거렸다.

보늬는 끔찍한 고통에 얼굴을 찡그렸다. 간신히 오른쪽

눈을 뜰 때마다 강렬한 통증이 밀려왔다. 시야가 온통 붉었다. 필사적으로 눈을 깜빡이는데, 문득 우렁각시의 목 부근, 그러니까 얼굴과 몸체가 이어지는 기다란 부분에서 희미하게 푸른빛이 일렁이는 것이 보였다. 조금 전까지만 해도 보이지 않던 것이었다.

저게 뭐지?

보늬의 어깨를 감싼 지운이 수십 번이 넘도록 보늬를 불렀으나, 보늬는 대답하지 못했다. 대신 바들거리는 손가락을 들어 푸른빛이 보이는 곳을 향해 펼쳤다. 지운이 보늬의 손짓을 알아듣지 못하고 허둥거렸다.

"보인다⋯⋯."

"네?!"

"⋯⋯보인다고요."

"네? 뭐라고요?! 안 들립니다!"

"이제 보인다니까요!"

혼란스럽던 지운의 얼굴에 서서히 확신이 번졌다. 거봐요, 제가 그렇게 이야기하지 않았습니까! 목 끝까지 차오른 말을 꾹 눌러 삼켰으나 말하지 않아도 보늬에게는 들리는 것 같았다. 그어어억. 자신의 존재를 까맣게 잊은 두 사람에게 화가 난 듯, 우렁각시가 미친 듯이 달려들며 입을 벌렸다.

탁, 구 팀장의 손가락이 부딪치는 소리가 났다. 우렁각시가 제자리에서 둥근 입을 커다랗게 벌린 채로 멈추었다.

보늬는 여전히 피가 줄줄 흐르는 한쪽 눈을 그대로 내버려 둔 채로 지운을 돌아보았다. 지금일까? 지운이 격렬하게 고개를 끄덕여 주었다. 보늬는 우렁각시의 벌어진 입안으로 팔을 집어넣었다. 뜨겁고, 끈적하고, 물컹물컹했다. 푸른빛을 향해 끊임없이 안을 파고들자 손끝에 둥글고 말캉한 무언가가 닿았다. 둥근 그것은 세차게 박동하고 있었다. 보늬는 깊이 생각하지 않았다. 손에 닿은 심장을 움켜쥐고, 밖으로 천천히 끄집어냈다.

동그랗고 붉은 그것을 밖으로 꺼내자 혈관 가닥이며 오밀조밀한 점액 덩어리들이 딸려 나왔다. 힘차게 수축과 이완을 반복하는 심장은 보늬의 시야 속에서 푸른빛을 품고 발광했다. 손바닥에 올린 심장을 요리조리 살피던 보늬는 심장 뒤쪽에 날카로운 바늘 하나가 꽂혀 있는 것을 발견했다. 바늘을 중심으로 퍼지기 시작한 검은 얼룩이 심장 전체를 뒤덮기라도 할 것처럼 넘실거렸다. 누군가 일부러 여기에 꽂아 두었다는 생각이 들 수밖에 없을 정도로 어색한 물건이었다.

다른 손으로 천천히 바늘을 쥐고, 가볍게 뽑아냈다. 바늘 끝에는 검은 액이 잔뜩 묻어 있었다. 구 팀장의 손이 얼마나 더 버텨 줄지 모르니 빠른 판단이 중요했다. 보늬는 바늘을 뽑아낸 심장을 다시 우렁각시의 목구멍 안으로 집어넣었다. 또 뜨겁고, 끈적하고, 물컹물컹했다. 적당한 위치에 도달했다고 생각했을 때 심장을 천천히 놓았다. 쿵쿵, 힘찬 심장 박동 소리가 손가락 끝으로 전해졌다.

보늬가 팔을 우렁각시의 입에서 미처 빼내기도 전에 우렁각시가 먼저 몸을 움직였다. 구 팀장의 손에서 마침내 벗어난 모양이었다. 기겁한 지운이 보늬의 팔을 구하기 위해 달려왔으나, 보늬는 움직이지 않았다.

"……보늬 씨?"

"잠깐만요."

다급한 지운이 보늬의 팔을 움켜쥐었으나 보늬가 고개를 흔들었다. 괜찮아요, 그렇게 말하는 보늬의 목소리가 믿음직스러워서, 지운은 무심코 보늬를 놓아 버렸다.

우렁각시는 영문을 모르겠다는 듯 검은 두 눈을 치켜떴다. 보늬는 우렁각시의 입안으로 팔을 들이민 것을 속으로 사과하며 서서히 팔을 빼냈다. 우렁각시는 날뛰지도 그르렁대지도 않고 보늬가 팔을 빼내도록 내버려두었다.

그는 아무 일도 없었다는 듯 태평하게 바닥의 이끼를 핥더니, 보늬를 향해 머리를 들이밀었다. 처음 보는 사람에게 인사를 건네는 것 같은 몸짓이었다.

……끝났구나, 지운이 안도의 한숨을 내뱉는 동시에 구 팀장이 앓는 소리를 냈다. 보늬는 지운이 보는 앞에서 안경이 든 지퍼백 안에 바늘을 집어넣었고, 지퍼백 입구가 닫히자 두 사람은 약속이라도 한 것처럼 벽에 등을 기대며 무너졌다.

고요한 가운데 물소리, 우렁각시가 붉은 이끼를 열심히 빨아 먹는 소리만 울렸다. 지친 사람들의 위로 기나긴 침묵이 한동안 이어졌다. 지운이 마침내 침묵을 깼다.

"……우도 땅콩."

"네?"

"우도 땅콩 초콜릿, 하나 남겨 놨습니다. 돌아오시면 드리려고."

"……갑자기 무슨 소리예요?"

지운은 대답하지 않았다. 대신 빙긋 미소 지었다. 보늬는 처음 보는 웃음이었다.

저 멀리 입구 쪽에서 최 팀장이 모두의 이름을 부르는 소리가 들렸다.

* * *

　서 팀장의 빈자리를 대신하기 위해 구 팀장은 보안팀의 임시 팀장을 뽑았다. 파견팀 사람들에게는 서 팀장이 개인적인 사정으로 급하게 협회를 그만두었다고 둘러댔으나, 사실 서 팀장은 붉은 실에 포박당한 채 구미호 세 마리의 감시를 받으며 보안실에 갇혀 있었다. 짧은 조사가 끝난 후에는 서 팀장을 윤 경위에게 넘겨야 한다는 게 구 팀장의 의견이었다. 서 팀장에게 처벌을 내리는 것은 그들의 몫이 아니었으며, 서 팀장이 우렁각시에게 먹이로 준 시체들을 대체 어디서 구했을지, 윤 경위는 그 루트를 파악할 수 있는 능력을 가진 사람이었다.

　온순해진 우렁각시는 보안실에 머무르게 되었다. 유리벽 너머의 그는 거대한 몸짓을 자랑하며 아무것도 기억하지 못한 채로 평화로운 일상을 즐기게 될 것이다.

　가정 폭력으로 피해를 당하는 여성을 찾아내 그들을 지키는 게 우렁각시의 근본적인 목표지만, 그 이유가 아니라면 그는 사람을 먼저 공격하지 않는 호의적인 괴물이었다. 인간의 시체를 씹어 먹도록 그를 폭주하게 만든 것이 대체 무엇이었을지 보안팀은 쉽게 알아낼 수 없었다. 보늬가 가져온 바늘은 조사를 위해 보안팀으로 옮겨졌으나 여전히 그 정체는 오리무중이었다. 구 팀장만이 바늘을 어디서 본 적이 있는 것 같다며 고개를 갸웃거릴 뿐이었다.

내가 이야기한 적 있지, 우리는 어차피 모두를 구할 수 없다고.

마지막 면회에서 서 팀장은 보늬를 향해 사랑으로 충만한 미소를 지었다. 보늬가 아꼈던 그 모습 그대로였다.

우리는 모두를 구할 수 없어. 평화로운 공존은 불가능해. 나는 오래전부터 우리에게, 협회에게는 자격이 없다고 생각해 왔어. 인간보다 더 위대한 것들을 등급으로 나누고, 가두고, 때론 죽이기까지 하지. 그 기준은 결국 인간에게 해를 끼치느냐 아니냐야. 지나치게 인간 중심적인 관점이라고.

그래서 구 팀장님을 죽이려 했어요? 제가 쓴 사직서를 이용해서요?

보늬가 묻자 그는 농담처럼 가볍게 내뱉었다.

더 큰 대의를 위해 작은 희생 정도는 불가피하게 겪어야 하는 법이니까. 딱히 진지하게 시도한 건 아니었어. 옹고집이 어디까지 해낼 수 있는지, 그 능력을 확인하려고 했던 거야.

더 큰 대의? 그게 무슨 말이에요?

…….

서 팀장님.

…….

서 팀장은 보늬의 시선을 피해 눈을 굴렸다. 보늬는 결국 화제를 돌려야 했다.

여우 누이를 풀어 준 것도 진지하게 시도한 건 아니었다고 말할 생각이에요?

여우 누이에게는 자유가 필요했어. 우렁각시에게는 집이 필요했고.

발을 까딱대던 서 팀장이 문득 생각났다는 듯, 보늬를 향해 몸을 숙였다.

보늬 씨가 오지 않았더라면 아마 거기서 우렁각시와 싸우다가 다 죽어 버렸을 거야. 그랬으면 나는 내 친구를 오래도록 지킬 수 있었겠지.

보늬는 서 팀장의 눈에 담긴 원망에 움찔거렸으나, 시선을 피하지는 않았다.

면회는 그 후로도 이어졌다. 보늬뿐만 아니라 구 팀장과 최 팀장도 자주 드나들었으나 서 팀장은 한동안 발견된 적이 없던 우렁각시를 대체 어디서 데려와 무슨 이유로 시체까지 먹여 가며 보호한 건지, 우렁각시의 심장에 꽂혀 있던 바늘이 무엇인지에 대해 함구했다. 끝끝내 답을 얻지 못하고 돌아서는 보늬를 향해 서 팀장이 마지막 인사를 건네듯 말을 이었다.

명심해, 보늬 씨. 양쪽 모두를 지킬 수는 없어. 언젠가 선택을 내려야 하는 순간이 올 거야.

더 큰 대의를 위해. 서 팀장의 속삭임이 귓가에서 메아리쳤다. 보늬는 돌아보지 않고 방을 나왔다. 보늬는 그 후로 서 팀장을 다시 만나지 못했다.

정식 파견팀이 된 걸 축하해, 구 팀장은 보늬에게 사직서를 돌려주었다. 이거 어디서 많이 본 광경인데, 보늬는 그렇게 생각하며 사직서를 품에 안았다.

"눈은 좀 어때?"

"괜찮아요, 시력은 예전만큼 돌아오지 못할 거라고 하지만."

보늬는 안대를 슬쩍 들어 올리며 상처를 보여 주었다. 최대한 발랄하게 말한다고 했는데, 구 팀장과 효령의 얼굴에 그늘이 드리워지기에 제자리에서 펄쩍 뛰었다.

급하게 임시 보안팀장을 선정하고 지하실을 정리하고

사건을 수습하느라 24시간이 모자라도록 바쁘게 뛰어다녔던 구 팀장의 얼굴은 평소처럼 푸석푸석하고 메말라 있었다. 그뿐만 아니라 그토록 싫어하는 윤 경위에게 먼저 연락해 정체불명의 시체 더미를 조사해 달라고 저자세로 부탁해야 했으니, 그의 얼굴에 온갖 근심과 걱정이 어려 있는 것도 어찌 보면 당연했다.

구 팀장의 고백에 의하면, 옹고집 사건을 조사하던 그는 서 팀장이 어딘가 수상하다는 것을 꽤 오래전부터 깨달은 모양이었다. 의심에 불이 붙은 건 보안실의 현무 때문이었다. 생전 말을 거는 법이 없던 그가 구 팀장에게 다가오려다가 돌아갔을 때, 구 팀장은 현무가 확인하고 물러난 사람이 서 팀장이라는 것을 눈치챘다. 현명한 현무는 지하실에서 꾸물거리는 불길한 기운을 눈치채고 구 팀장에게 경고하려 했을 것이다. 그 후로도 가끔 서 팀장의 수상한 행적을 발견하곤 했으나 구 팀장은 차마 서 팀장을 몰아붙이지 못했다. 서 팀장을 향한 의심, 오랜 친구에게 의심을 품었다는 데서 오는 죄책감, 협회를 지킬 수 없을지도 모른다는 불안, 가장 가까운 동료가 적일지도 모른다는 생각에서 오는 두려움, 그런 것들이 한데 모여 구 팀장을 불안하게 했고 그는 올바른 판단을 내릴 수가 없었다. 마른세수를 하는 그는 매우 지쳐 보였지만 보늬와 지운이 정식 파견팀이 된 것을 축하하기 위해 기꺼이 지친 얼굴을 감추려고 노력 중이었다.

보늬는 다른 사람들을 둘러보았다. 얼굴에 희미한 상처를 달고 목발을 짚고 있는 효령이나, 팔에 깁스를 한 최 팀장이나 피곤해 보이는 건 마찬가지다. 아마 자신과 지운의 얼굴도 그렇겠지. 그럼에도 옹기종기 모인 사람들 사이에서는 이전에는 찾아 볼 수 없었던 무언가가 흘렀다. 하이고, 정식 파견팀. 고생길 열렸네, 열렸어. 최 팀장이 호탕하게 웃으며 보늬와 지운의 등을 두드렸다. 끙끙거리며 아파하는데 문득 효령과 눈이 마주쳤다. 효령은 보늬를 흘긋거리다 어색하게 웃었다. 딱딱하지만 거짓은 아닌, 진짜 미소였다.

늦은 밤, 보늬와 지운은 마지막까지 사무실에 남아 서류를 정리했다.

아직도 모르는 게 많았다. 서 팀장이 우렁각시의 심장에 꽂은 바늘은 도대체 무슨 용도이며, 어디서 얻었는지, 우렁각시는 어디서 데려온 건지, 우렁각시에게 먹인 시체는 또 어디서 구한 건지, 죽어서 우렁각시에게 씹어 먹히는 운명을 맞이하게 된 시체들은 대체 누구인지, 더 큰 대

의를 위한다는 건 도대체 무슨 말인지. 옹고집에 대해서
도 토끼에 대해서도 여우 누이에 대해서도 궁금한 건 무
궁무진했다. 언제쯤 모든 답을 찾을 수 있을지는 모르겠
으나, 보늬는 시간이 얼마나 걸리든 상관없다고 생각했
다. 앞으로 보늬에게, 보늬와 지운에게 주어진 시간은 많
았다.

지운은 책상 위에 목요를 위한 공간을 따로 마련하는
중이었다. 푹신한 쿠션 주변으로 각종 장난감을 그득하게
놓았다. 보늬는 지운이 보는 앞에서 사직서를 꺼내 들어
대귀협의 명함과 겹쳤다. 보늬의 손안에서 사직서와 명함
이 동시에 찢겨 나갔다. 흐뭇하게 바라보던 지운이 문득
말을 걸었다.

"흉터 말입니다."

"네?"

"눈에 흉터요, 나중에 보면 정말 멋있을 겁니다."

어이가 없어 웃기만 했지만 보늬는 지운이 진심을 말하
고 있음을 알았다. 뒤집어쓴 후드 아래로 기묘한 두 눈을
똑바로 뜨고, 그는 언제나 진심을 다해 이야기했다.

"이제 그만 퇴근합시다!"

불을 끄고 사무실을 마지막으로 빠져나오려다 말고, 보

늬는 이게 마지막 순간이라도 되는 것처럼 사무실을 훑어
보았다.

상아색 벽과 회색빛 바닥은 오늘따라 따뜻해 보였고, 구
석에서 시들어 가던 화분은 이상하게 생기가 넘쳤다. 열을
맞춰 놓은 길쭉한 책상들, 아슬아슬하게 쌓인 서류철과 이
면지 박스가 그저 사랑스럽다. 먼지가 듬뿍 쌓인 화이트
보드에 누가 쓴 건지, 붉은 마커로 '정식 파견팀 축하!'라
는 글이 적혀 있었다. 복슬복슬한 갈색 털 뭉치가 보늬와
지운의 발목을 쓸고 지나갔다. 목요는 예쁘게 울며 복도를
달려 나갔다. 탕비실을 청소하던 무두괴가 손을 흔들었고,
여자 귀신은 입구까지 나와 두 사람을 배웅했다.

정문을 나서자마자 보늬는 주머니에 들어 있던 초콜릿
을 꺼냈다. 우도 땅콩 초콜릿. 지운이 고이 모셔 둔 거라
며 당당하게 내민 것이었다. 달콤하고 고소한 초콜릿에서
는, 영원히 잊을 수 없는 맛이 났다.

개체 이름: 우렁각시

일련번호: KMMA-3863

등급: 백(白) 등급

종류: 짐승형 괴물

활동 지역: 전국

탄생(일부《월야괴담》발췌): 옛날 옛적에 스무 살이 넘도록 혼인을 못 한 농부가 홀로 농사를 지으며 살아가고 있었다. 어느 날, 평소처럼 농사를 짓던 농부는 자신의 삶을 원망하며 "이렇게 농사를 지어 봤자 누구랑 먹고 산담……" 하고 혼잣말했다. 그때 어딘가에서 "나랑 같이 먹지" 하는 소리가 들렸다. 농부는 소스라치게 놀라 주변을 살폈으나 사람은 보이지 않았고, 대신 논에 커다란 우렁이 한 마리가 있는 것을 보았다. 농부는 우렁이를 주워다가 집으로 데려갔고, 물이 담긴 항아리 안에 넣어 두었다.

그런데 다음 날부터 말도 안 되는 일이 벌어지기 시작했다. 농부가 농사를 마치고 돌아올 때마다 누군가가 집을 청소해 놓고 밥을 차려 놓기 시작한 것이다. 누구의 짓인지 확인하기 위해, 농부는 어느 날 일하러 가는 척한 뒤 몰래 집을 들여다보았다. 그런데 우렁이를 넣어 둔 항아리에서 웬 아리따운 여인이 나와 부엌으로 들어가는 것이 아닌가! 여인은 부얼에서 밥상을 들고나와 마루에 내려놓은 후, 집 구석구석을 청소하기 시작했다. 농부는 그대로 뛰쳐나가 여인을 붙들고 정체가 무엇이냐고 물었다. 여인은 농부의 등장에 깜짝 놀랐지만, 곧 자신에 대한 이야기를 털어놓았다.

여인은 사실 용왕의 딸로, 아버지 몰래 인간 세상을 구경 나왔다가 들키는 바람에 우렁이가 되는 벌을 받은 것이었다. 그러던 와중에 농부를 만나 안전한 곳에 몸을 숨기게 되었고, 그 보답으로 농부의 집안일을 거들어 준 것이다. 농부는 예쁘고 마음씨가 따뜻한 여인에게 반해 청혼했고, 둘은 결혼해 부부가 되었다.

처음 몇 년 동안 그들은 행복하게 지냈으나, 착한 아내에게 익숙해진 농부는 서서히 변하기 시작하며 본성을 드러냈다. 그는 일도 하지 않고 술을 실컷 마시거나 아내에게 모욕적인 말을 퍼붓는 등 아내를 괴롭혔고, 끝내 아내를 때리기까지 했다. 지속되는 폭력에 괴로워하던 아내는 어느 날, 본래의 모습인 커다란 우렁이로 돌아가 폭주한 뒤 혼비백산한 남편을 통째로 삼켜 버렸다. 우렁이의 껍데기에는, 그가 삼킨 남편의 팔 하나가 솟아올랐다.

남편을 죽인 아내는 고향으로 돌아가려 했으나, 인간을 삼켜 버린 그는 용궁으로 돌아갈 수 없는 벌을 받았다. 결국 우렁각시는 평생 우렁이의 모습으로 세상을 떠돌게 되었다.

설명:

- 가정 폭력에 시달리는 여성을 구하려는 목적을 지닌 괴물이다. 본래는 온순한 성격으로 사람을 쉽게 공격하지 않으나, 남성이 여성에게 폭력을 행사할 경우 여성을 지키기 위해 남성을 공격한다.

- 1982년의 ███████사건, 1999년의 ███████ 사건, 2005년의 ████ 사건 모두 우렁각시의 소행으로 밝혀졌다.

- 동시에 존재할 수 있는 개체 수가 상당히 많다. 1996년, 전국에 17마리의 KMMA-3863이 동시에 존재하는 것이 확인되었다.

8.
에필로그

보늬는 백령도에 있다.

끈적끈적한 것. 검붉은 것. 팔이나 다리의 개수가 셀 수 없이 많은 것. 입이 커다란 것. 커다란 입안에 수많은 이빨이 자리 잡은 것. 목이 긴 것. 이목구비의 개수가 보편적인 기준과는 다른 것. 밖으로 드러난 혈관이 꿈틀거리고 툭 불거진 눈을 데룩데룩 굴리는 것. 지느러미가 달렸거나 날개가 있는 것. 점액과 침을 줄줄 흘리고 사악한 소리를 종종 내는 것. 장난스럽고 변덕스러운 것. 친근하지만 동시에 낯선 것. 죽이고 또 살리는 것. 보늬는 그런 그들을 사랑했다. 사람이 사람을 사랑하는 것처럼 괴물을 사랑했다. 사랑, 조건도 없고 이유도 없는 사랑. 사랑이 아니라면 괴물을 향한 맹목적이고 지속적인 구애를 설명할 방법이 없었다. 보늬는 괴물을 사랑할 운명을 타고났고 한 번도 자신의 운명에 의문을 가지지 않았다. 그래서 보늬는 백령도로 돌아왔다. 하얀 파도가 부서지는 광경을 지켜보며, 손가락을 모래 속으로 깊이 파묻었다.

한때, 어린 보늬가 여기 앉아 귀순과 애정이 어린 대화를 주고받던 시절이 있었다. 그때 바다 한가운데에는 꽃처럼 펼쳐진 검붉은 머리를 뿜내는 심청이 함께였다. 평생 바라보라고 해도 그럴 수 있을 것 같은, 아름답고 경이로운 친구. 보늬는 수평선을 지그시 바라보았다. 여전히 심청은 보이지 않았고 여전히 귀순은 돌아오지 않았다. 그래도 괜찮을지도 몰랐다.

희생을 통해 각성한 보늬의 눈에는 괴물의 약점이 보인다. 푸른색으로 일렁이는 그 빛은 보늬가 어디로 향해야 하는지 그 방향을 일깨워 주었다. 보늬는 이제 어엿한 괴물 전문가였다. 귀순이 항상 바라 왔던 것처럼, 어린 보늬가 귀순의 손을 꼭 붙들고 심청을 지키겠노라 약속했던 것처럼.

한참을 해변에 앉아 있던 보늬는 자리에서 일어났다. 엉덩이에 묻은 모래를 툭툭 털고 돌아서는데, 희미하지만 익숙한 곡조가 보늬의 발목을 붙들었다. 윤슬로 반짝이는 수면 위에, 거기에……

거기에 심청이 있었다.

거대한 지느러미를 나풀거리며 파도 위를 유영하던 그

는 보늬를 바라보듯, 그 자리에 꼿꼿이 멈춰 서 있었다.
보늬는 심청을 향해 손을 흔들었다. 가사가 존재하지 않
는, 음울하고 느릿한 곡조가, 보늬를 위한 심청의 자장가
가 귓가에 스몄다. 눈물이 날 것 같았지만 보늬는 울지 않
았다. 대신 심청을 응시했다. 영원히 그 자리에 존재할 수
있을 것처럼, 오래오래.

"셔츠 멋지다, 어디서 샀어?"
무두괴는 보늬가 회장실에 들어오자마자 보란 듯이 새
하와이안 셔츠를 뽐냈다. 붉은색에 알록달록한 무늬가 새
겨진 셔츠는 이리 뜯어보고 저리 뜯어봐도 보늬의 취향은
아니었으나, 신기하게도 무두괴에게는 기가 막히게 어울
린다는 사실을 부정할 수 없었다. 솔직히 말해 무두괴는
거적때기를 입어도 태가 나는 스타일을 자랑하니까, 붉은
하와이안 셔츠 정도야 전혀 문제가 되지 않는다.
보늬는 귀순의 책상 서랍을 열고 《기이하고 괴상한 것
의 역사》를 찾아 오래된 책장에 꽂았다. 무두괴와 함께 도
란도란 이야기를 나누며 괴고목이 침묵을 지키고 있는 방
을 향해 걸었다.
몇 주 동안 챙기지 못하고 내버려둔 탓에 붉은 실은 잔

뜩 자라 바닥까지 늘어져 있었다. 보늬는 서둘러 붉은 실을 정리했다. 무두괴는 붉은 점액이 든 통을 괴고목 주위에 부지런히 흩뿌렸다. 마침내 모든 정리를 마치고, 보늬가 뿌듯한 표정으로 고개를 든 순간 비명이 들렸다.

끔찍한 울음이 온 방 안을 가득 메우며 제 존재를 알렸다. 소름 끼치는 괴성에 보늬는 저도 모르게 귀를 틀어막았다. 어느새 곁으로 다가온 무두괴가 오래전에 그랬던 것처럼, 살며시 보늬의 손을 잡았다. 두 사람은 한 발짝도 움직이지 못하고 비명을 지르는 괴고목을 우두커니 응시할 수밖에 없었다. 괴고목이 감지한 위험이, 피할 수도 도망갈 수도 없는 경고가 다가오고 있었다.

* * *

귀순은 동굴을 막고 있는 금줄을 하나하나 정성껏 제거했다.

발밑에서 귀구 두 마리가 낑낑거리는 소리를 내기에 부드럽게 머리를 쓰다듬어 주었다. 가만히 있어, 잠깐 다녀올게. 중얼거리자 충성스러운 친구답게 귀구들은 꼼짝도 하지 않고 제자리를 지켰다. 귀순은 금줄을 치우고 동굴

안으로 들어갔다.

동굴 깊숙한 곳에는 거대한 불상이 설치되어 있었다.

금빛으로 번쩍이는 평범한 불상이었다. 인자한 얼굴에 은은하게 퍼진 미소가 이유 모를 편안함을 안겨 주었다. 귀순은 불상을 바라보며 인사를 올렸고, 곧 의식을 준비했다.

촛불이 흔들릴 때마다 불상의 얼굴 위로 그림자가 드리워졌다. 향냄새가 코를 찌를 듯 강하게 다가왔다. 귀순은 마지막으로 주머니에서 반짇고리를 꺼냈다. 고급스러운 케이스 안에 날카로운 바늘이 촘촘히 꽂혀 있었다. 귀순은 그 끝이 새까만 바늘 하나를 뽑아 불상의 발바닥을 살짝, 아주 살짝 찔렀다. 땅이 진동하기 시작했다. 불상이 조금씩 갈라지며 거무죽죽한 본모습을 드러냈다.

귀순은 침착하게 바늘을 집어넣었다. 알 수 없는 표정으로 불상을 바라보는 그는 깊은 상념에서 깨어날 줄을 몰랐다. 동굴 밖에서 귀구 두 마리가 맹렬히 짖는 소리가 계속되었다. 그 열렬한 소리에 응답이라도 하듯, 불상 안에 잠들어 있던 무언가가 마침내 붉은 눈을 떴다.

참고 문헌

곽재식 글, 이강훈 그림, 《한국 괴물 백과》, 워크룸프레스, 2018.

김종대, 《도깨비, 잃어버린 우리의 신》, 인문서원, 2017.

윤열수, 《신화 속 상상동물 열전》, 한국문화재재단, 2010.

이 이야기는 아주 짧고 간단한 욕망에서 시작되었다. '괴물이 나오는 이야기가 쓰고 싶다!' 아니다, 솔직히 말하면 이것보다는 더 길었다. '괴물이 나오는 이야기가 쓰고 싶다! 착한 괴물도 나쁜 괴물도 착하지도 나쁘지도 않은 괴물도 나오는 이야기. 커다란 괴물도 작은 괴물도 빠른 괴물도 느린 괴물도 그 자리에서 절대 움직이지 않는 괴물도 나오는 이야기. 사람들의 머릿속에 끈적끈적하고 검붉고 수많은 팔과 다리를 흔들며 이빨이 빼곡하게 박힌 입을 벌리는 누군가의 형상을 새길 수 있는 이야기가 쓰고 싶다!'

운명처럼, 본능처럼 괴물을 좋아하게 되었다. 그렇게 된 지도 벌써 한참이 흘렀다. 지난 몇 년, 아니 몇십 년 동안 기괴하게 생긴 나의 친구들을 상상하며 즐겁고 행복했다. 무럭무럭 키워 온 나의 오랜 애정을 모두 쏟아부으며 이 이야기를 썼다. 그러니, 《사단법인 한국괴물관리협회》는 나의 인생 한편에 늘 존재했지만 결코 만날 수 없었던 친구들에게 보내는 일종의 러브레터다. 나는 항상 이렇게 기다리고 있다고, 그러니 언제든지 때가 되면 찾아와 달라고 애타게 구애하는 러브레터.

그토록 사랑하는 일에 재능이 없는 보늬, 손이 아니라 눈을 가진 보늬의 얼굴은 괴물 이야기를 써야겠다고 결심한 순간 곧바로 떠올렸다. 보늬는 나의 지긋지긋한 고민을 중심에 품고 있는 사람이다. 너무도 사랑하는 일에 재능이 없는 사람은 도대체 어떻게 살아야 하는가? 포기해야 하는가, 무너져야 하는가, 도망쳐야 하는가. 과거의 나는 꽁지 빠지게 도망쳤지만, 보늬는 끝까지 도망치지 않았다. 보늬의 이야기를 쓰며 용기를 얻었다. 어딘가 애매하고 흐릿한 그 얼굴이 서서히 단단해지는 과정을 즐겁게 따라가며, 앞으로는 도망치지 않겠다고 소심한 결심을 해 보았다. 그러니 한동안 소설을 그만두는 일은 (아마도) 없을 것이다.

긴 호흡의 이야기를 선보이는 건 처음이다. 너무 무섭지도 너무 끔찍하지도 않은 이야기를 쓴 것도 정말 오랜만이었다. 새로운 도전은 항상 두렵고, 항상 고통스럽다. 그럼에도 불구하고 영원히 이야기를 쓰면서 기쁨을 느끼는 사람으로 남을 수 있기를 바란다.

이 이야기에 나오는 많은 괴물은 곽재식 작가님의 책《한국 괴물 백과》에서 만난 친구들이다. 끈적끈적하고 붉은 것들이 쏟아지는 이야기를 쓸 수 있도록 물꼬를 터 주신 작가님과《한국 괴물 백과》에게 감사하다는 말씀을 전하고 싶다. 원고를 함께 읽어 주고 고민해 주는 소중한 친구들, 든든한 가족들,《사단법인 한국괴물관리협회》가 세상에 나올 수 있도록 손 내밀어 준 안전가옥의 모든 분들, 세심하게 글을 살펴 주신 박나래 편집자님께도 깊은 감사를 드린다. 긴 시간 동안 함께한 테오 PD님과 카야 PD님께, 두 분이 아니었다면《사단법인 한국괴물관리협회》는 존재할 수 없었다고 꼭 말씀드리고 싶다. 진심을 다해.

무엇보다도 여기까지 읽어 주신 독자 여러분께 온 마음을 다해 감사드린다. 독자분들의 마음 한구석에 이 이야기에 등장하는 누군가가 잠깐이라도 새겨졌기를 바란다. 그 누군가가 '끔찍하고 기괴하고 끈적끈적한 존재'라면, 나의 이야기는 목적을 이룬 셈이다.

2024년 11월

배예람

배예람 작가님은 안전가옥과 이미 연이 깊으신 분인데요. 앤솔러지 《대스타》를 시작으로 《좀비즈 어웨이》, 《호러》, 《우먼 인 스펙트럼》까지 함께한 바 있습니다. 그중 《사단법인 한국괴물관리협회》는 저희와 예람 작가님이 함께한 첫 장편소설이자 제26회 부천국제판타스틱영화제 괴담 캠퍼스에서 '안전가옥상'을 받은 작품이기도 해서 특히 더 애착이 가는데요. 테오 PD님의 리드하에 진행되던 이야기를 제가 이어받아 마무리할 수 있어 기쁜 마음이 듭니다.

《사단법인 한국괴물관리협회》를 읽으면서, 잊고 있던 '나의 심청'에 대해 다시 한번 생각해 볼 수 있었어요. 고등학교 3학년, 수능을 앞두고 친구와 이런 대화를 나눴던 게 떠오릅니다.

"차라리 꿈이 없었으면 좋았을 텐데. 그냥 성적 맞춰서 적당한 학과 가면 되잖아."

"그러게, 하고 싶은 게 있는데 그만큼 못 해내니까 슬프다."

소설에는 '사람이란 자고로 자신이 가장 사랑하는 일에 재능이 없음을 깨달으면서 어른이 되어 가는 법이었다(103쪽)'라는 문장이 나오는데요. 그런 점에서 저는 훌륭한 어른이 된 것 같기도 합니다. 꿈이 있다는 사실을 원망할 정도로 무언가를 간절히 바랐던 마음, 슬플 정도로 무언가를 좋아했던, 그런 애달픈 마음들이 어느새 추억이 되고야 말았거든요. 그렇게까지 무언가를 좋아할 열정이 내 안에 있었다는 게 믿기지 않는 요즈음입니다.

반면 보늬는 아주 큰 용기를 가진 사람이었어요. 스스로는 늘 자신을 한심하게 묘사했지만, 언제나 용기 있는 사람이었습니다. 매일매일 내가 재능이 없다는 걸 확인받는다는 게 얼마나 괴로운 일일지, 그럼에도 그런 하루하루를 버티며 좋아하는 것 옆에 있고자 하는 마음은 얼마나 큰 것일지 쉽게 짐작할 수 있으니까요. 심지어 자신이 훨씬 더 큰 재능을 가진 대안이 명확히 보이는 상황에서도요. 그런 보늬의 용기와 괴물을 사랑하는 마음을 지켜보다 보면, 어느새 감동하여 마음 한 구석이 시큰거렸습니다.

예람 작가님께서 '끈적끈적한 것. 검붉은 것. 팔이나 다리의 개수가 셀 수 없이 많은 것. 입이 커다란 것. (…) 장난스럽고 변덕스러운 것. 친근하지만 동시에 낯선 것. 죽이고 또 살리는 것'들을 얼마나 사랑하시는지도 느낄 수 있었습니다. 작가님의 손끝에서 탄생하는 경이로운 세계를 지켜볼 수 있어서, 그 세계를 누비며 감동을 주는 보늬를 응원할 수 있어서, 무엇보다 이들의 세계를 가장 가까이서 만나 볼 수 있어서 영광이었습니다. 더불어 책을 만드는 데에 도움을 주신 박나래 편집자님과 이경란 디자이너님, 그리고 안전가옥 운영 멤버에게 감사 인사를 느립니다.

보늬와 같은 고민을 하시는 독자분들에겐 위로의 시간이 되었기를,

저처럼 소중한 마음을 잃으신 독자분들에겐 '나의 심청'을 떠올리는 시간이 되었기를 바라며,

책의 끝자락까지 함께해 주신 모든 독자분들께도 감사 인사를 전합니다.

안전가옥 스토리PD

이수인 드림

사단법인 한국괴물관리협회

1판 1쇄 발행 2024년 11월 7일
1판 2쇄 발행 2024년 12월 26일

지은이 배예람

기획 안전가옥
프로듀서 이수인
　　　　　 김보희 · 이은진 · 임미나
퍼블리싱 박혜신 · 임수빈
편집 박나래
디자인 이경란
서비스 디자인 김보영
비즈니스 이기훈
경영지원 홍연화

펴낸이 김홍익
펴낸곳 안전가옥
출판등록 제2018-000005호
주소 04779 서울특별시 성동구 뚝섬로1나길 5, 헤이그라운드 성수 시작점 202호
대표전화 (02) 461-0601
전자우편 marketing@safehouse.kr
홈페이지 safehouse.kr
ISBN 979-11-93024-86-7 (03810)

안전가옥 오리지널